살아가는 힘은
어디에서 나오는가

일러두기

* 이 책은 2023년 출간된 'The Gift of Aging'의 한국어판이다. 원 저작권사와의 긴밀한 논의를 통해 한국 사회의 상황에 보다 필요한 내용을 엄선하여 재편집하는 과정을 거쳤음을 밝힌다.

** 이 책은 엘리자베스 엑스트롬과 마시 코트렐 홀의 공저로, 제각기 전문 분야에 따라 집필하였으며 일부 꼭지의 경우 외부 전문 필진이 담당하였다. 각 꼭지의 필자는 다음과 같이 별도의 아이콘으로 표기하였다.

엘리자베스 엑스트롬 ✿

마시 코트렐 홀 ✦

달라 필립스 ◊

웬디 K. 고이델 ✿

살아가는 힘은
어디에서 나오는가

마시 코트렐 홀,
엘리자베스 엑스트롬 지음
김한슬기 옮김

The Gift
of Aging

나이가 들수록 더 생산적이고 만족스럽게 살아가는 법

whale books

이 책에 쏟아진 찬사

정말로 건강하고 행복한 나이듦은 어떤 모습일까? 이 책에 바로 답안지가 있다. 연구에서는 그저 숫자로 환원되는 삶의 모습들을 저자들은 깊숙이 탐색해 들어간다. 이 책을 통해, 멋지게 나이 든 선배들의 인생과 나이듦을 바라보는 낙관의 자세를 생생하게 만나볼 수 있을 것이다.

-《느리게 나이 드는 습관》, 《당신도 느리게 나이 들 수 있습니다》 작가 정희원

《살아가는 힘은 어디에서 나오는가》는 그 자체로 선물이다. 연구 결과와 함께 소개되는 노인들의 이야기는 나이 드는 것을 인생에서 가장 의미 있는 일로 승화한다!

-《드라이브》, 《언제 할 것인가》 작가 다니엘 핑크Daniel H. Pink

이 영감 넘치고 흥미로운 책은 삶의 의미를 묻는 심오한 질문에 대한 성찰과 재무 계획 수립 전략을 함께 다루며, 위대한 지혜와 현실적인 조언을 결합하고 있다. 이 책은 노화가 인간이 스스로의 한계를 깨닫고, 진심을 다해 자신에게 주어진 한계를 수용하며 더욱 온전한 인간으로 거듭나는 과정임을 보여준다. 덕분에 세월이 흘러가는 것을 기쁜 마음으로 기다리게 됐다.

　－《4000주》 작가 올리버 버크먼Oliver Burkeman

이 책은 노화를 새로운 시각으로 바라보게 한다. 이제 우리는 노화를 주름진 피부, 둔한 몸, 기억력 저하 같은 절망적인 상태가 아닌 중요하고 건강한 삶의 단계로 받아들이게 될 것이다.

　－《뇌에 새긴 문신A Tattoo on My Brain》 작가 대니얼 깁스Daniel Gibbs

아름다운 책. 《살아가는 힘은 어디에서 나오는가》는 과하지도 모자라지도 않은 실용적인 조언을 가득 담고 있다. 말년에 필요한 만큼의 진지함과 유머를 갖춘다면 우리 인생의 마지막 몇십 년은 그 어느 때보다 중요하고, 생산적이며, 만족스러운 시기가 될 것이다.

－《자연의 종말The End of Nature》, 《깃발, 십자가, 그리고 스테이션 웨건The Flag, the Cross, and the Station Wagon》작가 빌 맥키번Bill McKibben

이 책에 바치는 글

●

요즘 우리 사회는 장수를 두려워하는 분위기다. 좋은 이야기는 관심을 끌기 어렵지만, 공포는 사람들의 이목을 끈다. 인간의 본능 때문이다. 그런 탓일까. 우리 사회에서 나이듦은 저출산과 맞물려 정해진 어두운 미래로 그려진다. 매일 진료실에서 활력이 넘치는 80대, 90대 어르신들을 뵐 뿐 아니라, 거시적인 측면에서 나이듦의 궤적을 연구해 온 내 입장에서는 답답하기 짝이 없는 노릇이다.

65세 이상부터는 노령 인구로 정의된다. 하지만 65라는 숫자는 잊어도 좋다. 우리의 노년은 수십 년에 걸쳐 점차 건강해지고 있다. 기대수명이 늘어났을 뿐 아니라, 활력을 잃고 노쇠를 경험하는 시기도 미뤄지고 있다. 노화 궤적의 대부분은 삶의 태도와 자세, 그리고 생활 습관이 만든다. 먹고,

움직이고, 휴식하는 습관은 수명을 20퍼센트 가까이 늘리고 줄인다. 이것이 전부일까? 긍정적으로 노화를 바라보는 것만으로도 7.5년 더 사는 효과가 있다. 노화에 대한 긍정적 인식은 즉각적으로 인지 기능과 신체 기능을 개선할 뿐 아니라, 장기적으로는 치매 발병률의 감소와도 연관된다.

멋진 노년에 대해서 고민해 볼 틈도 없이 순식간에 평균 수명이 늘어난 탓일까? 텔레비전을 틀면 나오는 프로그램은 매일같이 나이듦에 대한 공포를 심어준다. 채널을 돌리면 보험 상품과 영양제를 판매한다. 우리나라 사람 모두의 수명을 단축시키는 격이다. 이렇게 노화를 피해가야 할 대상, 척결해야 할 적으로 생각하는 것은 매일 담배 한 갑을 평생 피우는 것만큼 해롭다. 강박적으로 건강식과 영양제를 챙기고, 무리하면서까지 운동을 나가고, 조금만 불편해도 대학병원 투어를 나선다. 처방받는 약의 개수는 늘고, 삶의 활력은 사라져 간다.

그렇다면 정말로 건강하고 행복한 나이듦은 어떤 모습일까? 이 책에 바로 답안지가 있다. 때로는 친구들과 술 한잔하고 맛있는 음식을 즐기며 머리와 몸을 끊임없이 사용하는 활동적인 삶 속에서 자연스럽게 건강이 유지된다는 사실을 수많은 연구가 입증했다. 연구에서는 그저 숫자로 환원되는 이런 삶의 모습들을 저자들은 깊숙이 탐색해 들어간다. 이 책을 통해, 멋지게 나이 든 선배들의 인생과 나이듦을 바라보는 낙관의 자세를 생생하게 만나볼 수 있을 것이다.

정희원(서울아산병원 노년내과 교수)

●

이 놀라운 책의 첫머리를 장식하게 되어 무척 기쁘다. 앞으로 우리는 기쁜 마음으로 우아하게 나이 들어가는 사람들을 만날 것이다.

우리 사회, 더 나아가 이 세상은 젊음을 중심으로 돌아가기에 늙어서도 과거에 연연하는 사람이 많다. 하지만 세월이 흐르며 우리 앞에 완전히 새로운 기회가 펼쳐진다는 사실을 명심해야 한다.

무엇보다 나는 나이 든 사람들이 다음 세대를 위해 긍정적인 사회 분위기를 조성하는 방법을 찾을 수 있다고 믿는다. 우리 노인들은 이쪽 방면에서 여러 가지로 앞서 있다. 일단 노년기에 접어든 미국인은 지금보다 더 잘 굴러가던 사회를 기억한다. 내가 한평생을 바친 주제인 환경을 생각해보라. 60대, 70대, 80대 독자라면 첫 번째 지구의 날을 기억할 것이다. 기록에 따르면 제1회 지구의 날 행진에 미국인의 무려 10퍼센트가 참여했다고 하니 여러분 중에도 기념 행렬에 합류한 사람이 있을 것이다. 또 우리 노인들은 첫 지구의 날로부터 채 1년도 지나지 않아 양당이 뜻을 같이해 대기오염방지법과 수질오염방지법을 제정하고 환경보호청을 설립하는 놀라운 현장을 목격했다. 극심한 양극화로 제 기능을 하지 못하는 사회에 익숙해진 오늘날의 젊은이들은 상상할 수 없는 광경일 것이다. 하지만 한 번 해낸 일을 다시 못할 이유는 없다.

우리에게는 시간이 있다. 또 우리에게는 자식과 손주가 있다. 이 세상 모든 공동체가 그렇듯, 우리 자손은 '유산'이라는 추상적 개념을 받아들이고 구체화한다. 그리고 당신은 이 세상을 가장 사랑하는 이들에게 남기고 떠날 것이다.

나는 건강한 몸과 마음을 유지하면서 늙는 방법을 조언하는 이 멋진 책을 읽는 동안 내가 건강을 지켜야 하는 목적에 대해 참 많은 생각을 했다. 변화를 일으킬 수 있다니, 이 얼마나 대단한 특권인가!

나약하고 무력한 '노인'이 되고 싶은 사람은 없다. 우리는 지혜롭고 포용력 넘치는 '어른'이 되길 원한다. 이 책에서는 타인과 적극적으로 관계 맺고 사회에 참여함으로써 노년을 인생의 전성기로 만든 이들의 증언을 소개한다. 관계 맺기와 사회 참여. 이것이 제대로 이루어질 때, 우리는 비로소 잘 살았다고 당당하게 이야기할 수 있을 것이다.

빌 맥키번(제3의 행동Third Act 설립자)

목차

1부. 목적성:
매일 아침 침대에서 일어날 이유

2부. 적응력: 젊음의 문이 닫히는 순간, 노년의 문이 열린다

3부. 계획성:
오늘을 준비한 자만이
내일을 가질 수 있다

늙는 건 쉽지 않다

함께 책을 한 권 더 쓰자는 마시의 제안에 깜짝 놀랐다. 나는 《돌봄이 건네는 선물The Gift of Caring》 이후 책을 낼 생각이 없었다. 고된 작업이기도 했고, 노화와 관련해 내가 아는 지식을 다 꺼내놓았다고 생각했기 때문이다. 하지만 마시는 어떠한 사건을 경험하며 미래가 아닌 지금 이 시점에 노화를 고민해야 한다는 사실을 깨달았다. 많은 사람이 아직 늙으려면 한참 남았으니, 노화가 코앞에 닥친 후에 대응해도 늦지 않다고 생각하지만 말이다.

마시가 작업을 제안한 이후 나는 우리에게 이런저런 질문을 던지던 주변 동료, 환자, 가족, 독자를 떠올렸다. 첫 번째 책에서 미처 다 대답하지 못했지만 하루하루 늙어가는 모든 사람에게 아주 시급한 질문이었다.

노년기에는 주로 어떤 신장 질환이 발생하는가? 골다공증과 관련된 정보를 어디서 구할 수 있을까? 모아둔 재산이 다 떨어지면 어떻게 해야 하는가? 생활 지원 시설에 입주하고 싶지는 않은데, 다른 선택지는 없는가? 투약을 줄여야 하는가, 늘려야 하는가? 무엇보다 신체 기능 저하와 기력 쇠퇴를 최대한 미뤄 건강하고, 만족스러우며, 즐거운 삶을 오래도록 즐길 수 있는 방법이 궁금하다.

그렇게 해서 나는 다시 책을 써야겠다고 마음먹었다. "80세, 90세, 100세에는 어떤 상태가 정상인가요?" 많은 환자가 묻는 질문이다. 나는 이 책을 통해 독자들에게 일반적인 노화의 과정을 설명하고, 여러 변화에 수월하게 적응할 수 있도록 돕고자 한다. 치매, 낙상, 골절, 노쇠를 비롯해 나이 들어가며 흔히 나타나는 다양한 증상에 대비하고, 최선의 미래 계획을 구상할 수 있도록 조언할 책임을 느꼈다. 건강과 행복을 최적화하는 노화의 틀을 제공하고 싶었다.

우리는 모두 나이 들어가면서 많은 문제를 맞닥뜨린다. 이 세상 누구도 노화 과정을 완벽히 통제할 수는 없다. 하지만 노화를 대하는 긍정적인 태도는 실제로 기대 수명을 7년까지 연장한다. 지금 이 순간부터 긍정의 힘을 활용하려 노력한다면 우리 또한 책에 나오는 닐 메인Neal Maine과 같이 인생이라는 산의 정상에 서서 세상을 내려다보며 벅찬 감동을 느낄 수 있을 것이다.

최근 들어 건강한 나이듦을 향한 관심이 부쩍 커졌다. 베이비붐 세대는 빠르게 65세를 넘기고 있다. 미국에서는 13분마다 100명이 65세의 문턱을 넘고 있으며, 이 추세는 전 세계적으로 비슷한 양상을 보인다. 나와 마시는 미국에서 늙어가고 있기에 이 책은 어쩔 수 없이 일정 부분 미국의 문제에 집중하고 있다. 하지만 건강하게 나이 든 사람들의 이야기와 건강한 노화를 위한 개념과 조언, 전략은 전 세계적으로 통용된다고 생각한다. 어쨌든 우리 모두는 서로를 존중하고, 존경하고, 배려하고, 더 나아가 사랑하며 함께 번성해야 할 지구촌의 일원이다.

마시와 나를 포함해 수가 많고 다채로운 베이비붐 세대는 전 세계적으로 노화의 양상을 변화시키고 있다. 우리 모두는 우아하게, 목적을 잃지 않고, 사랑하는 관계를 유지하며 늙길 바란다. 나는 매일 마주하는 환자들의 눈에서 우리 모두가 공유하는 가장 큰 공포를 읽는다. 노년에 접어든 사람이라면 누구나 알츠하이머 및 관련 치매에 걸려 기억을 잃는 것, 스스로 몸을 가누지 못하는 것, 독립성을 잃는 것을 무엇보다 두려워할 것이다. 운 좋게 늙어서도 정신이 또렷하고 신체가 정정하길 바라서는 안 된다. 젊을 때부터 아주 세심히 건강을 돌봐야 한다. 최근 발표된 연구 결과에 따르면 알츠하이머는 아주 어렸을 때부터 발병하기 시작한다. 낮은 교육 성취도, 운동 부족, 부적절한 식습관, 낮은 사회경제적 지위는 치매 발병 가능성을 높이는 요인으로 작용한다.

노화를 주제로 한 책은 이미 많이 출간되어 있다. 화장품부터 의료 기기까지, 기적처럼 나이를 되돌릴 수 있다는 제품 또한 넘쳐난다. 그리고 이 모든 약속이 거짓은 아니다. 많은 노인이 여전히 스포츠와 여행을 즐기며 70대가 넘어서도 일을 계속하고 있다. 우리 부모 세대보다 20년은 더 젊게 행동하고, 20년은 더 젊은 뇌와 신체를 가지고 있다.

나는 25년이 넘는 긴 세월 동안 노인학 분야에 몰두해 온 노인의학과 의사이자 연구원으로서 모든 사람이 무사히, 또 즐겁게 노년기에 접어들길 기도한다. 부유하든 가난하든, 만성질환이 있든 완벽히 건강하든, 어떤 상황에도 내 편이 되어줄 가정이 있든 몇 안 되는 사람과 친분을 유지하며 살아가든 모두 마찬가지다.

우리는 부유하거나 똑똑한 사람뿐 아니라 공동체 전체가 건강하게 늙을 수 있도록 노력해야 한다. 전 세대가 힘을 합쳐 노년을 향해 나아갈 때 비로소 베이비붐 세대는 성공적으로 노년기에 접어들 수 있을 것이다. 빈곤, 저학력, 차별 등 건강에 영향을 미치는 다양한 사회적 결정 요인이 나와

내 친구, 이웃이 무탈하게 늙어가는 데 걸림돌로 작용한다. 우리는 모든 사람이 잘 나이 들 기회를 잡을 수 있도록 힘을 합쳐야 한다.

그래서 마시의 제안을 받아들였다. 나는 마시와 함께 새로운 탐험을 시작할 예정이다. 《돌봄이 건네는 선물》을 본떠서 만든 이 책은 마시와 나, 우리 부모님과 멋지게 나이 든 노인의 이야기, 그리고 우리 모두에게 도움이 될 만한 잘 늙는 방법에 관한 실용적인 조언과 전략을 담고 있다.

멋지게 나이 드는 비법이 궁금해서 찾아간 어르신들은 "별로 특별할 것도 없는걸"이라며 흥미로운 반응을 보여줬다. 그들은 매일 배우고, 참여하고, 즐거움을 찾으며 하루하루 살아가고 있을 뿐이라고 이야기했다. 하지만 그저 하루하루를 살아가는 노인의 이야기는 나와 마시에게 영감을 선사했다. 당신 또한 영감을 얻을 수 있길 바란다.

사실 하루하루를 살아가는 것만 해도 쉽지 않은 일이다. 잘 늙으려면 매일 부지런히 신체, 인지, 정신, 영적 건강을 돌보는 것은 물론이고 일을 하든 봉사 활동을 하든 다른 사람을 돕든 목적성을 지닌 활동에 참여해야 한다. 자주 웃고 관대함을 발휘해야 한다. 프랑스어 수업을 듣든 오악사카(멕시코 남부에 자리한 도시-옮긴이 주) 전통 음식을 먹든 적어도 일주일에 한 번은 새로운 것에 도전해야 한다. 또 나보다 먼저 죽지 않을 젊은 친구를 사귀어야 한다. 긍정적인 태도를 가지고 꾸준히 열정을 쏟을 만한 일을 발견하며 받은 만큼 돌려주고 세상을 변화시키는 방법을 찾아야 한다. 무엇보다 우리는 가족과 친구, 소중한 사람과 더 많은 시간을 보내야 한다.

이 모든 조건을 충족하면 놀라운 결과를 얻을 것이다. 지금부터 계획을 잘 세운다면 풍성한 말년을 즐기고 마지막 순간까지 행복한 삶을 누릴 수 있다. 마시는 노화가 삶에 어떤 영향을 미치는지 깨닫고 엄청난 충격을 받아야 했다. 이 책을 읽는 독자는 마시와 같이 충격적인 사건을 경험하지 않고 차근차근 미래를 계획해 나갈 수 있길 바란다.

나이듦이라는 여정에 필요한 지도와 나침반

책을 집필하기 석 달 전, 나는 어이없이 넘어졌다. 정신을 다른 데 팔고 있던 탓이다. 그렇게 아차 하다 넘어지는 사람이 많으리라 생각한다. 나는 마트 주차장에서 핸드백을 이리저리 고쳐 메며 입구 쪽으로 허둥지둥 걸어가다가 하수구 덮개에 발이 걸려 엎어졌다. 그렇게 양쪽 팔이 다 부러졌다.

그렇다. 한쪽도 아니고 양쪽이 다 부러졌다. 의사는 양측 팔꿈치 근처에서 동시에 골절이 발생했다고 설명했다. 한 달 동안 양팔을 아예 못 쓰며 아무것도 하지 못했다. 문을 열지도, 신발 끈을 묶지도, 음식을 먹지도, 혼자 샤워를 하지도, 손톱을 자르지도 못했다. 팔이 멀쩡할 때는 아무렇지 않게 하던 일을 하나도 할 수 없었다.

다행히 남편 존John이 휴가를 내고 수발을 들어줬다. 가족과 친구에게도 도움을 받았다. 운이 좋게도 나는 석 달 만에 일상을 되찾았다. 팔이 다 나아서 다시 스스로 무엇이든 할 수 있게 됐다. 아무렇지 않게 삶을 이어갈 준비가 됐다고 생각했다.

하지만 아니었다.

'변한 건 없어'라고 생각하며 안도했지만 분명 무언가가 변했다. 나는 난생처음 혼자서는 아무것도 할 수 없다는 무력감을 경험했다. 때로는 가장 사랑하는 사람에게 짐이 되는 것 같다는 생각에 스스로가 한없이 작게 느껴졌다.

나는 우리 모두에게 찾아올 미래의 유령을 미리 만나봤다. 유령의 정체는 노화였다. 길지 않은 시간이었지만 예상치 않게 닥친 위기 덕분에 잠시 멈춰 스스로를 돌아보고 새로운 시각으로 삶을 바라볼 수 있었다. 이해하기 힘들 수도 있겠지만 어떤 면에서는 축복이었다.

뼈가 부러진 경험이 축복이라고? 그렇다. 불편을 경험하고 나서야 비로소 내가 지금껏 벽을 쌓고 현실을 회피해 왔음을 깨달았기 때문이다.

나는 40세 전까지 한 번도 노화를 고민해 본 적이 없다. 40세가 되고 부모님이 여기저기 아프기 시작하며 늙는 것이 무엇인지 실감하긴 했지만, 노화는 여전히 부모님 세대의 이야기였다. 하지만 양팔이 다 부러지고 당연히 해내던 일을 더 이상 할 수 없게 되자, 노화가 단지 부모님이나 장년층에 국한된 문제가 아니라는 사실이 생생하게 다가왔다.

노화는 나의 이야기였다.

지금 당장은 아니더라도 나 또한 언젠가는 늙을 것이다. 뼈가 완전히 붙고 의사가 평소처럼 활동해도 좋다고 이야기했지만, 부상이 내 삶에 드리운 그림자는 사라지지 않았다. 기력을 회복할 수 없어서 좋아하는 일을 포기해야만 하는 시점이 반드시 올 것이었다.

나는 부모님과 연배가 비슷한 친구분들이 포기 단계를 거치는 과정을 봤다. 우리는 노화라는 주제를 입에 담기조차 꺼리며 높다랗게 벽을 쌓아 유령을 몰아내려고 필사적으로 노력해 왔다. 하지만 나를 비롯한 수많은 60대 또한 머지않아 같은 길을 걷게 될 것이다.

가상의 벽을 허물고 나니 시야가 새롭게 펼쳐졌다. 벽이 사라지자 지금껏 보지 못했던 미지의 땅이 눈에 들어왔다. 눈앞에 펼쳐진 새로운 땅을 더욱 의미 있고, 굳건하고, 수월하게 여행하는 방법을 최대한 많이 알고 싶어졌다. 나는 한때 반짝반짝 빛나던 나의 부모님이 엉망진창으로 망가진 의료 체계 때문에 고생하는 모습을 지켜봤다. 그리고 나 자신은 물론 내가 아끼는 사람이 그런 경험을 하지 않길 바랐다.

노화라는 여정을 의도적으로 즐길 수 있을까? 실제로 몇몇 노인은 말년이 인생에서 가장 행복한 시기라고 이야기한다.

인생에서 가장 행복하다고? 어떻게 그럴 수 있을까?

내 친구이자 이 책의 공동 저자인 엘리자베스 엑스트롬은 노인의학 전문의로 일하는 25년 동안 노령 환자 수백 명을 치료했다. 엘리자베스는 자신을 찾은 많은 환자가 인생 3막이나 4막을 무척 즐겁고 행복하게 보낸다고 이야기한다. 엘리자베스 자신도 노화를 반갑게 맞이하고 있다. 노화가 어찌나 기꺼웠던지 얼마 전에는 연구를 목적으로 안식년을 내고 1년 동안 전 세계에서 가장 바람직하게 늙어가는 사람들이 산다는 지역을 여행했다.

엘리자베스가 여행지에서 찍은 사진은 호기심을 불러일으켰다. 올해로 93세를 맞이한 우리 어머니의 손 사진과는 딴판이었다. 어머니는 주름이 자글자글한 손 사진을 무척이나 싫어했다. 나무줄기 같은 손은 죽음을 눈앞에 둔 쇠약한 인간의 종말을 상징하는 듯했다. 죽음까지 몇 년이나 남았을 때도 마찬가지였다. 반면 엘리자베스가 찍은 사진에는 95세 노인이 사다리를 타고 올라가 올리브나무 가지를 치는 모습이 담겨

있었다. 게다가 사진 속 노인은 거친 자갈길을 8킬로미터나 걸어왔다고 한다. 엘리자베스는 미국에서 노인을 사다리에 올려놓고 가지치기를 시켰다간 아래로 떨어져 엉치뼈가 부러질 게 분명하다고 덧붙였다. 사실 노인이 사다리 위에서 균형을 잡고 가지를 치기 위해서는 평생에 걸친 경험이 필요하기는 하다.

어쨌든 나는 엘리자베스가 찍은 사진이 마음에 들었다. 사진은 활기찬 노년을 담고 있었다. 이제 나는 바로 이곳, 미국에서도 노년을 활기차게 보낼 수 있을지 궁금해졌다. 다친 이후로 피로감을 자주 느꼈기에 질문에 답을 내는 것이 한층 더 중요하게 느껴졌다. 엘리자베스가 다녀온 특별한 장수 마을인 블루존Blue Zone에 거주하는 사람은 많지 않다.

연구원인 댄 뷰트너Dan Buettner와 내셔널지오그래픽 팀은 인구의 상당수가 100세 이상으로 비교적 건강하게 장수하는 지역을 최초로 조사하며 이곳에 블루존이라는 이름을 붙였다. 뷰트너와 연구 팀이 지정한 블루존에는 이탈리아 사르데냐섬의 누오로Nuoro, 코스타리카의 니코야Nicoya, 그리스의 이카리아섬Icaria, 일본의 오키나와Okinawa, 미국 캘리포니아주의 제7일 안식교 공동체인 로마 린다Loma Linda까지 다섯 개 지역이 있다.

블루존에 거주하는 100세 이상 노인 대부분은 다른 지역에 사는 노인과 달리 심장병, 우울증, 당뇨병을 비롯해 인류를 괴롭히는 각종 질병으로부터 자유로웠다. 그뿐 아니라 뷰트너는 블루존의 치매 발병률이 현저히 낮다는 놀라운 사실을 발견했다. 블루존 주민이 치매에 걸릴 확률은 미국인에 비해 무려 75퍼센트나 낮았다.

하지만 장수 마을 밖에 사는 수많은 사람에게도 이와 같은 정보가 의미를 지닐 수 있을까? 문화와 인구, 지역을 막론하고 모든 사람이 블루존의 이점을 누릴 수 있을까?

엘리자베스는 30년에 가까운 긴 시간 동안 행복하고 건강한 삶을 누리는 사람들의 생활양식을 의학적, 신체적, 정서적, 심리적, 영적 측면에서 다양하게 관찰해 왔다. 미국이 해답을 찾기가 어려울 것임을 잘 알기에 더 큰 노력을 기울여야 했다. 각종 통계 수치는 암울했다. 엘리자베스는 이것이 단지 노년층에 국한된 문제는 아니라고 이야기한다.

2022년 블룸버그 건강국가지수Healthiest Country Index에서 미국은 34위라는 암담한 성적을 거뒀다. 꾸준히 하락세를 기록하고 있는 미국의 건강 점수는 에스토니아, 칠레, 쿠바보다 낮았으며 바레인과 카타르를 아슬아슬하게 앞서는 수준에 머물렀다. 《일반내과의학 저널Journal of General Internal Medicine》에 실린 소논문에 따르면 미국은 (a) 전 세계에서 가장 비싸고, 기술적으로 진보했으며, 전문적으로 세분화된 의료 체계를 갖추고 있지만

(b) 국민 건강 상태는 여타 고소득 국가 중 가장 저조하다.

엘리자베스는 이와 같은 상황이 노인에게 특별한 문제를 제기한다고 이야기했다. '행복지수' 또한 그중 하나라고 할 수 있다. 미국의 행복지수는 유독 낮은 편이다. 다른 여러 나라의 행복지수는 훨씬 높으며, 노년층은 더 건강하고 만족스럽게 나이 들어가고 있다.

유엔 산하 자문기구인 지속가능 발전 해법 네트워크_{Sustainable Development Solutions Network}에서 매년 실시하는 설문을 바탕으로 작성되는 〈세계 행복 보고서_{World Happiness Report}〉에서 미국은 2022년 가장 행복한 나라 20위 중 16위를 기록했다.

이유가 무엇일까? 이 문제를 해결할 방법이 있을까? 엘리자베스는 해결할 수 있다고 대답한다. 단, 늙기 한참 전부터 노력해야 한다. 건강하고 행복한 80세는 수십 년 전부터 차곡차곡 쌓아 올린 노력의 결과물이다. 꾸준히 노력한다면 80세 이후에도 얼마든지 즐겁고 의미 있게 보낼 수 있다.

엘리자베스는 개인의 행복은 다양한 요소로 결정된다고 설명한다. 행복의 40퍼센트는 유전자에 의해 결정되고, 15퍼센트는 환경의 영향을 받으며, 40퍼센트는 노력에 달려 있다. 나머지 5퍼센트가 무엇인지는 아직 과학자들도 밝혀내지 못했다.

하지만 40퍼센트는 대단한 수치다.

《드라이브》의 작가 다니엘 핑크는 내적 동기를 연구한다. 핑크가 소개하는 연구는 주로 사업에 대한 것이지만, 그 내용은 노화에도 동일하게 적용할 수 있다. 핑크는 투지는 필수적이며 노력 또한 없어서는 안 된다고 이야기한다. 성공적인 삶은 다리가 세 개인 의자와 같다. 목적과 전문성, 주도성 중 어느 것 하나라도 빠지면 균형이 무너진다.

흥미롭게도 엘리자베스는 목적과 전문성, 주도성이 뇌를 건강하게 유지한 채로 나이 드는 데 중요한 역할을 한다고 설명한다. 이 세 가지를 이해하고 여기에 적합하게 계획을 세우면 죽음을 맞이할 때까지 노년을 즐겁게 보낼 수 있다.

어떻게든 노화라는 주제를 멀리하려고 애써 쌓아놓은 벽이 사고로 무너지자 앞으로 내가 걸어야 할 길이 한없이 아득하게 느껴졌다. 배우고 실천하고 싶은 의지는 굴뚝같았지만 노화라는 여정을 떠나려면 지도가 있어야 했다. 그래서 내가 지도를 그리기로 했다. 그러려면 방향을 가리켜줄 나침반이 필요했다. 엘리자베스가 나침반이 돼줄 수 있을 것 같았다. 쓰러진 나무를 타 넘고, 바닥에 튀어나온 뿌리를 피하고, 거친 개울을 건너야 할 것이다. 하지만 나를 기다리는 모험을 설레게 받아들이기로 했다. 정상에 오르면 펼쳐질 풍경을 기대하며 얼마든지 고난을 감당할 자신이 있었다.

엘리자베스는 훌륭한 길잡이가 되어줄 것이다. 오랜 세월 수백 명을 이끌고 정상으로 향하는 가장 좋은 경로를 조사하고 탐험하고 발견했으니 노화라는 등산로의 상태를 아주 잘 알고 있을 것이기 때문이다. 게다가 엘리자베스는 산을 오르는 동안 더욱 안전하고 아름다운 길을 찾으려 애썼다. 대부분의 시간은 앞을 향해 나아갔지만 가끔은 뒤를 돌아 주위를 살펴보며 숨겨진 함정을 살피고 그 위치를 표시했다.

왜 그랬을까? 엘리자베스는 이것이 진정한 노화라고 설명했다. 많은 사람이 특정 나이에 접어들면서 노화가 진행된다고 생각한다. 하지만 노화는 단일한 직선이 아니다. 노화는 단절되지 않고 이어지는 연속체이며, 그 과정이다.

그렇게 생각하자 마음이 조금 더 편해졌다. 우리는 아주 어릴 때부터 걸어온 길에 노화라는 이름을 붙이고 계속 걸어갈 뿐이다. 노화는 젊음이 아니다. 그렇다고 늙음도 아니다. 노화는 굵은 주름이 새겨진 손을 담은 사진도 아니다. 노화란 더 포괄적인 개념이며, 오르락내리락하는 유동적인 선이다. 단지 위치를 표시하기 위해 중간중간 날짜와 연도를 새겨두었을 뿐이다. 우리는 아주 오랫동안 이 선을 따라 걸어왔으니 낯선 부분보다 친숙한 부분이 훨씬 많을 것이다.

다만 엘리자베스는 선을 따라 걷다 보면 변화가 나타난다고 이야기했다. 문제가 생기는 것이다. 하지만 우리는 변화를 마주하는 자세를 선택할 수 있으니, 얼마든지 긍정적으로 몸과 마음, 영혼을 돌보며 생명력을 기를 수 있다.

나는 그 방법을 찾고 지도에 기록해야만 했다.

양쪽 팔이 부러진 경험이 계기가 됐다. 부러진 양팔은 놀라운 깨달음을 가져왔고, 나는 다른 시각으로 노화를 바라보게 되었다. 의미 있게 사는 법을 알려주는 어르신의 지혜와 전문가의 지식을 함께 들으니, 노화가 더 이상 모호하고 불확실한 미지의 영역이나 자율성을 잃고 쇠퇴해 가는 여정으로 느껴지지 않았다.

노인이 품은 지혜는 무엇보다 생생하게 살아있었다.

"다음 주 화요일에 제 사무실로 와주세요. 소개해 줄 사람이 있어요." 엘리자베스가 이야기했다.

1부

목적성:

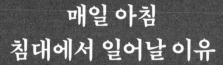

매일 아침
침대에서 일어날 이유

즐거움을 찾는 비결을 알고 싶다고?
나는 매일 다른 사람이 조금이라도
나은 삶을 살 수 있도록 노력한다네.
그러다 보면 즐거움은 저절로 따라오지.

랍비 조시 스탬퍼Josh Stampfer

97세

즐거움보다
더 높은 목표

엘리자베스의 사무실에 들어서자 휠체어에 앉아 즐겁게 이야기보따리를 늘어놓던 노인이 고개를 들어 나를 올려봤다. 노인은 입이 귀에 걸릴 것처럼 활짝 웃으며 손을 내밀어 악수를 청했다. 나는 노인들이 으레 그렇듯 아귀힘이 약할 것이라 생각하며 손을 맞잡았다.

그런데 손가락이 으스러지는 줄 알았다.

엘리자베스가 웃으며 소개했다. "마시, 이분은 랍비 조시 스탬퍼예요."

"그냥 조시라고 불러주시오." 친절을 담은 갈색 눈동자를 바라보자 마음이 따뜻해지는 것 같았다.

만남을 주선하기 전에 엘리자베스가 언질을 준 덕분에 나는 98세가 다 되어가는 조시가 놀라운 삶을 살아왔다는 사실을 알고 있었다. 반갑게 맞이해 준 덕분에 나는 기분 좋게 조시의 휠체어 옆에 놓인 의자에 앉았다. 조시 반대쪽 옆에 앉아있던 간병인이 팔을 뻗어 내 다른 쪽 손을 잡고 흔들었다. 사무실에는 기분 좋은 온기가 감돌았다. 엘리자베스가 이 관대하고 사랑 넘치는 할아버지에 대해 알려준 이야기가 떠올랐다.

1921년 이스라엘 예루살렘에서 태어난 조시는 랍비에게 둘러싸여 어린 시절을 보냈다. 증조할아버지는 예루살렘의 랍비장이었으며, 팔레스타인이 오스만제국의 통치를 받던 시절 팔레스타인에 초기 유대인 정착지를 세웠다. 조시의 아버지 또한 랍비가 되어 오스만제국 시대의 팔레스타인에서 활동했다.

제1차 세계대전이 끝나고 오스만제국이 몰락하면서 팔레스타인 정부의 위치가 어중간해졌다. 1922년 국제연맹은 영국에 팔레스타인 통치권을 위임했다. 이때 조시의 아버지는 구인난을 겪었다. 조시가 두 살이 되던 해 가족은 미국으로 건너갔고, 조시의 아버지는 미국 전역을 떠돌며 랍비로 일했다.

조시 또한 가업을 이었다. 뉴욕의 유대교 신학대학에 다닌 조시는 1949년 랍비 서품을 받았다. 그로부터 4년 후, 서부 해안을 두 눈에 담길 열망하며 오리건주 포틀랜드로 향했다. 이후 조시는 그곳에 터를 잡고 살면서 포틀랜드를 넘어 북서부 전역, 더 나아가 전 세계 수많은 사람의 삶에 영향을 미쳤다.

오리건주로 이주하고 3년 후, 조시는 캠프 솔로몬 셰크터 Camp Solomon Schechter라는 기도원 및 교육기관을 설립했다. 유대인뿐 아니라 다른 종교를 믿는 어린이 수천 명이 이곳에서 공부했다. 60여 년이 지난 오늘날까지도 많은 어린이가 이곳을 찾고 있다. 그뿐 아니라 조시는 수년 동안 중국, 비로비잔, 러시아 등지의 외딴곳에서 힘들게 살아가는 유대인을 찾아 연락망을 구축하며 영적 지도자로서 소임을 다했다. 조시는 1954년부터 1993년까지 포틀랜드 유대교 회당에서 랍비 업무를 수행했다. 오리건 홀로코스트 자료관을 설립하고 오리건 유대교 역사학회를 창립했으며, 오리건 유대교 박물관 개관에 힘을 보탰다. 또 포틀랜드주립대학교 Portland State University에서 40년 동안 교수를 역임했으며 유대교 연구 협회를 결성했다.

나는 조시의 이야기에 매료됐다. 또 나이가 100세를 바라보는 데다 거동이 불편한데도 은퇴하여 조용하게 살아가려는 생각이 없다는 사실에 감탄했다.

엘리자베스가 은퇴 의사를 묻자 조시는 미소 지으며 대답했다. "나이 든 사람도 즐겁게 목적을 추구하며 활기찬 삶을 살 수 있다네. 다만 인생을 즐기는 데 그쳐서는 안 되지. 즐거움보다 더 높은 목표가 있으니 말일세."

즐거움보다 더 높은 목표라고? 나는 살짝 놀랐다. 하루빨리 은퇴해 여생을 즐기겠다는 사람들이 머릿속에 떠올랐다. 많은 사람이 다양한 장소를 여행하고, 유행하는 레스토랑에서 식사를 하고, 멋지게 차려입고, 대단한 모험을 경험하길 바라며 바쁘게 살아간다. 그런 것들이 행복을 가져온다고 믿기 때문이다. 미적거리다간 시기를 놓치고 말 테니 부지런히 움직여야 한다. 하지만 조시의 생각은 달랐다. 조시는 자신의 황금기를 그렇게 보내지 않았다.

몸을 들썩여 휠체어에 살짝 기대듯 자세를 고쳐 앉은 조시는 설명을 이어나갔다.

"나는 타인이 더 나은 삶을 누릴 수 있도록 도와주고 싶어. 그들이 도덕적이고, 윤리적이고, 선한 삶을 살길 바라지. 지금보다 조금이라도 더 나은 세상을 만드는 게 내 목표일세."

"어떤 방법으로요?" 엘리자베스가 물었다.

"가르침을 주는 거야. 내가 가르치는 것을 그만뒀다면 지금 이 자리에 없었을 걸세. 비참한 삶을 살았겠지."

조시의 교육 일정은 상당히 빡빡했다. "오늘 아침 수업에는 55명이 참석했다네. 매주 한 번은 역사 강의를 하고, 한 번은 탈무드를 가르치지. 한 달에 한 번은 남자들을 모아놓고 유대교 개념을 강습한다네. 이번 달 수업은 내일인데, 이민을 주제로 의견을 나눠볼 예정이야. 이민자 수가 너무 많아서 큰일이야. 해결책이 뭔지 알겠는가?" 조시가 나에게 질문을 던졌다. 나는 조시의 열정에 놀라며 고개를 저었다. "자기 나라를 떠나고 싶은 생각이 들지 않도록 사람들의 삶을 개선하는 거야. 대개는 고향에 머물고 싶어 한다네. 본능적으로 애정이 가는 거지. 우리는 그런 사람을 도와야 해.

40년 전 포틀랜드주립대학교에 유대교 연구 협회를 설립했을 당시 전국을 통틀어 학부 과정에서 중동을 연구하는 기관은 그곳이 유일했다네. 유대인끼리 똘똘 뭉쳐 유대교만 가르치는 강의가 아니었어." 조시가 말을 이어나갔다. "무슬림, 기독교인 강사도 있었어. 종교의 경계를 넘나들며 다 함께 연구를 했지. 요즘 세상에 필요한 태도야. 우리는 서로의 전통을 존중하며 어우러지는 방법을 배워야 한다네. 우리가 더 큰 세상의 일부라는 사실을 받아들여야 하지."

조시는 잠시 숨을 고르고 다시 이야기를 시작했다. "우리는 타인을 돌봄으로써 스스로를 돌본다네. 인간은 혼자 살 수 없어. 우리는 모두 이 멋진 인류 공동체의 구성원이라네."

"나이가 들면 가르치고 배우는 게 좋은 취미가 되겠네요." 내가 결론을 내렸다.

"교육과 학습은 완전히 다르다네." 조시가 덧붙였다. "학습은 취미가 될 수 있어. 나는 배우는 게 참 좋다네. 요즘에는 나이가 들어서도 즐겁게 공부하는 사람이 점점 많아지고 있지. 하지만 교육은 소명이야. 나는 늘 누군가를 가르쳐 왔고, 앞으로도 계속 가르칠 예정일세. 강의를 준비해야 하니 읽고 싶지 않은 책도 읽어야 하지. 준비 없이 강단에 섰다간 창피를 당할 게 분명하니 자극이 된다네. 차이는 이런 거야. 영화를 보기 싫으면 안 보면 되고, 책을 읽기 싫으면 안 읽으면 되지. 하지만 어떤 책임이 주어지면 하기 싫어도 해야 해. 그러니 나이가 들수록 무언가에 책임을 가지는 게 중요하다네."

조시의 말은 내가 그동안 고민해 오던 목적의 정의를 명확히 했다.

"우리 모두는 행복을 좇으며 산다네." 조시는 90년 인생 경험을 되돌아봤다. "하지만 행복은 단순히 건강에만 달려 있는 게 아니야. 모두가 건강할 수는 없지 않겠나. 행복은 그 이상이 되어야 하네. 나는 그간의 깨달음을 바탕으로 사람들에게 행복하려면 선을 베풀어야 한다고 조언하고 있어. 선을 베풀면 행복해질 걸세. 우리는 다른 사람을 선의로 대할 때 인생을 한층 더 즐길 수 있다네. 훌륭한 생각을 품는 건 좋아. 하지만 그 생각을 말이나 행동으로 옮기는 것도 무척 중요해. 행복해지는 가장 빠른 방법은 타인에게 행복을 주는 거지."

나이 든 랍비는 빙그레 미소 지었다. 노인의 얼굴에 떠오른 미소는 어떤 어둠도 밝힐 수 있을 것 같았다.

"행복하시겠어요." 엘리자베스가 미소에 화답했다.

"그거 아나? 나는 말년에 더 행복해졌다네. 그 이유를 말해주지. 나는 사람이 좋아. 그냥 좋다네. 사람을 만나고, 이야기를 나누는 게 즐거워. 그래서 아직 교편을 못 놓겠어. 사람을 만날 자리를 마련해 주잖나. 나는 나이 든 사람에게 기술을 활용하라고 적극 권장한다네."

"70대, 80대, 90대가 돼서 아무런 기술이 없으면 어떻게 하나요?" 나는 최근에 읽은 암울한 기사를 떠올리며 질문했다. 기사는 75세가 넘으니 세상에 어떤 기여도 할 수 없다며 80세가 되기 전에 죽고 싶다는 사람의 이야기를 전했다.

"늙어서 세상에 공유할 만한 기술이 없을 것 같다고? 그럴 리가 있나!" 조시가 반박했다. "모든 사람은 평생에 걸쳐 기술을 함양한다네. 요점은 그렇게 함양한 기술을 전달하는 것이지. 우리는 적극적으로 기회를 찾아야 해. 은퇴하고 난 다음에는 기회를 만들어야 할 때도 있어. 하지만 누구나 자신의 경험을 살려 타인을 도울 수 있다는 데는 반박의 여지가 없다네."

조시는 한층 깊게 사유를 이어나갔다. "사람이라면 누구나 스스로를 안쓰럽게 여기기 마련일세. 자신에게 연민을 느끼는 거지. 하지만 그래서는 안 돼. 자기중심적인 태도는 불행의 주요인이야. 스스로에게 지나치게 집중하면 타인과 멀어지지. 사람이 오직 자신의 필요와 욕구에만 사로잡히면 불안하고 초조해진다네. 그걸 극복해야 해."

"어떻게요?" 나는 양팔이 부러진 채 고군분투하다가 수시로 자기 연민에 빠지던 때를 떠올리며 조시에게 물었다.

"간단해. 스스로에게서 벗어나면 된다네. 그 시간에 타인에게 선을 베푸는 게 훨씬 낫지 않겠나. 다른 사람의 삶을 개선할 방법을 고민하고 실천하게!"

나는 따뜻하게 미소 지으며 지혜를 나누는 랍비에게 큰 감명을 받았다. 여기 거의 한 세기를 살아온 병든 남자가 있다. 남자는 70년 가까이 인생을 함께해 온 사랑하는 동반자를 잃었고, 전 세계 각지의 유대인 공동체가 그 어느 때보다 어려운 상황에서 힘겹게 명맥을 이어나가는 모습을 지켜봤다. 하지만 남자는 여전히 자신의 삶을 사랑한다고 이야기하고 있다.

"즐거움을 찾는 비결을 알고 싶다고?" 조시는 부러울 만큼 평온해 보였다. "나는 매일 다른 사람이 조금이라도 나은 삶을 살 수 있도록 노력한다네. 그러다 보면 즐거움은 저절로 따라오지."

우리는 왜 목적을 가지고
살아야 하는가

나는 이탈리아 사르데냐섬의 누오로 지방에서 흥미로운 현상을 목격했다. 그림 같은 도시의 거리, 북적이는 광장, 외곽의 산에서 놀라운 광경이 일상처럼 펼쳐졌다. 미국에서는 상상조차 할 수 없는 진풍경이었다.

평범한 평일 아침, 정장에 넥타이까지 깔끔하게 갖춰 입은 남자들이 가볍고 경쾌한 걸음으로 자갈길을 걷고 있었다. 이들은 출근길에 마주친 모든 이웃과 인사를 나눴다. 남자들은 대화하는 내내 웃음을 띠고 있었으며, 하나같이 편안해 보였다.

한 가지 특이한 점은 그들이 80대, 90대, 심지어 100대에 접어든 사람들이라는 것이다.

그들은 전 세계에서 100세 이상 장수하는 사람이 가장 많은 지역, 즉 '블루존' 중 한 군데에 살고 있었다. 댄 뷰트너와 내셔널지오그래픽 연구 팀은 블루존에 거주하는 주민의 건강과 장수에 영향을 미치는 아홉 가지 요인을 발견했다. 나는 이곳 누오로에서 그중 한 가지 요인을 눈으로 확인할 수 있었다. 랍비 조시 스탬퍼가 마시에게 건넨 조언 또한 이와 관련돼 있다. 100세를 넘긴 누오로 지방의 노인은 '즐거움보다 더 높은 목표'를 추구했다.

목적 말이다.

사르데냐섬의 노인은 성별을 막론하고 자신이 사랑하는 사람을 돌보기 위해 스스로를 돌봤다. 여성은 멋스러운 원피스를 입고 자갈길을 걸을 때도 하이힐을 신었다(자갈길에 하이힐은 건강에 좋지 않다!). 남성은 여러 명씩 서서 대화를 나누고 논쟁을 벌였다. 또 이들은 삼삼오오 시장에 가서 식재료를 구입했다. 채소를 고를 때는 어찌나 꼼꼼하게 물건을 살피는지 판매자에게 깨끗이 세척해서 상한 부분을 도려내고 싱싱한 부분만 저울에 달아 값을 매겨달라고 요청했다. 누오로의 할아버지들은 대가족 모임이 있다고 해도 이상하지 않을 만큼 엄청난 양의 채소를 사들였다.

마트나 편의점에서 허겁지겁 물건을 사들이는 광경에 익숙한 미국인의 눈에 오전이 다 가도록 느긋하게 장을 보는 할아버지의 모습은 무척 신기하게 다가왔다.

나는 봄에 누오로를 방문했는데, 나이 든 남성들은 지팡이도 짚지 않고 자갈길을 걸어서 족히 몇 킬로미터는 떨어진 올리브 농장으로 출근했다. 그렇게 걸어서 농장에 도착한 다음에는 나무를 타고 올라가거나 사다리를 밟고 서서 전지가위 혹은 작은 톱을 들고 가지를 손질했다. 한 나무에 네 사람이 붙어서 일할 때도 있었다. 심지어 정장 재킷을 입고 가지를 치는 할아버지도 눈에 띄었다! 누오로의 할아버지들은 가정에 보탬이 되겠다는 생각 하나로 일에 완전히 몰두하고 있었다.

이탈리아의 블루존에 거주하는 노인은 미국에 거주하는 80대, 90대 노인보다 신체적 위험이 훨씬 높은 활동에 활발히 참여했다. 나를 찾아오는 노령 환자에게 사다리 타기를 권하지는 않겠지만(어림도 없다! 80년 동안 꾸준히 사다리를 타온 환자라면 이야기가 조금 다르기는 하겠지만 말이다) 사르데냐섬의 노인들과 같이 목적이 있는 사교활동과 노동을 하는 것은 적극 추천한다.

《드라이브》 저자 다니엘 핑크 또한 이에 동의한다. 핑크는 이런 글을 남겼다. "인간은 자신보다 위대하며 오래 지속되는 대의에 기여하고 싶다는 본성에 따라 목적을 추구한다." 누오로 지방의 노인들은 가족과 공동체, 환경의 안녕이라는 대의를 추구한다. 이들은 목적을 가진 채 걷고, 일하고, 소통한다.

이런 내적 동기는 오키나와의 블루존에서도 뚜렷이 드러난다. 오키나와에 사는 노인 또한 강력한 목적 아래 살아간다. 일본에서는 이를 '이키가이', 즉 '삶의 보람'이라고 부른다. 이는 매일 아침 침대에서 일어나는 이유가 된다. 손주를 돌보든, 정원을 가꾸든, 가족을 위해 요리하든, 다른 볼일을 보든 간단한 활동일지라도 강한 목적의식을 불어넣는다는 점에서 무척 중요하다.

안타깝게도 미국을 비롯해 전 세계 각지에 거주하는 수많은 사람은 특별한 책임 없이 살아간다. 책임을 가지는 것은 삶의 목적을 유지하도록 하는데 말이다. 하지만 우리는 언제든지 삶의 목적을 찾아 건강하고, 활기차고, 즐겁게 늙어갈 수 있다. 일단 목적을 지니는 것이 우리 삶에 얼마나 중요한 역할을 하는지 이해하는 데서 시작해야 할 것이다.

목적이 무엇이든 상관없다. 정원 가득 신선한 채소를 키워도 좋고, 손주를 돌봐도 좋고, 가까운 역사 협회에서 봉사해도 좋고, 완전히 새로운 일을 시작해도 좋다! 핵심은 자기 자신뿐만 아니라 다른 사람을 위해 행동한다는 것이다.

목적성의 문을 여는 여섯 가지 방법

1. 항상 자신이 무엇을 하는지, 왜 하는지 의문을 품어라.

2. 당신의 행동에 목적이 없다면, 또는 대단한 열정이 없는 목적을 추구하

고 있다면, 더 큰 목적성을 갖기 위해 행동에 어떠한 변화를 줄지 고민해

보라.

3. 어떤 분야에 관심이 있는지 생각해 보라. 형편이 어려운 10대 청소년에

게 멘토가 되어주고 싶을 수도, 지속 가능한 정원 가꾸기에 관해 더 많이 배

우고 싶을 수도 있다.

4. 당신의 도움이 필요한 사람이 있는지 주변을 둘러보라.

5. 공동체에 참여하라. 도서관이든, 공원이든, 레크리에이션 사무실이든

당신의 기술, 에너지, 영감을 발휘하며 도움을 줄 수 있는 곳이라면 어디든

좋다.

6. 무엇보다 주저하지 말고 뛰어들어라! 랍비 조시 스탬퍼가 이야기했듯

다른 사람이 조금이라도 나은 삶을 살 수 있도록 노력하다 보면 즐거움은

저절로 따라올 것이다.

나는 내 환자에게 목적을 가지라고 조언한다. 이는 만족감
을 줄 뿐 아니라 매일 아침 침대에서 일어나는 이유가 되어
줄 것이다!

우리에게 주어진 매일이
선물이에요.
인생은 오르막과 내리막의 반복이에요.
우리에게 주어진 좋은 것들에
감사해야 해요.
감사하는 마음은 때때로 찾아오는
슬픔과 고난, 피할 수 없는 어려움을
견뎌내게 해주죠.
노화에 적응하는 방법을 배운다면
새로운 즐거움을 찾을 수 있을 거예요.

릴리 코언Lilly Cohen

94세

우리에게 주어진 매일이
선물이라면

"그때 여동생이 울음을 터뜨리지 않았다면 저는 지금 이 자리에 없었을 거예요. 여동생의 존재가 기적이었죠."

멋지게 옷을 차려입은 아름답고 명랑한 90대 릴리 코언은 나이보다 족히 열 살은 젊어 보였다. 릴리는 차분하게 앉아 커피를 마셨다. 릴리의 표정과 태도에서는 그가 살아오면서 고난을 겪었다는 기색을 조금도 엿볼 수 없었다. 릴리의 사려 깊은 어투는 그가 이토록 곱게 나이 들 수 있었던 이유를 조금이나마 짐작하게 해주었다. 릴리가 살면서 겪은 어려움을 생각하면 놀라운 일이었다.

"잘 아시겠지만, 삶이라는 여정 속에서 우리는 변화를 겪을 수밖에 없어요. 누군가는 용감하게 변화에 대비하거나, 다가오는 변화에 대응해 나가지요. 성공한 사람들은 미래를 위해 변화가 필요하다고 생각한다면 기꺼이 지금 누리고 있는 삶의 방식을 바꿀 거예요." 릴리가 이야기했다. "우리는 누구나 스스로 삶을 주도하길 바라지요. 그건 아흔 살이 돼도 마찬가지예요. 하지만 그러기 위해서는 필요한 게 있어요." 릴리는 내게 이해하는 시간을 주려는 듯 잠시 말을 멈췄다. "적응력이에요."

적응력(의 부족)이라면 할 말이 많다. 양팔에 깁스를 두른 한 달 동안 나는 자립과 거리가 먼 삶을 살았다. 예전 같으면 손쉽게 해낼 일도 도움이 필요했다. 혼자서는 식사조차 할 수 없었다. 얼마 되지 않아 나는 자율성, 즉 혼자 무언가를 해낼 수 있는 능력이 얼마나 소중한지 깨달았다. 릴리의 말이 옳았다. 멀쩡할 때는 그 가치를 모를 수도 있겠지만 인간은 모두 자율성을 갈망한다.

릴리는 말을 이어나갔다. "저는 아홉 살에 처음으로 변화를 경험했어요. 하지만 세월이 흐르고 다른 시련을 맞닥뜨리고 나서야 내가 설정해 둔 인생 경로를 수정할 수 있는 유연한 삶의 태도가 얼마나 중요한지 깨달았지요. 일상에서 이런저런 일을 처리하는 방식을 필요할 경우 바꿔야 한다고 마음의 준비를 해두면 훨씬 행복하게 살아갈 수 있어요. 물론 살다 보면 선택의 여지가 거의 없을 때도 있지요." 릴리는 여기서 지혜가 담긴 한마디를 덧붙였다. "변화하는 환경에 적응하려는 노력은 승리한 삶과 성공한 노년을 가져다 줄 거예요. 결국 어떻게 생각하느냐에 따라 지난 삶이 비극이었다고 여길 수도, 감사한 나날이었다고 여길 수도 있지요."

릴리의 삶은 환경이 어떻게 예상치 못한 변화를 가져오는지 보여준다.

릴리는 1929년 독일 라인란트의 풍요로운 계곡 마을인 부퍼탈의 엘베르펠트에서 태어났다. 릴리의 아버지는 고향인 폴란드를 떠나 독일에서 동업자와 함께 남성 의류 사업을 시작했다. 아버지는 애정이 넘치는 가정에서 풍요로운 삶을 꾸려나가며 마을 사람들의 존경을 한 몸에 받았다. 한편 똑똑하고 호기심 넘치는 소녀였던 릴리는 즐겁게 초등학교에 다니고 있었다. 전교를 통틀어 유대인 학생은 릴리 한 사람뿐이었다.

"그때까지 저는 반유대주의를 한 번도 경험해 본 적이 없어요." 릴리는 단언했다. 그리고 1938년 10월 26일, 릴리의 삶이 송두리째 바뀌는 사건이 일어났다.

"아돌프 히틀러가 독일에 거주하는 폴란드계 유대인 1만 8000명의 국외 추방을 결정한 날이에요." 릴리가 침착하게 이야기를 이어나갔다. "부모님은 가까운 도시인 뒤셀도르프의 폴란드 영사와 알고 지냈어요. 그날 영사는 끔찍한 일이 벌어질 것이라고 경고했어요. 어머니와 여동생, 저는 집에 남고 아버지는 폴란드 영사관에 몸을 숨기라고 하더군요. 아무리 유대인이라도 여자와 아이까지 어떻게 하지는 않을 거라 생각한 거죠. 그때 제 여동생은 겨우 10개월이었어요."

릴리의 가족은 재빨리 결정을 내렸다. 아버지는 뒤셀도르프 영사관으로 피신하고 나머지 세 식구는 집에 남았다. 하지만 영사의 예상은 빗나갔다. 히틀러의 유대인 탄압은 남녀노소를 가리지 않았다.

"아버지가 떠나고 얼마 안 돼 나치 돌격대원 두 명이 집에 들이닥쳤어요. 우리를 데리러 왔다고 했죠. 당시 엘베르펠트에서 유일한 유대인 아기였던 제 여동생까지 모두요. 우리는 어디로 가는지도 모르고 집에서 끌려나왔어요. 체코슬로바키아 출신 기독교인 가정부가 어머니에게 귓속말로 이렇게 이야기했어요. '젖병이나 기저귀는 챙기지 마세요.' 어머니는 그 말을 따랐죠. 군인들은 우리를 감옥으로 데려갔어요."

릴리는 이후의 일을 생생하게 기억했다. "200명이 넘는 유대인이 꽉 들어차 있었어요. 무슨 일이 일어날지 모르니 다들 불안해했어요. 어린 여동생은 배가 고픈 데다 기저귀까지 축축하게 젖어서 울음을 터뜨렸고, 그러다가 소리를 지르기 시작했죠. 잠시도 쉬지 않고 자지러질 것처럼 악을 썼어요. 그날 작전을 통솔한 괴팍한 나치 관리자는 짜증이 나서는 여동생에게 울음을 그치라고 명령하더군요. 그런데 배고프다고 악을 써대는 애가 말을 듣나요. 도저히 못 참겠던지 관리자가 돌격대원들에게 우리를 다시 집으로 데려다 놓으라고 하더군요. 아버지가 없어서 더 화가 난 눈치였어요."

릴리는 잠시 말을 멈추고 고통스러웠던 과거를 되돌아봤다. "우리랑 같이 감옥에 있던 폴란드계 유대인들은 다음 날 아침 유개차에 실려 폴란드 국경으로 끌려갔어요. 그길로 독일에서 추방돼 폴란드 중부 도시 우치에 설치된 임시 수용소로 향했죠. 나중에 알았는데 그 당시 독일에서 추방된 유대인 대부분이 우치의 유대인 거주 지역에서 죽거나 강제 수용소로 끌려가 학살당했어요. 우리 가족은 운이 좋았어요. 독일을 빠져나와 파리에서 아버지를 다시 만날 수 있었으니까요. 아버지는 쿠바와 미국 비자를 취득했어요. 우리는 1938년 12월 말에 유럽을 떠나 배를 타고 아바나로 건너갔어요. 그곳에서 1년 반 동안 난민 신분으로 살았죠. 그리고 1940년 7월에 뉴욕에 왔어요. 외가 쪽 친척 25명이 대학살 때 폴란드에서 목숨을 잃었어요. 안타까운 일이지요. 영리한 가정부가 귀띔해 주지 않았다면, 또 여동생이 때마침 울음을 터뜨리지 않았다면 기적도 없었을 거예요."

나는 할 말을 잃었다. 릴리는 침착하고 평화롭게 이야기를 마무리했다.

"하지만 대학살에서 생존한 친척도 26명이나 돼요. 지금은 프랑스, 네덜란드, 이스라엘, 캐나다, 미국 각지에 흩어져 살고 있어요. 다들 독일에서 탈출하고 몇 년 만에 자리를 잡고 잘 살고 있으니 얼마나 감사한지 몰라요."

이렇듯 어린 시절 급작스러운 변화에 적응하는 방법을 습득한 릴리는 뉴욕에서도 잘 적응해 나갔다. 릴리는 대학교를 졸업하고, 몇 년 후에는 성인교육학 석사 학위를 취득했으며, 노인학을 공부했다. 멋진 남성과 결혼해 두 아이를 낳았고, 노쇠한 시어머니와 함께 살며 그동안 익힌 지식을 현실에 적용했다. 그로부터 얼마 지나지 않아 남편이 신경성 질환에 걸렸다. 릴리의 사랑하는 남편은 10년 동안 정확한 병명조차 진단받지 못한 채 나날이 쇠약해져 갔다.

"조지의 인지, 신체, 정서적 능력이 저하됐어요. 보통 사람보다 빨리 늙어갔죠. 저는 20년 동안 남편을 돌봤어요." 릴리가 말을 이어나갔다. "제가 이러한 상황에 적응하고 살아남은 데는 지역 간병 배우자 지원 단체의 도움이 커요. 나중엔 저도 더 능동적으로 행동했고, 전국 간병 배우자 지원 단체도 적극적으로 나섰죠. 이제 저도 늙었으니 상실을 받아들이고 변화에 적응하며 살아가야 한다고 늘 생각하고 있어요."

하지만 릴리는 자신의 삶이 상실로 가득한 것만은 아니었다고 재빨리 덧붙였다. 남편이 죽고 몇 년 후, 릴리는 두 번째 남편을 만났다. 릴리처럼 오랫동안 배우자를 간병한 사람이었다. 두 사람은 깊고 충만한 사랑 속에서 새로운 삶을 꾸렸다. 특유의 낙관적인 태도로 아직 건강하다고 자부하는 릴리는 남편과 함께 자연 발생 은퇴자 공동체Naturally Occurring Retirement Community, NORC에서 다양한 활동에 참여하며 즐겁게 살아가고 있다. 요즘에는 50대 중반부터 90대까지 폭넓은 연령층으로 구성된 평생 교육 프로그램인 호프스트라대학교Hofstra University의 은퇴자 자기계발 프로그램Personal Enrichment in Retirement, PEIR에 적극적으로 참여하고 있다. 구성원은 친근한 분위기에서 지적, 문화적 자극을 주고받는다.

"은퇴자 수백 명과 교류하며 다양한 관점에서 노화를 공부할 기회를 얻었어요." 평생을 교육자로 살아온 릴리는 과거를 회상하며 이야기를 이어나갔다. "1975년에 아델피대학교Adelphi University 총장이 노화 종합 연구센터Multidisciplinary Center on Aging 설립을 부탁했어요. 저는 46세에 노화와 장수를 공부하기 시작했죠. 90대쯤 되니 복합적 시각에서 나름의 관점을 가지고 노화를 바라보게 되더군요. 미리 계획하려는 자세가 제일 중요해요. 노화 과정을 부정하는 것, 즉 쇠퇴와 상실의 가능성을 고려하지 않으려는 태도는 도움이 되지 않아요. 늙어가면서 어떤 일이 일어날지 일찍이 예상해 둬야 뭐든 계획을 세울 수 있으니까요."

릴리는 핸드백에서 아이폰과 안경을 꺼냈다. "저도 그렇고, 남편도 그렇고 요즘에는 물건을 어디 뒀는지 깜빡깜빡하는 게 일상이에요. 예전에 비해서 활력도 떨어지고, 움직이기도 쉽지 않아요. 한 번에 여러 가지 일을 처리하기도 버겁고요. 몸이 예전 같지 않으면 생각도 바뀌어야죠. 그래서 계획을 세워야 하는 거예요."

릴리는 다음과 같이 결론지었다. "제 나이쯤 되는 노인네는 대개 두 부류로 나뉘어요."

나는 웃으며 물었다. "어떤 부류요?"

"부정론자와 현실론자요. 둘이 섞인 경우도 간혹 있어요. 제가 지금까지 본 바로는 부정론자가 좀 더 겁이 많고 완고해요. 살던 대로 살겠다는 마음이 강하죠. 현실을 부정하면서 통제력을 지키려는 거예요. 이런 사람들은 지금껏 해온 일을 앞으로도 계속 할 수 있고, 해내야 한다고 믿어요. 건강할 때 누리던 일상을 유지하겠다는 마음이 무척 강하죠. 나이가 들면서 신체와 인지 능력이 떨어지고, 건강이 악화되고, 상실을 경험할 수 있다는 사실을 받아들이지 못해요. 가능성을 떠올리는 것만으로 두려움을 느끼죠. 결국 심각한 문제가 생기면 아무런 대비가 되어있지 않은 상태에서 그 결과를 고스란히 감당해야 해요."

릴리가 커피를 홀짝였다. 얼마 전, 나는 일상을 무너뜨리고 사고방식을 뒤바꾼 사건을 경험했다. 릴리의 이야기를 들고 있자니 내가 얼마나 무방비한 상태로 변화를 맞닥뜨렸는 지 깨달았다. 물론 일어날 수도, 일어나지 않을 수도 있는 모 든 사고에 대비하는 것은 불가능한 일이다. 우리가 될 수 있 으면 건강 보험에 드는 이유이기도 하다. 하지만 릴리가 이 야기하는 미래 계획이란 언젠가 우리 모두 경험할, 충분히 대비할 수 있는 변화에 관한 것이었다.

"현실론자는 삶을 있는 그대로 바라봐요." 릴리는 계속해 서 부정론자와 현실론자에 대한 이론을 설명했다. "노년을 편안하게 보내기 위해서는 어떠한 건설적 변화가 필요한지 예측하고, 미래를 한결 수월하게 보내기 위해 기꺼이 현재의 생활 방식을 바꿀 의지가 있죠. 현실론자는 사건 사고가 닥 치기 전에 미리 일상을 바꾸는 방식으로 통제력을 유지해요. 아직 변화를 감당할 수 있을 때, 선견지명과 용기를 발휘해 삶을 똑바로 마주하고 개방적이지만 단호한 사고방식으로 생각을 실천에 옮기죠."

"현실론자시네요." 나는 존경을 담아 이야기했다.

"확실히 그렇게 하길 잘했다 생각하는 일이 많아요. 사실 모든 노인이 할 수 있는 일이죠. 나이가 얼마나 많든 우리는 얼마든지 스스로의 생각과 행동을 바꿀 수 있답니다."

릴리는 아이폰을 내려놓으며 미소 지었다.

"나이가 들면 누구나 기력이 떨어지기 마련이에요. 그것도 나쁘지만은 않아요. 몸이 약해져서 할 수 있는 일이 줄어들면 아직 할 수 있는 일 중 가장 즐거운 것에 집중하면 되니까요! 가족과 함께 시간을 보낼 수도, 종교 활동에 참여할 수도, 요리를 할 수도, 외식을 할 수도, 카드놀이를 할 수도, 대학교 평생 교육 프로그램에 참여할 수도, 봉사 활동을 할 수도, 텔레비전을 볼 수도, 책을 읽을 수도 있죠. 뭐가 됐든 스스로가 행복한 일을 하세요."

릴리가 조심스럽게 말을 이어나갔다. "우리 모두는 기나긴 인생을 살면서 아픔과 슬픔, 상실과 실망을 경험해요. 하지만 그만큼 많은 기쁨과 즐거움, 성공과 추억도 경험하죠. 과거를 돌아보고 현재를 생각하면 자랑스럽고 행복한 일을 무척 많이 찾을 수 있어요. 그런데 그걸 잊고 사는 노인이 너무 많아요! 지금 당장 자신을 괴롭히는 것들에 사로잡혀 상실과 좌절에만 초점을 맞춰요. 너무 안타깝죠."

릴리는 나를 똑바로 바라보더니 내가 그릴 지도에 지표가 되어줄 말을 했다. "나이가 들수록 삶을 전체적 관점에서 바라보는 게 중요해요. 과거에 우리를 찾아온 행운과 아직까지 우리 곁을 지키고 있는 긍정적 측면을 기억하려고 노력해야 하죠. 스스로의 내면을 깊숙이 들여다보면 누구든 삶의 긍정적 측면을 찾을 수 있어요. 당신에게 주어진 축복을 헤아리세요!"

지난해 릴리에게 무척 큰 의미로 다가왔을 소식이 전해졌다. 독일 정부와 지방단체가 끔찍한 역사를 인정하고 공개적으로 잘못을 사과했다는 사실은 이미 알고 있었지만, 이번에는 여러 독일 마을이 과거에 박해를 피해 달아난 유대인을 초대했다. 2018년 4월, 엘베르펠트에 살던 유대인에게도 사흘 동안 마을을 방문할 기회가 주어졌다. 시장은 마을을 떠난 당사자뿐 아니라 후손에게까지 연락을 취했다.

릴리의 친척 중 일부는 독일까지 가기엔 너무 쇠약했고, 일부는 경비를 감당하지 못했으며, 일부는 다시 독일 땅을 밟는다는 생각 자체를 용납할 수 없었다. 하지만 88세였던 릴리는 초대를 받아들이기로 했다. 릴리는 남편 알Al, 딸 수전Susan, 손녀 웬디Wendy, 사촌과 사촌의 아내와 함께 독일로 향했다.

전 세계 곳곳으로 흩어진 유대인이 엘베르펠트에 다시 모였다. 돌아온 유대인 주민을 환영하며 마을에서는 독일어 연설을 준비했다. 릴리는 고개를 살짝 기울이며 이야기했다. "무슨 뜻인지 잘 못 알아듣겠더라고요." 환영회가 끝나고 릴리는 이제는 주차장이 된 어린 시절의 집터로 안내받았다.

놀랍게도 릴리는 유년기의 추억이 담긴 아파트가 사라졌다고 이야기하면서 조금도 슬픈 기색을 내비치지 않았다. 남편 알과 함께 예전 집터 앞에서 환하게 웃으며 찍은 사진만 봐도 알 수 있었다. 지역신문에 실린 사진이었다.

"여행을 계기로 저와 부모님의 삶을 조금 더 잘 이해할 수 있게 됐어요. 약간 울컥하더라고요. 엘베르펠트에 살던 유대인의 이야기가 잊히거나 사라지지 않았다는 데 감사해요. 제 가족은 정말 운이 좋았다는 생각이 제일 커요."

릴리는 강조했다. "우리에게 주어진 매일이 선물이에요. 노화는 우리에게 관점과 경험이라는 선물을 주죠. 인생은 오르막과 내리막의 반복이에요. 우리에게 주어진 좋은 것들에 감사해야 해요. 감사는 생각과 감정에 영향을 미치거든요. 무엇보다 때때로 찾아오는 슬픔과 고난, 피할 수 없는 어려움을 견뎌내게 해주죠. 노화에 적응하는 방법을 배운다면 새로운 즐거움을 찾을 수 있을 거예요."

여기 언급한 고난 외에도 릴리는 긴 인생을 살아오면서 수많은 총탄을 정면으로 맞닥뜨렸다. 49세에 사랑하는 아들을 백혈병으로 떠나보낸 일 또한 그중 하나다. 하지만 릴리는 그 모든 어려움을 이겨내고, 그래도 삶은 아름답다는 굳건한 믿음을 간직한 채 내 맞은편에 허리를 꼿꼿이 세우고 앉아있었다. 릴리의 삶은 아주 아름다웠다.

"결국 행복은 외부가 아닌 내면에서 와요." 릴리는 이야기한다. "우리 모두가 소중한 삶을 살아가고 있다는 사실을 깨달으면 되죠. 그때 여동생이 울음을 터뜨려서 정말 감사해요. 저는 매일 잠시 멈춰 축복을 헤아리는 시간을 갖는답니다."

죽을 때까지
변화하기 위하여

100세를 넘긴 장수 노인은 대개 결단력이 뛰어나다. 그들은 자신이 무엇을 원하는지 알고 그것을 향해 똑바로 나아간다. 하지만 삶이 적응을 강제할 때는 유연한 사고로 변화를 수용한다. 또 그들은 쉽게 타인의 호감을 산다.

블루존 중 한 곳인 일본 오키나와에 사는 장수 노인을 묘사한 이 인용문이 모든 것을 설명한다. 오랜 세월 잘 살아온 사람들은 의연하게 스스로의 길을 걷지만 삶이 주먹을 날리면 유연하게 공격에 대처한다. 우리는 적응력을 발휘해 자율성을 유지하는 노인의 지혜를 배워야 한다.

현명한 노인은 변화가 불가피하다는 사실을 인정하고 받아들인다. 사실 마음속 깊은 곳에서는 모두가 변화를 피할 수 없음을 알고 있다. 애써 현실을 회피할 뿐이다. 회피는 노화를 힘들게 여기도록 하는 주범 중 하나다. 우리는 나이 들면서 스스로가 예전 같지 않음을 느끼지만, 많은 사람이 변화를 받아들이고 배우기보다 무시하기를 선택한다. 그렇지만 달라진 스스로의 모습을 모른 척하는 것은 능동적으로 변화에 대응하지 못하고 성공적으로 삶의 다음 단계에 접어들 기회를 포기하는 것과 같다.

이 책을 읽고 있는 독자 여러분은 이미 잘 나이 드는 길에 접어들었다고 할 수 있다. 나이 들어가면서 어떤 변화에 적응해야 하는지 이해하는 것은 노화를 통제하는 데 큰 도움이 된다. 예를 들어 황반변성을 진단받은 사람이라면 사고를 겪기 전에 운전을 그만두고 대중교통을 이용하는 방법을 배워야 할 것이다. 변화에 적극적으로 대응하여 통제력을 유지하지 않으면 무방비 상태로 변화를 맞이할 수밖에 없다. 준비 없이 변화를 맞닥뜨리면 통증이나 기능 소실, 자율성 상실을 감수해야 한다.

연구 결과에 따르면 자율성 유지는 심리적 안녕감과 밀접한 관계를 지닌다. 자율성을 유지하기 위해 건설적으로 대응한다면 노화를 평탄하게 맞이할 수 있을 것이다. 예를 들어 부양해 줄 가족이 없는 파킨슨병 환자가 자율성을 유지한답시고 낙상과 엉치뼈 골절의 위험을 무릅쓴 채 무작정 집에 혼자 머무는 것은 좋지 않은 선택이다. 방문 간병인을 고용하든, 생활지원시설에 들어가든, 꾸준히 돌봄을 받을 수 있는 환경을 마련하든 재정 상황을 검토해 대안을 선택해야 한다.

우리는 변화의 필요성을 인지해야만 어떤 인력을 고용하고, 어떤 공간에 거주하고, 어떤 환경에 머물지 결정할 수 있다. 아무 대응 없이 그대로 집에 남았다간 넘어져서 고관절이 부러진 채 보호 시설로 옮겨져 그곳에서 평생을 보내야 할지도 모른다.

때로 자율성을 유지하는 데는 위험이 따른다. 외과의사이자 작가인 아툴 가완디Atul Gawande는 다음과 같이 이야기했다. "우리는 스스로의 자율성과 사랑하는 사람의 안전을 원한다." 되도록 오랫동안 독립성을 지키는 것을 목표로 삼은 사람은 스스로를 곤란한 상황에 몰아넣기도 한다. 상황을 객관적으로 살피고, 현재의 위험을 판단하고, 자율성을 위협하는 건강 상태에 대응하는 선에서 최대한 자율성을 확보하도록 노력해야 한다.

예를 들어 중증 치매 환자는 음식을 먹고 삼키는 데 어려움을 겪는다. 이런 경우 나는 환자의 가족이나 간병인에게 음식물이 기도로 넘어갈 위험이 있으니 식사를 할 때 최대한 주의를 기울여 달라고 당부한다. 물론 위험 요소를 완전히 제거할 수는 없지만 먹는 즐거움을 포기하지 않아도 된다는 장점이 있다. 급식 튜브를 사용하는 것은 환자의 수명 연장이나 삶의 질 향상에 도움이 되지 않는다는 연구 결과가 있으니 다른 사람의 도움을 받아 직접 음식물을 섭취하는 편이 낫다.

나는 환자가 행복하게 노화를 받아들일 수 있도록 종종 다음과 같은 열 가지 행동 지침을 제시한다.

자율성의 문을 여는 열 가지 방법

1. 현실을 직시하라. 나이가 들면 신체 능력이 저하되는 것은 자연스러운 현상이다. 사회생활 및 활동을 계획할 때는 예전보다 여유를 둘 것을 조언한다.

2. 신체 능력의 저하를 피하거나 두려워하지 마라. 당신이 좋아하는 일에서 더 깊고 새로운 의미를 찾을 수 있을 것이다.

3. 노년층에게 제공되는 혜택을 숙지하라. 이동 보조 서비스, 긴급 의료 지원, 노인을 대상으로 한 오락 활동은 신체 변화에 적응할 수 있도록 도와준다.

4. 협력 단체, 평생 교육 프로그램, 사교 모임에 참여하라. 삶의 질이 높아질 것이다.

5. 디지털 기술을 활용하라. 가족 및 친구와 자주 소통하고, 집에서 장을 보는 등 다양한 애플리케이션이 제공하는 이점을 누릴 수 있다.

6. 시력 보조 기기나 '스마트' 복용 알림 등 신문물을 익혀라. 세상을 탐험하는 새로운 길이 열릴 것이다. 단, 상술에 속아 넘어가지 않도록 늘 조심하라!

7. 디지털 기기 또는 신문물을 사용하기 어렵다면 손주나 주변 젊은이에게 도움을 요청하라. 젊은 세대는 큰 힘을 들이지 않고 당신에게 보탬이 될 수 있다는 데 보람을 느낄 것이다.

8. '빨간 불'이 켜지기 전에 운전을 그만두라. 사고가 나거나, 차를 긁거나, 새로운 병을 진단받거나, 건강이 악화될 때까지 기다리지 말고 미리 대안이 될 만한 이동 방법을 찾아두라고 권하고 싶다.

9. 더 많은 도움이 필요하다는 사실을 일찍이 깨달아라. 뭔가를 들어 올리거나, 몸을 굽히거나, 사다리를 올라야 할 일이 있으면 주변에 도움을 요청하라.

10. 낙상 위험을 줄이기 위해 주거 환경을 안전하게 개선하라.

노화에 따른 변화에 적응하려는 노력은 스스로의 새로운 모습을 발견하는 기회가 될 것이다. 릴리 코언이 보여줬듯 개방적이고 단호한 사고방식을 유지하며 선견지명과 용기를 발휘해 삶을 똑바로 마주하면 인생의 모든 단계를 최선의 방식으로 포용할 수 있다.

오래도록 잘 사는 데는

유머 감각이 무척 중요해요.

삶의 우여곡절을 견뎌내는 힘이

되어주죠. 웃음은 영혼에 유익해요.

더불어 즐겁게 살아가는 법을

먼저 배워야 해요.

인생이라는 길을 걷다 보면

웃어넘기는 게

유일한 해결책일 때도 있죠.

루실 피어스Lucille Pierce

101세

웃어넘기는 게
유일한 해결책인 순간

다니엘 핑크는 "숙련은 고통이다"라고 말했다.

다른 한편으로 숙련은 좋아하는 일을 더 잘해낼 수 있도록 스스로에게 의지를 불어넣는 큰 동기가 된다. 더군다나 무엇이 됐든 목표를 달성하려는 열정은 삶에 의미를 부여한다. 하지만 숙련에는 시간과 인내, 투지가 필요하다.

투지에는 노력이 따라야 한다. 투지는 영화를 스트리밍하는 것처럼 자동으로 이어지지 않는다. 발전이라고는 없는 듯한 기나긴 시간을 버티며 끊임없이 노력하고 또 노력해야 한다. 하지만 우리는 언젠가 나아질 것이라는 희망을 간직한 채 좋아하는 일을 반복할 때 살아있음을 느낀다.

숙련도를 높이기 위해 노력하는 과정은 종종 좌절을 동반한다. 그렇지만 걱정하지 않아도 된다. 이는 성공하는 마인드를 발전시키는 과정일 뿐이다. 즉 실수에서 교훈을 얻고 실패를 더 크게 발전할 기회로 여기며 성장해 나가는 과정 말이다. 성공하는 마인드에 정서 지능을 더하면 숙련으로 향하는 길이 열릴 것이다. 좋아하는 일을 더 잘하고 싶다는 욕구는 건강하게 나이 드는 데 중요한 역할을 한다. 게다가 엘리자베스는 이런 욕구가 우리 뇌에 무척 긍정적으로 작용한다고 이야기한다.

나는 책이 아닌 다른 곳에서 이 사실을 깨달았다. 내게 숙련에 대한 깨달음을 준 것은 인터뷰이 루실이다.

점심 식사 자리에 초대받아 방문한 루실 피어스의 아파트 곳곳에는 캘리그래피가 자리했다. 액자에 넣어 벽에 걸거나 테이블 위에 올려둔 작품도 있었고, 아직 작업 중인지 책상 위에 펼쳐둔 작품도 보였다.

"예술을 할 때는 참 즐거워요." 미소를 띤 루실이 나를 안쪽으로 이끌며 이야기했다. "눈으로 보고 손으로 만질 수 있는 무언가를 창조할 수 있잖아요. 요즘에는 실체 모를 불확실한 것이 너무 많아요. 뭐든지 다 전기로 만드니까요. 컴퓨터가 처음 등장했을 때 저는 이 물건을 사용할 일은 절대 없을 거라고 생각했죠!" 루실은 웃음을 터뜨렸다. "물론 이제는 컴퓨터의 가치를 안답니다. 하지만 저는 창작이 좋아요. 직접 뭔가 만들고 싶어요. 이리저리 형태를 잡아 다른 사람에게 기쁨을 선물할 수 있다는 게 예술의 정말 멋진 점이죠."

여기서 루실은 오해하지 말라는 듯 덧붙였다. "단순히 취미예요. 그냥 좋아서 하는 거예요. 아직 수전증이 안 와서 다행이죠."

하지만 나는 루실을 따라 아늑한 다이닝 룸으로 들어가며 이게 단순한 취미는 아닐 거라고 생각했다. 더 많은 이야기를 듣고 싶었다.

루실과의 인연은 우연히 시작됐다. 어느 날 캘리그래피 작가인 루실의 친구가 나에게 편지를 보냈다. 루실에게 《돌봄이 건네는 선물》을 선물했는데 무척 재미있게 읽고 딸들에게도 책을 사줬다는 내용이었다.

편지에서 루실의 친구는 이렇게 썼다. "마시, 루실의 딸들은 당신 부모님이 병원에서 고생하셨다는 내용을 읽고 루실에게 절대 그런 일을 겪게 하지 않겠다고 약속했어요. 루실은 매우 기뻐했죠. 딸들이 미래에 벌어질 수도 있는 불상사를 예상하고 엄마 편에 서겠다고 약속했으니까요. 루실은 98세예요. 본인은 한사코 아니라고 하겠지만 예술가죠. 혼자 살고, 여전히 성실하게 수업에 참여하면서 아름다운 캘리그래피를 창작해요."

나는 루실을 만나고 싶어졌다. 98세 캘리그래피 작가는 어떤 사람일까? 여전히 성실하게 수업에 참여한다는 말에는 어떤 의미가 있을까? 100세를 앞둔 예술가의 삶은 어떤 모습일까?

　루실의 친구가 만남을 주선했다. 루실은 나를 아파트로 초대해 점심 식사를 대접하고 싶다고 이야기했다. 괜히 일거리를 더하고 싶지 않다고 사양하자 루실의 친구는 이렇게 이야기했다. "루실이 워낙 베풀기를 좋아해요. 만나보면 알 거예요. 노숙자를 위한 뜨개 프로젝트도 하고 있는걸요."

　노숙자를 위한 뜨개 프로젝트라고? 루실이 어떤 사람일지 좀처럼 예상할 수 없었다.

　"참치 좋아하세요?" 작업실을 지나 햇볕이 화사하게 내리쬐는 방을 통과할 때 루실이 말을 걸었다. 그때 나는 벽에 높다랗게 테이프로 붙여놓은 배너를 흘끗흘끗 살피고 있었다. 커다란 종이 배너에는 다음과 같은 글귀가 적혀있었다. "춤춰요, 루실, 춤춰요."

　루실은 내 시선이 배너로 향하는 것을 알아채고 웃으며 설명했다. "제 작품이 아니에요. 아흔 살 생일에 손녀가 깜짝 선물로 만든 걸 손녀사위가 몰래 걸어놓았더라고요. 저걸 어떻게 떼어내겠어요! 저 배너를 볼 때마다 즐거웠던 생일 파티가 생각나서 기분이 좋아지거든요."

　루실은 나를 식탁으로 안내한 다음 우아하게 자리에 앉았다. 신선한 과일, 빵, 잼, 버터, 홍감자와 참치, 껍질 콩을 곁들인 니수아즈 샐러드(프랑스 니스 지방 요리-옮긴이 주) 두 접시가 식탁을 풍성하게 채웠다. 편하게 물을 따라 마실 수 있도록 차가운 물 한 주전자와 얼음 바구니도 준비돼 있었다. 식탁 한가운데 놓인 샛노란 수선화 꽃병이 경쾌함을 더했다.

"루실, 빅토리아 엠프레스 호텔 티타임에 초대받은 것 같아요!" 이 아름다운 식탁을 위해 루실이 들였을 노력을 생각하자 감탄이 흘러나왔다.

"겨우 이 정도로 뭘요. 우리 가족은 마시가 쓴《돌봄이 건네는 선물》덕분에 저를 '현대 의료 체계의 위험'에 빠뜨리지 않겠다고 다짐한걸요." 루실은 미소 지으며 직접 만든 것처럼 보이는 잼을 건넸다. "전 제가 먹을 음식을 하는 게 즐거워요. 아무래도 부모님의 영향 같아요. 두 분 다 농장에서 자라셨거든요. 아버지는 정원 가꾸는 솜씨가 일품이었어요. 대공황 때 우리 아버지 정원에서 난 작물로 배를 채운 사람도 많아요. 저도 정원 가꾸기를 좋아하죠. 지금은 작은 화분 몇 개밖에 없지만요. 그래도 딸이 농장을 해서 가끔 잼을 만들러 가요."

"아직도 직접 잼을 만드세요?" 주디 덴치Judi Dench(영화배우-옮긴이 주)가 조금 더 늙는다면 이런 모습일까 싶을 정도로 작고 어여쁜 98세 노인이 뜨거운 화로 앞에 서서 손수 과일을 조려 캔에 넣고 뚜껑을 닫아 잼을 만든다니, 놀라울 뿐이었다.

"물론이죠. 그래도 요즘에는 몇 가지 안 만들어요. 기껏해야 사과랑 배, 여기 있는 살구잼 정도죠. 직접 만들지 않으면 좋은 잼을 찾을 수 없다니까요. 보통은 맛있게 익은 신선한 과일로는 잼을 만들지 않거든요." 말을 마친 루실은 샐러드를 한입 베어 물었다.

"캘리그래피랑 무용도 하시고요."

"이제 무용은 안 해요." 루실이 웃으며 이야기했다. "춤추는 걸 정말 좋아했죠. 어찌나 좋아했던지 먼저 떠난 남편 샘Sam도 저를 따라 춤을 배웠어요. 남편이 뇌졸중으로 쓰러지고는 저도 춤을 그만뒀지만요. 하지만 요즘에도 계속 움직이려고 노력하고 있어요. 매일 산책하고 일주일에 두 번은 요가를 하죠."

루실은 신선한 과일이 소복하게 담긴 그릇을 내밀었다. "나는 운이 좋은 사람이에요. 우리 부부는 아주 오랫동안 행복한 결혼 생활을 즐겼어요. 원체 다른 사람이니 항상 의견이 일치하지는 않았지만 서로 아끼고 사랑하면서 함께 나아갈 방법을 찾았어요. 가치관과 목표, 타고난 성향이 비슷하기에 가능한 일이었죠. 제가 이렇게 오래도록 건강하게 사는 데는 남편의 영향이 컸을 거예요. 하지만 저는 남편 복만큼 부모 복도 많았어요."

루실이 준비한 음식은 맛있었다. 나는 루실의 이야기를 더 듣고 싶었다.

"아까도 이야기했지만 제 부모님은 시골에서 자랐어요." 루실이 말을 이어나갔다. "교육받을 기회가 별로 없었어요. 아버지는 고등학교 1학년까지 다녔고 어머니는 초등학교까지밖에 못 다녔어요. 농장에 사는 애들이 고등학교에 다니려면 다른 마을로 이사를 해야 하는 시절이었으니까요. 어머니는 그럴 형편이 못 됐죠. 대공황 당시 아버지는 꽤 오래 실직 상태로 계셨어요. 하지만 어머니, 아버지는 다정하고 훌륭한 부모였어요. 제가 좋은 교육을 받길 바라셨죠. 저는 예전부터 호기심이 많고 배우길 좋아했어요. 우리 가족에서 대학에 입학한 건 제가 처음이었어요."

루실은 포틀랜드 리드칼리지Reed College에서 장학금을 받으며 임상병리사 자격을 취득하는 데 필요한 수업을 들었다. 마찬가지로 리드칼리지 학생이었던 샘을 만나 대학교에 다니면서 결혼식을 올렸다. 제2차 세계대전이 발발하자 샘은 휴학하고 입대해 레이더 작동 방법을 교육했다. 그리고 전쟁이 끝나고 돌아와 대학교를 졸업하고 라디오 및 텔레비전 사업을 시작했다.

"얼마 안 돼 아이가 넷이나 생겼어요. 임상병리사 일은 그만두고 리드칼리지에 일자리를 찾았죠. 처음에는 서점에서 일하다가 나중에는 입학과 사무실로 자리를 옮겨서 은퇴할 때까지 20년 동안 쭉 근무했어요. 리드칼리지에서 일할 때 처음으로 캘리그래피에 관심을 가지게 됐어요."

캘리그래피는 단번에 루실의 마음을 빼앗았다. 리드칼리지에서 창의적 글쓰기와 예술사를 강의한 로이드 레이놀즈Lloyd Reynolds 교수는 무려 20년 동안 캘리그래피를 가르쳤다. 로이드 레이놀즈가 교수로 일하는 동안 많은 학생에게 영향을 미쳤다는 이야기는 나도 들어본 적 있다. 그 유명한 게리 스나이더Gary Snyder와 스티브 잡스Steve Jobs 또한 레이놀즈 교수에게 가르침을 받았다.

"제가 캘리그래피를 시작하게 된 계기는 그리 거창하지 않아요." 루실이 이야기를 계속했다. "로이드와는 꽤 오래 알고 지낸 사이였어요. 1960년대에 저는 우리 아이들이 다니는 학교에서 학부모회 회장을 맡고 있었는데, 그때 로이드에게 학부모를 대상으로 수업을 해줄 수 있겠냐고 물어봤죠. 로이드는 흔쾌히 리드칼리지 캠퍼스에 있던 자신의 작업실을 개방해 줬어요."

"그때 캘리그래피를 시작해서 계속해 오신 거군요."

"꼭 그렇진 않아요. 처음에는 하다 말다 했어요. 일하면서 애들을 키우느라 바빴거든요. 은퇴한 후에야 본격적으로 할 수 있었어요. 어찌나 재밌던지 그때부터 33년 동안 매주 한 번씩 꼬박꼬박 수업을 듣고 있죠."

"33년이요?"

깜짝 놀라 묻는 나를 보고 루실은 빙그레 웃으며 고개를 끄덕였다. "벌써 몇 년째 캘리그래피 수련도 다니고 있어요. 관심사를 공유한다는 느낌이 참 좋더라고요. 얼마 전까지는 바느질도 하고 베도 짰어요. 크고 아름다운 베틀도 가지고 있었죠. 그런데 샘이 병에 걸리고 집을 줄이면서 어쩔 수 없이 다른 사람한테 줬어요. 그래도 캘리그래피는 한 번도 쉬지 않았어요."

"전문가가 되는 데는 다 이유가 있네요." 나는 존경심을 담아 이야기했다.

"전문가라니요." 루실은 민망해하며 손사래를 쳤다. "작가라는 말도 너무 과분해요. 저는 그냥 예술을 공부하는 학생일 뿐이에요. 늘 좀 더 잘하고 싶다고 생각하죠. 그런 마음이 동기부여가 돼요. 제 글씨는 절대 완벽하지 않지만 조금씩 나아지는 모습을 보면 무척 행복해요."

나는 완벽이 아닌 발전을 위해 노력하는 게 숙련의 비밀이라고 생각한다. 그리고 이는 우리 모두가 학생이라는 의미이기도 하다. 프랑스의 유명한 후기 인상주의 화가 세잔Cézanne은 쉬지 않고 발전을 추구한 인물로 잘 알려져 있다. 실제로 세잔의 작품 가운데 최고라고 칭송받으며 큰 사랑을 받은 그림 중 다수가 말년에 탄생했다.

"이 도시에는 멋진 캘리그래피 작가가 많아요." 루실이 이야기를 계속했다. "캘리그래피를 하는 사람들은 활발하고 여러 분야에 관심을 보이죠. 오래도록 만족스러운 삶을 누리고 싶다면 주변에 둬야 하는 유형이에요. 은퇴하고 할 일이 없어 하루 종일 집에 가만히 앉아있는 사람이 많아요. 참 안타까워요. 저는 항상 새로운 걸 배우고 싶어요! 인생은 한 번뿐이잖아요."

자리에서 일어나 찻주전자를 불에 올리고 돌아온 루실은 자신의 생각을 마저 이어나갔다.

"50세에 하던 일을 80세에도 똑같이 할 수 있을 거라고 기대하면 안 돼요. 한계를 받아들이고 삶의 방식을 바꿔나가야죠. 할 수 있는 일을 꾸준히 유지하는 게 가장 중요해요."

"할 수 있는 일을 유지하는 비결이 뭔가요?" 나는 루실의 이야기에 깊은 감명을 받았다.

"간단해요. 그냥 계속하면 돼요! 걸을 수 있으면 걸어요. 피아노를 칠 수 있으면 피아노를 쳐요. 정신적으로나 신체적으로나 활동을 계속해야 해요. 그리고 무슨 일이 있어도 세상을 향한 호기심을 잃어서는 안 돼요. 새로운 일을 시도하는 걸 두려워하지 마세요. 저는 아흔두 살에 딸과 사위와 함께 베트남 여행을 다녀왔어요. 정말 좋았어요. 태어나서 처음으로 오토바이를 타고 도시를 누볐죠! 얼마간은 이러다 떨어질까 무서워 운전하는 사람에게 매달리는 데 정신이 팔렸는데, 긴장이 풀리니 그렇게 신나더라고요!"

루실이 차를 담아놓은 바구니를 내밀었다. "나이 든 사람은 너무 쉽게 자신감을 잃어요. 노력하기를 포기하고 무기력하게 의자에 앉아있어요. 용기가 사라지니 '내 인생은 이제 끝났어. 앞으로 남은 건 내리막뿐이야'라고 생각하게 되죠. 그렇게 삶을 그만두는 거예요. 맞아요. 나이 든 사람으로 살기가 어려울 수도 있어요. 하지만 관심이 가는 일이 있으면 시도해 봐야 해요. 인생이 다르게 느껴질 거예요. 뭔가를 위해 노력하고, 노력을 유지해야 해요. 그러면 어느 순간 더 잘하게 될 거예요. 저는 창조가 인간의 본능적인 욕구라고 믿어요. 그러니 예술은 우리가 삶을 포기하지 않도록 도움을 줄 테지요."

사고로 양팔이 부러지고 자신감을 잃었던 때가 생각났다. 조금 어색하지만 걸을 수는 있었다. 루실의 말이 맞았다. 나는 집 밖으로 나가 무슨 일이든 해보려고 노력하면서 조금씩 일상을 되찾았다.

점심 식사를 마치고 거실로 나가 차를 마시며 대화를 이어나가는 루실의 적갈색 눈동자가 오후의 햇살을 받아 젊은 생명력으로 반짝였다. 소파 앞에 놓인 테이블을 수놓은 봄꽃이 싱그러웠다. 분홍색 튤립, 하늘색 히아신스, 연노란색 수선화가 어여뻤다. 옆쪽 테이블에는 루실이 작업 중이라는 캘리그래피가 놓여있었다.

"할 일이야 늘 많죠." 루실이 명랑하게 이야기했다. "덕분에 도전하고 집중할 수 있어요. 아흔여덟에 살아있는 건 특권이고, 건강한 건 축복이에요. 저는 저희 남매를 위해서라면 무엇이든 아끼지 않는, 애정 넘치는 부모님 사이에서 태어났어요. 그런 부모님을 보고 자라서인지 좋은 남편을 만났죠. 감사한 일이에요. 하지만 우리는 스스로의 길을 선택할 수 있어요. 원한다면 언제든 방향을 바꿀 수 있죠. 저에게는 가족과 친구가 가장 큰 기쁨이에요. 다음 세대가 활약하는 걸 목격하는 건 정말 멋진 선물이에요. 저보다 나이 든 친구들은 거의 다 떠났지만, 이런저런 계기로 젊은 친구들을 많이 사귀었어요. 98세에 이 아름다운 지구에서 소중한 경험을 계속할 수 있다니, 어찌나 감사한지 몰라요."

루실이 도자기 찻잔을 테이블에 내려뒀다. 나는 루실의 다정한 얼굴과 온화한 성품에 잠시 할 말을 잃었다.

"제 나이쯤 되면 어떤 형태로든 상실의 고통을 겪을 수밖에 없답니다." 루실이 가만히 대화를 이어나갔다. "나이 드는 과정이지요. 나는 65세에 먼저 세상을 떠난 남편이 무척 그리워요. 6년 전에 죽은 아들 그레그Greg 이야기는 아직 입 밖에 꺼내기도 힘들고요. 이렇게 먼저 떠나보낸 사람도 있지만 아직 나를 필요로 하고, 내가 필요로 하는 사람들이 남아있어요."

루실이 별안간 화들짝 놀라더니 미소 지으며 이야기했다. "참, 후식을 까맣게 잊고 있었어요! 쿠키 좋아하세요?"

"쿠키요? 당연하죠!" 우리는 웃음을 터뜨렸다.

"가지고 나올 테니 앉아있어요. 설탕은 건강에 안 좋을 수 있지만 웃음은 안 그래요. 오래도록 잘 사는 데는 유머 감각이 무척 중요한 역할을 해요. 삶의 우여곡절을 견뎌내는 힘이 되어주죠. 웃음은 영혼에 유익하답니다." 루실이 소파에서 몸을 일으키며 이야기했다. "무엇보다 즐겁게 살아가는 법을 먼저 배워야 해요. 인생이라는 길을 걷다 보면 웃어넘기는 게 유일한 해결책일 때도 있지요."

루실은 웃으며 주방으로 들어갔다. 후식을 준비하는지 작게 달그락거리는 소리가 들렸다. 나는 루실이 친구를 위해 작업하고 있다는 캘리그래피 작품을 살짝 집어 들었다.

루실은 가까운 지인 한 명이 편지를 캘리그래피로 옮기는 작업을 의뢰했다고 일러주었다. 조산사로 일하면서 어린아이를 세상으로 데려오는 친구의 딸을 위한 선물이었다. 루실은 의뢰를 받아들였다. 작품에 포함된 시편 139절은 루실이 가장 좋아하는 찬송가 구절이라는 말도 덧붙였다. 여기에 루실의 글을 소개하겠다.

저보다 저를 잘 아시는 주님.

제가 당신의 영성을 떠나 어디로 갈 수 있을까요?

제가 당신의 존재를 피해 어디로 달아날 수 있을까요?

제가 천국으로 가면 그곳에 당신이 있겠지요.

제가 심연으로 굴러떨어지면 그곳에 당신이 있겠지요.

새벽의 날개 위에 일어날 때도, 머나먼 바다에 정착할 때도,

그곳에서도 당신의 손이 저를 인도하겠지요.

당신의 오른손이 저를 붙들겠지요.

어둠조차 당신에게는 어둡지 않으니 밤에도 낮처럼 빛나겠지요.

어둠조차 당신에게는 밝으니까요.

저는 두렵게, 또 멋지게 창조되었으니 당신을 찬양합니다.

당신의 피조물은 놀랍습니다.

나는 가만히 혼잣말을 했다. 맞아요, 정말 놀랍네요.

춤춰요, 루실, 춤춰요.

무슨 일을 하든 계획을 세우세요.

계획을 적어놓고 한 번씩 확인하세요.

다 끝낸 일에는 줄을 그어서 표시하세요.

필요하다면 계획을 수정해도 좋아요.

되도록 체계적으로 일하세요.

노력했지만 성공하지 못한 일도 있어요.

두 번이나 파산했죠. 심각한 문제에

맞닥뜨린 적도 여러 번 있고요.

하지만 저는 절대 포기하지 않았어요.

매번 방향을 살짝 틀어 길을 개척했죠.

그리고 저에게 중요한 가치, 제가

추구하는 신념을 찾아 다시 돌아왔어요.

밥 무어Bob Moore

91세

인생이 원하는 대로 흘러가지 않을 땐
페이지를 넘기면 그만

밥 무어는 오랜 세월 황금 스퍼틀 트로피를 간절히 꿈꿔 왔다. 그리고 87세에 몇 달 동안 각고의 노력을 기울인 끝에 마침내 꿈을 이뤘다. 궁금증이 앞섰다. 도대체 스퍼틀이 뭘까? 게다가 황금 스퍼틀이라니, 뭔가 엄청나게 중요한 걸까?

당장은 아니더라도 곧 알 수 있을 것이다.

테이블을 사이에 두고 맞은편에 앉은 남성이 내뿜는 에너 지는 내 것보다 훨씬 강렬했다. 아마 방에 있는 모든 전구를 밝히고도 남을 것이다. 올해로 91세가 된 노인의 놀라운 역 동성과 패기는 과연 이 범상치 않은 인물을 내가 그리려는 지도에 포함해도 괜찮은지 고민하게 만들었다. 남성은 절대 로 닿을 수 없는 거리에서 밝게 빛나는 북극성을 닮았다. 밥 은 아직도 매일 아침 6시에 직장으로 향한다. 나이가 절반밖에 되지 않는 사람들보다 훨씬 건강하고 활기차 보였다. 밥은 반세기에 가까운 세월 동안 목적을 추구하며 살아왔고, 수많은 사람이 그 혜택을 누리고 있다.

밥의 생애는 너무나도 특별해서 이야기를 듣는 사람 대부분이 자신의 삶에 적용하기는 어렵다고 생각할 것이다. 물론 나도 그중 하나였다.

하지만 그렇지 않다.

밥은 몸이 조금도 굳지 않은 것처럼 의자에 기댄 상체를 일으키더니 깔끔하게 다듬은 하얀 턱수염을 문지르며 내 질문에 어떻게 대답해야 할지 고민했다.

"제 나이가 아흔하나인데 어디에서 삶의 의미를 찾느냐고요? 글쎄요, 나이에 따라 삶의 의미가 변하는 것 같지는 않은데요." 밥의 목소리에는 힘이 넘쳤다. "은퇴요? 안 했어요. 할 생각도 없어요. 저는 일하는 게 좋아요. 하루 종일 사람들이랑 어울려 지내는 것도 좋고요. 서른 살에 그랬듯 아흔 살에도 새로운 기계를 발명하는 게 제 관심사예요."

밥의 이야기를 듣고 있자니 톰 래스Tom Rath와 짐 하터Jim Harter의 책 《무엇이 우리를 행복하게 하는가》에 소개된 어느 연구 내용이 떠올랐다. 1958년 조지 갤럽George Gallup이 실시한 조사에 따르면 높은 직업 만족도는 90세 이상 장수하는 데 긍정적 영향을 미치는 주요인으로 작용한다. 직업 만족도가 높은 사람은 매일 아침 기대를 안고 눈을 뜬다고 한다. 밥을 보니 그런 것 같다. 또 타인과 관계를 맺으며 보내는 시간이 건강하게 장수할 확률을 높인다는 결과도 있었다. 밥을 보니 확실히 그런 것 같다.

"제가 살면서 중요하게 생각하는 게 두 가지 있어요. 은퇴하지 않는 것, 그리고 미래를 계획하는 것이에요." 밥은 강조했다. "무슨 일을 하든 계획을 세우세요. 계획을 적어놓고 한 번씩 확인하세요. 다 끝낸 일에는 줄을 그어서 표시하세요. 필요하다면 계획을 수정해도 좋아요. 되도록 체계적으로 일하세요. 노력했지만 성공하지 못한 일도 있어요. 두 번이나 파산했죠. 심각한 문제에 맞닥뜨린 적도 여러 번 있고요. 하지만 절대 포기하지 않았어요. 매번 방향을 살짝 틀어 길을 개척했죠. 그리고 저에게 중요한 가치, 제가 추구하는 신념을 찾아 다시 돌아왔어요."

한 치 앞을 예측할 수 없는 굴곡진 삶의 길을 따라 걷던 밥은 때때로 놀라운 행운을 마주했고, 마침내 커다란 성공을 거두었다. 밥은 통곡물로 이루어진 건강한 식단을 구상하는 데 꼬박 60년을 바쳤다. 밥스 레드밀Bob's Red Mill은 오늘날 미국 최고의 통곡물 식품 공급 업체로 자리 잡았다. 지금 밥은 400가지가 넘는 천연 곡물 식품을 전 세계로 수출하고 있다.

나 역시 밥이 생산한 제품을 구매하는 소비자 수백만 명

중 한 명으로, 오늘 아침에도 밥이 만든 유기농 죽을 먹었다. 엘리자베스 또한 밥의 열렬한 팬을 자처한다. 밥과 엘리자베스는 뇌를 건강하게 유지하려면 견과류, 통곡물, 채소, 과일을 반드시 섭취해야 한다는 신조를 공유한다.

"예전에 아내 찰리Charlee, 세 아들과 함께 염소 농장에 살았어요. 그때 더 건강하게 음식을 섭취하는 방법을 알게 됐죠. 찰리는 정원에서 직접 신선한 채소를 수확하고 닭장에서 달걀을 주웠어요. 농장에서 찰리가 구운 빵은 제가 평생 먹어본 빵 중 제일 맛있었죠. 요리에 사용한 재료는 전부 유기농이었어요. 건강한 음식을 섭취하려고 엄청나게 노력했죠. 그 시기부터 계획을 세우기 시작했어요. 비전을 품었죠."

"어떤 비전이요?"

"내 사업을 꾸리고 제분소를 운영하겠다는 비전이요."

나는 밥 외에 제분소 운영이 비전이라는 사람을 만나본 적이 없다. 이야기를 듣고 있자니 밥이 열정을 품게 된 계기가 궁금해졌다. 밥은 젊은 시절부터 사업을 향한 꿈을 키워나갔다.

"제가 아직 어렸을 때, 아버지와 저는 종종 밤늦게까지 대화를 나눴어요. 자정이 넘을 때까지 이야기를 했죠. 어머니가 1층으로 내려와 이제 그만 잠자리에 들라고 타일러도 소용이 없었어요. 우리의 이야기는 역사부터 책, 정치, 교육의 중요성까지 주제를 가리지 않았죠. 아버지는 사업을 하셨어요. 제가 사업을 하겠다고 마음먹은 데는 아버지의 영향이 커요. 아버지와 나눈 대화, 기계를 향한 관심, 음악에 품은 위대한 사랑이 지금의 저를 만들었어요."

건물에 들어서자마자 업라이트 피아노 한 대가 눈에 들어왔다. 우리가 대화를 나누는 사무실 옆방에도 피아노 한 대가 놓여있었다. 웬 피아노냐고 밥에게 물어봤다.

"회사에 두 대가 있고, 집에도 몇 대 있어요. 아홉 살 때부터 피아노랑 바이올린을 연주했죠. 요즘에도 연주는 계속하고 있어요. 찰리도 피아노를 썩 잘 쳤지요. 우리는 함께 피아노를 치면서 노래를 부르곤 했어요. 요즘에도 아침마다 사무실에서 피아노를 연주한답니다."

나이가 믿기지 않을 정도로 건강하고 에너지 넘치는 할아버지가 이제는 유니폼과 마찬가지인 빨간 조끼와 베레모, 끈 넥타이를 갖춰 입고 직원에게 세레나데를 바치는 모습을 상상하니 웃음이 새어 나왔다. 나는 밥의 사무실을 둘러봤다. 독서 또한 밥의 삶에서 큰 자리를 차지하고 있는 게 분명했다. 벽마다 설치된 책꽂이에 책 수백 권이 빽빽하게 꽂혀있었다. 음식, 항공, 고고학, 전기, 역사와 관련된 것이 많았다.

"저는 항상 배움을 중요하게 생각했어요." 밥이 내 시선을 읽었다. "배움은 지식의 문을 열고 호기심을 불러일으켜요. 호기심 덕분에 제 정신력은 쉬지 않고 일해왔어요. 독서는 제 평생의 취미예요. 책은 마음을 풍요롭게 하고, 어려운 시기에 위안을 주죠."

밥은 삶이 늘 계획대로 풀리는 것은 아니라며, 자신의 인생 또한 생각지 못한 방향으로 흘러가던 시기가 있었다고 고백했다. 하지만 인생이 원하는 대로 흘러가지 않으면 페이지를 넘겨 새로운 계획을 세우면 그만이라고 덧붙였다.

나는 기꺼이 페이지를 넘길 수 있는 태도를 나이듦의 지도에 추가하기로 했다.

밥은 자신의 삶이 지금과 같은 모습이 되기까지 여러 번 페이지를 넘기고 새로운 계획을 세워야 했다고 이야기했다. 밥은 실패한 계획과 성공한 계획에 대해 진솔하게 말해주었다.

밥은 65년 동안 애정을 나눠온 아내이자 동반자 찰리와 1953년에 결혼식을 올렸다. 그때 밥은 미국 일렉트릭 모터스US Electrical Motors에 근무하고 있었다. 정비사, 전기 기사, 정비공, 용접공과 함께 일하는 것은 무척 즐거웠다.

"저는 아직도 손에 기름을 묻혀가면서 일하는 걸 좋아해요." 밥의 열정은 식지 않았다. 1955년, 밥은 자립하기로 결심하고 로스앤젤레스에서 모빌Mobil 주유소 대리점을 시작했다. 사업이 잘 풀려 찰리가 늘 그리던 아름다운 집을 장만했지만, 밥은 스모그가 짙은 로스앤젤레스가 너무 싫었다. 부부는 아직 어린 세 아들을 데리고 더 깨끗하고 쾌적한 삶을 찾아 떠나기로 했다.

"우리는 집과 주유소를 팔고 산으로 들어갔어요. 캘리포니아에서 스키장으로 유명하던 매머드 레이크의 셰브론Chevron 주유소를 인수했죠. 한창 떠오르고 있던 동네라서 사람이 엄청나게 몰릴 거라고 예상했어요. 사업도 번창하고요. 그런데 대자연이 제 계획을 그냥 두고 보지 않더군요."

밥이 주유소를 인수하고 얼마 되지 않아 매머드 레이크는 수십 년 만에 최악의 가뭄을 겪었다. 그해 겨울 매머드 레이크에는 눈이 내리지 않았다.

"우리는 1년 만에 모든 걸 잃었어요. 정말 모든 걸요. 재산이라곤 수중에 남은 450달러가 전부였어요. 더 이상 잘못될 게 없을 만큼 인생이 꼬인 시기죠."

밥과 가족은 일자리를 찾아 산에서 내려와 새크라멘토로 향했다. 밥은 기계 조립 공장에 취직했다. 여유 자금이 별로 없으니 세가 저렴한 집을 찾아야 했다. 출근을 하루 앞둔 아침, 밥은 신문에서 면적 2만 제곱미터짜리 염소 농장을 임대한다는 광고를 발견했다. 소박한 거처에 염소와 닭이 덤으로 따라왔다. 밥은 농장에 들어가기로 결정했다.

이때의 결정으로 밥의 인생이 바뀌었다.

태어나서 처음으로 널찍한 땅을 갖게 된 찰리는 텃밭을 커다랗게 가꿨다. 할머니가 보내준 아델 데이비스Adelle Davis의 요리책에서 건강한 조리법을 배운 찰리는 몸에 좋은 음식을 만들기 시작했다. 얼마 되지 않아 모든 가족이 새로운 식습관을 갖게 됐다. 밥은 찰리의 조언에 담배까지 끊었다.

가족의 삶은 번창했다. 생활 방식을 바꾸자 몸이 건강해지고 마음이 여유로워졌으며 가족끼리 사이도 좋아졌다. 그뿐만이 아니었다. 밥의 내면에서 꿈이 형태를 잡아갔다. 처음에는 윤곽조차 희미했지만 1968년 구체적인 모습을 드러내기 시작했다.

어느 날 저녁, 집 근처 도서관에 들른 밥은 표지에 이끌려 책 한 권을 집어 들었다. 그 책이 자신의 삶을 바꿔놓으리라고는 조금도 생각하지 못했다. 《존 고프의 방앗간John Goffe's Mill》은 1938년 하버드 피바디박물관Peabody Museum에서 근무하다 일을 그만두고 고향으로 돌아가 가족이 운영하던 농장을 물려받은 남성의 이야기를 그린다. 이야기에는 오래된 방앗간이 등장한다. 밥은 고프가 버려진 건물과 기계를 고치는 과정에 마음을 빼앗겼다. 고프는 방앗간에 생명을 불어넣으면서 역사 속으로 사라져버린 줄 알았던 기술을 되살렸다. 고프는 돌로 만든 분쇄기에 통밀을 넣고 갈아 밀가루를 만들었다. 그렇게 생산한 밀가루로 조리한 음식은 영양소가 풍부할 뿐 아니라 평범한 밀가루로 만든 음식보다 훨씬 맛있었다.

밥은 천직을 찾았다. 존 고프의 방앗간에는 밥이 좋아하는 모든 것이 모여있었다. 모터를 고치고 기계를 다루는 동시에 다른 사람이 건강하게 사는 데 도움을 준다는 비전을 실현할 기회였다. 1970년 밥은 가족의 응원을 받아 캘리포니아주 레딩에 있는, 내부에 작은 제분기가 설치된 건물을 매입했다. 주변 사람들의 도움을 받아 제분기를 수리해 방앗간 일을 시작했다. 8년 후 밥의 밀가루 제분소는 놀라울 정도로 큰 성공을 거뒀다.

1978년 두 아들이 밥의 제분소를 물려받았다. 밥은 꿈을 이루었다고 생각했다. 쉰 살을 바라보던 밥과 찰리는 진지하게 은퇴를 고민했다.

"실제로 은퇴했어요. 6개월 정도 쉬었을 거예요. 찰리와 저는 새로운 꿈을 좇기로 했죠. 우리는 조지폭스대학교George Fox University에서 신학을 공부하기로 했어요. 그렇게 오리건으로 이사했죠."

"제분소에서 신학교로 옮기셨군요." 나는 깜짝 놀랐다.

"대단한 변화는 아니었어요. 원래 신학에 관심이 많았거든요. 저는 성경을 마음속 깊이 경외해요. 신학을 공부할수록 성경 말씀을 실천할 수 있도록 노력해야겠다는 의지가 커졌죠. 성경을 읽다 보니 다른 사람에게 더 많은 관심을 기울이게 되고, 인간에게는 서로와 지구를 돌보며 살아갈 책임이 있다는 생각도 들더군요." 밥이 덧붙였다. "하지만 신학 공부는 그리 오래가지 못했어요."

　오리건주로 이사하고 6개월 후, 밥은 찰리와 함께 저녁 산책에 나섰다. 평소처럼 거리를 걷던 두 사람은 시골길로 접어들었다. 그리고 그곳에서 우연히 아주 오래전에 버려진 것처럼 보이는 낡은 방앗간을 맞닥뜨렸다. 마음속 깊이 뿌리내린 비전이 다시 한번 밥을 흔들었다.

　"다들 은퇴 이후의 삶이 인생에 주어진 최고의 시간이라고 이야기하면서 하는 일이라곤 빈둥거리는 게 전부예요. 저는 태어나서 단 1분도 그렇게 시간을 흘려보낸 적이 없어요. 방앗간을 마주한 순간, 절대 은퇴할 수 없겠다는 생각이 들었어요. 그래서 그 방앗간을 샀죠."

　다음으로 밥은 문제의 제분기를 찾아 나섰다. 다행히 인적이 드문 오리건주의 어느 외진 마을에 밥이 찾던 물건이 있었다. 밥은 농부에게 돈을 주고 제분기를 집으로 가져왔다. 제분기를 수리하고, 기계를 개발하고, 직원을 고용해 같은 해에 밥스 레드밀을 창립했다.

　"처음 반년간은 일이 정말 잘 풀렸어요. 통곡물로 가루를 내서 시리얼을 만들고 회사를 키워나갔죠. 그런데 사업이 막 궤도에 오르려던 시기에 불이 났어요. 방화범이 방앗간에 불을 질렀죠. 시멘트 기반만 남기고 모든 게 타버렸어요. 그렇게 저는 다시 한번 모든 것을 잃었어요." 밥이 잠시 말을 멈췄다.

"그런 일이 있었으니 다들 제가 완전히 은퇴하겠거니 했죠."

하지만 밥은 은퇴하지 않았다. 직원들은 밥의 곁을 지켰다. 다행히 일부 생산 라인은 멀쩡히 작동했다. 고객도 떠나지 않았다. 밥은 통곡물을 캘리포니아주에 있는 아들의 방앗간으로 보내 가루를 내 왔다. 그렇게 사업이 되살아났다.

"우리는 위기를 이겨냈어요. 밥스 레드밀을 재건해서 성장시켰죠. 놀라운 성공을 거뒀어요. 2003년에는 오리건주 밀워키에 통곡물 가게 및 방문객 센터Whole Grain Store and Visitors Center를 열었고, 2007년에는 생산 시설을 확장 이전했어요. 하지만 인생을 살면서 보니 결국 떠날 때는 빈손이더라고요."

밥이 이야기를 이어나갔다. "모두가 큰 성공을 거두길 바라지만 그 이면에는 엄청난 위험이 도사리고 있어요. 돈과 권력에는 사람을 변하게 하는 마력이 있어요. 추구하는 가치와 관계를 맺는 방법을 바꿔놓죠. 나름대로 성공한 사람이라면 누구나 이 마력에 맞서 싸워야 해요. 물론 저도 마찬가지였고요. 저는 적지 않은 나이를 생각해서 조금 다른 결정을 내렸어요."

10년 전, 밥은 고민에 고민을 거듭하고 아내 찰리와 논의한 끝에 묵묵히 곁을 지켜준 직원들에게 회사를 넘기기로 했다. 그렇게 밥은 아무 조건 없이 우리 사주 제도를 도입해 전 직원에게 주식을 나눠줬고, 현재 600명이 넘는 직원이 주식을 보유하고 있다.

"저는 아직 회장직을 맡고 있어요. 매일 아침 기분 좋게 출근하지요. 은퇴는 어림도 없어요!" 밥이 웃음을 터뜨렸다. "게다가 황금 스퍼틀 트로피를 받을 수 있는 사람이 몇이나 되겠어요?" 웃음기를 머금은 밥은 책상 위에 전시해 둔 특이하지만 멋진 트로피를 자랑스럽게 가리켰다. 이렇게 호감이 가는 사람이니 직원들이 좋아할 수밖에 없겠다고 생각했다. "제가 끓인 귀리죽 맛이 세계에서 제일 좋다고 인정받았거든요!"

밥은 90세가 되기까지 3년 앞두고 황금 스퍼틀 대회에 참가했다. 5개월 동안 집에서 열심히 죽 만들기를 연습한 밥은 그토록 염원하던 상을 차지하고 말겠다는 목표를 품고 찰리와 함께 스코틀랜드 카브리지Carrbridge로 향했다. 황금 스퍼틀을 노리는 경쟁자가 전 세계에서 모여들었다. 다들 밥보다 훨씬 젊었다.

스퍼틀은 나무로 만든 조리 도구로, 역사가 15세기까지 거슬러 올라간다. 배를 젓는 노와 물고기 잡는 작살을 섞어 놓은 것 같은 모양새다. 수 세대에 걸쳐 수프, 육수, 스튜, 죽을 젓는 데 스퍼틀을 사용해 왔다. 스코틀랜드에서는 주로 벚나무나 단풍나무로 스퍼틀을 만든다.

"제 스퍼틀은 오리건에서 자라는 활엽 상록수인 머틀우드로 만들었어요."

"승리 전략이나 비결이 따로 있었나요?"

"비결이랄 건 없어요. 그냥 좋은 귀리를 썼죠. 우리는 맛이
풍부한 최상급 귀리만 제분해요. 대회 참가자는 각자 귀리를
준비해 와서 귀리와 물, 소금만 가지고 죽을 끓여야 해요. 하
지만 대회 도중에 예상치 못한 함정에 빠질 수 있죠. 한창 집
중해서 죽을 젓고 있으면 주최 측에서 불쑥 다가와 질문을
던지거든요. 물론 일부러 방해하려는 건 아니지만 얼굴에 마
이크를 들이밀고 어디에서 왔는지부터 시작해 이것저것 물
어보면 최적의 타이밍을 놓치기 십상이에요. 저는 거기에 대
비해 대회를 준비하면서 직원들에게 집중력을 흩뜨려 달라
고 부탁했어요. 연습에 연습을 거듭했죠."

밥은 '세계 최고의 죽'을 가리는 시합에서 당당히 1등을 차
지했다.

"그날 저녁 찰리와 저는 카브리지에서 정말 멋진 시간을
보냈어요." 밥이 빙그레 웃으며 기쁜 날을 떠올렸다. "카브리
지는 인구가 750명 정도 되는 스코틀랜드의 작은 마을이에
요. 마을 사람이 모두 거리로 나왔죠. 술집에 들어가니 축하
한다며 백파이프 연주를 들려주더라고요! 우리 생애 최고의
시간이었어요.

꽉 막힌 사람이라고 생각할 수도 있지만 제 짧은 식견으

로 볼 때 살면서 가장 잘한 결정이 일을 계속한 거예요. 저는 다른 사람들에게 이렇게 조언하죠. '절대 일을 그만두지 마! 계속하라고!' 저는 다른 사람을 돕는 게 좋아요. 함께 일하는 사람들을 사랑하죠. 삶이 무척 만족스러워요. 아내도 제가 그만두는 걸 원하지 않을 거예요. 찰리는 6개월 전에 세상을 떠났어요. 정말이지 아내가 너무 그리워요. 제 평생의 동반자였죠. 특히 일을 마치고 집으로 돌아가 밤에 혼자 있을 때면 아내의 부재가 사무치게 와닿는답니다."

밥이 부드러운 목소리로 이야기했다. "그렇지만 찰리는 늘 저와 함께 있어요. 우리는 늘 함께 있지요. 퇴근해서 집에 갔는데 외로울 때는 와인 한 잔을 따라놓고 피아노 앞에 앉아요. 잠시 그렇게 앉아있다가 찰리가 좋아하던, 우리가 함께 부르던 노래를 연주하지요."

밥의 얼굴에 깊은 애정이 스쳐 지나갔다.

"저는 찰리를 위해 연주해요."

은퇴는 어떻게
노년의 가장 큰 위기가 되는가

다니엘 핑크는 《드라이브》에서 흥미로운 질문을 던졌다. "60세가 되면 사람들은 이런 생각을 한다. 나는 언제쯤 중요한 일을 할 수 있을까? 언제쯤 최고의 삶을 살 수 있을까? 언제쯤 세상에 변화를 가져올 수 있을까?"

정말 좋은 질문이다. 60세가 넘어도 여전히 세상에 기여할 수 있다는 뜻이기 때문이다. 그런데 세상은 60세에게 은퇴를 제안한다. 그리고 어떤 사람에게 은퇴는 사망을 야기하는 중대한 위험 요소로 작용한다!

은퇴한 후 자신의 잠재력을 최대한으로 발휘하는 사람이 있을까?

나는 은퇴라는 개념은 미국이 저지른 가장 큰 실수라고 생각한다. 은퇴는 자율성과 기술, 목적의 상실뿐 아니라 어마

어마한 인적자원의 손실을 가져온다. 실제로 50대와 60대에 들어 생산성이 가장 높아지는 사람이 많다. 풍부한 경험을 갖춘 데다 젊은 시절처럼 섣불리 판단을 내리거나 쉽게 마음이 동요하지 않기 때문이다. 소통 및 조직 능력이 뛰어난 것은 물론이다. 하지만 건강하게 성공 가도를 달리는 와중에 중년에 접어들었다는 이유만으로 은퇴를 계획하는 사람이 지나치게 많다. 그렇다면 그들의 목적은 무엇일까? 여행 가는 것? 골프 치는 것? 아니면 요리하는 것?

하지만 낯선 곳으로 여행을 다녀오고, 골프를 치고, 새로운 조리법을 시도하는 새로운 생활 또한 언젠가는 지루해지기 마련이다.

그리고 분명 그 시기는 생각보다 일찍 찾아올 것이다.

은퇴를 꿈꾸는 사람이 이렇게 많다는 것은 미국 사회에서 일이라는 문화가 어떻게 받아들여지며, 미국인이 어떤 태도로 일을 대하는지 보여준다. '직장'이라는 두 글자를 굳이 입에 올리지 않으려는 사람도 많다. 대부분이 대단한 열정이나 지적 자극을 느끼지 못하고 그저 시간을 때운다는 생각으로 일하거나, 변화의 폭이 크지 않고 잠재력을 충분히 발휘할 수 없는 직장에 다닌다.

내가 아직 젊었을 때, 아버지는 흥미로운 조언을 해주었다. "7년마다 방향을 바꾸지 않으면 인생은 지루해지기 마련이다. 또 네가 베풀 수 있는 모든 것을 세상에 선보일 수도 없다." 아버지가 조언한 대로 7년마다 방향을 바꿀 수는 없었지만, 직업적으로 한 번씩 큰 변화를 줄 때 상상조차 할 수 없던 분야에서 예기치 못한 창의력과 능력을 발휘할 수 있다는 사실을 몸소 깨달았다.

우리 사회는 은퇴라는 제도 때문에 지식과 경험을 두루 갖춘 훌륭한 인력을 잃고 있다. 개인적으로도 목적을 추구하는 창의적인 삶을 누리지 못하게 된다. 그러니 은퇴하고 싶다는 마음이 들지 않도록 일찍부터 의미 있고, 영감을 주며, 유연한 직장 문화를 구축하는 게 어떨까? 나이 든 직원의 필요와 욕구에 맞춰 직장 문화를 개선할 수 있을까?

은퇴에 '목적의 재설정'이라는 새로운 이름을 붙이면 어떨까?

노년층이 자율성과 기술, 목적의식을 발휘할 수 있는 커리어를 새롭게 찾도록 하기 위해서는 사회적으로 더 많은 연구가 필요하다. 우선 노화와 함께 발생하는 신체적, 인지적 변화에 어떻게 대응할지 고민해야 한다. 대개 노화에 따라 나타나는 변화에 대응하기란 그리 어려운 일은 아니다.

먼저 나이 드는 것에 어떤 장점이 있는지 알아보자. 일단 나이 많은 직원은 오랜 세월 풍부한 경험을 통해 지혜를 쌓아왔다. 의사소통에 능숙하고, 많은 금전적 보상을 요구하지 않으며, 가족과 공동체, 회사에 헌신한다. 이외에도 다양한 장점이 많으니 조직에 큰 보탬이 된다.

하지만 동시에 우리는 나이 들어가며 나타나는 일반적인 변화에 대해 실질적인 대응 방안을 마련해야 한다. 예를 들어 기력이 떨어지는 만큼 근무시간을 단축하고, 일 처리 속도가 느려지는 만큼 작업 기간을 연장하고, 관절통을 완화하고 저하된 시력을 보완하도록 근무 환경을 개선해야 한다.

물론 고용주 입장에서는 부담스러울 수 있다. 하지만 연구 결과는 기업이 노령 근무자를 위해 근무 조건을 조정하고 더 나아가 젊은 근로자에게도 동일한 혜택을 제공하자 생산성이 전반적으로 향상했음을 보여준다.

놀랍게도 전 세계에서 100세 이상 장수하는 사람이 가장 많은 지역인 블루존에는 은퇴라는 개념 자체가 없다! 블루존에서는 90세가 넘은 노인이 물고기를 잡고, 농장을 꾸리고, 자녀와 손주를 돌보며 사회에 기여한다.

은퇴는 건강과 행복에 악영향을 끼치는가? 대답은 '사람과 상황에 따라 다르다'는 것이다.

스트레스가 크고 오래 앉아서 일하는 직종에 종사하는 사람은 지나친 알코올 섭취 및 비만 같은 문제에 시달리곤 한다. 이러한 사람이 은퇴해서 활동량을 늘리고, 건강한 음식을 먹고, 음주량을 줄이면 기대 수명을 최대 7년까지 연장할 수 있다. 목적을 가지고 활기차게 생활해야 한다는 조건이 붙긴 하지만, 이렇듯 일부 직종에서는 은퇴가 건강을 개선한다는 연구 결과가 도출됐다.

반면 전혀 다른 결과를 보인 연구도 있다.

영국에서 실시한 조사에 따르면 은퇴 후 단기 기억력이 저하되는 속도가 40퍼센트가량 빨라진다고 한다. 은퇴하기 전에 인지 능력을 자극하는 일을 했다고 하더라도 은퇴한 후에 인지력이 감퇴하는 것을 막을 수는 없다.

그뿐 아니라 은퇴한 후 6년이 지나면 목욕을 하고 옷을 입는 등 일상생활을 수행하는 능력이 5~16퍼센트까지 떨어진다는 연구 결과도 있다. 또 은퇴자의 만성질환 발생률이 5퍼센트 증가했으며, 정신 건강에 문제가 생길 확률 또한 6~9퍼센트 증가했다. 이는 신체 활동 및 사회적 상호작용의 감소에 따른 결과라고 추측된다. 실제로 은퇴한 후에도 배우자에게 사회적 지지를 받거나, 신체 활동을 지속하거나, 아르바이트 형식으로 일을 계속한 경우 은퇴로 인한 부정적 영향이 완화되는 양상이 관찰됐다.

더 심각한 자료도 있다. 한 연구에 따르면 은퇴한 사람이 심장마비나 뇌졸중에 걸릴 확률은 은퇴하지 않은 사람에 비해 40퍼센트 높다. 발병률 증가는 은퇴한 첫해에 두드러지게 나타났으며, 이후 점차 감소했다.

이런저런 이유를 종합했을 때 은퇴는 인생에서 스트레스가 가장 큰 사건 43개 중 10위에 올랐다.

은퇴 이후의 경제적 상황도 고려해야 한다. 40대 미국인 중 20퍼센트가 은퇴 저축을 갖고 있지 않으며, 미국인의 절반은 은퇴 후 생활수준을 유지할 수 없다. 영국인은 수입의 평균 20퍼센트를, 중국인은 평균 50퍼센트를 말년을 대비해 저축한다고 하니 나름 계획적으로 은퇴를 준비하는 나라도 있는 듯하다. 건강 등의 이유로 은퇴를 원한다면 젊을 때부터 미래를 준비해야 한다는 것을 명심할 필요가 있다.

잘 나이 들길 바란다면 새로운 관계를 구축하고, 일상에서 즐거움을 찾고, 사회에 기여하기 위해 노력하고 배움을 계속하라. 밥 무어처럼 이와 같은 소명을 삶의 일부로 받아들여 가능한 한 오래도록 지속한다면 건강하고 행복한, 최선의 미래를 맞이할 수 있을 것이다.

모든 인간은 존중받아 마땅합니다.

장군의 삶과 문지기의 삶은

똑같이 중요해요.

모든 인류가 우리의 형제자매입니다.

이브 지네스트Yves Gineste

휴머니튜드Humanitude 개발자

누구도 사회에서
지워지지 않도록

괜한 짓을 했다. 존의 안과 검진에 따라오지 말았어야 했다. 사고가 나고 일주일 후, 나는 조금이라도 정상적인 삶을 영위하겠다며 존에게 병원에 데려가 달라고 부탁했다. 물론 내 몰골은 정상과 거리가 멀었다. 양손에 깁스를 하고 눈 밑 다크서클이 볼까지 짙게 내려온 모양새는 마치 시합에 패배한 복싱 선수 같았다. 그래도 나는 소파에 가만히 누워있느니 밖으로 나와 바쁘게 살아가는 사람들을 관찰하는 편이 나을 것이라 여겼다.

그때는 다른 사람이 나를 어떻게 볼지 생각하지 못했다.

사람들은 아무런 반응을 보이지 않았다. 병원 대기실에서는 내가 보이지 않는 것처럼 행동하며 최대한 멀찍이 떨어진 좌석을 찾으려 애썼다.

나는 태어나서 처음으로 투명 인간이 된 듯한 기분을 느꼈다. 충격적이었다. 사람들은 나에게 눈길조차 주지 않았다. 무슨 말을 해야 할지 몰라서 그랬을 수도 있다. 어쨌든 나는 주변인의 시야에서 지워졌다. 그때 나는 끔찍한 진실을 깨달았다. 고립된 노인이 사람들에게 무시당하며 지금과 같은 기분을 느끼겠구나! 이런 상황에서 소외된 당사자는 자신이 더 이상 인류의 일원이 아니라는 메시지를 받는다.

사랑하는 나의 아버지는 노인성 치매에 걸리며 사회에서 배제됐다. 인생의 대부분을 존경받는 의사로 살던 아버지는 어느새 가까운 친구조차 곁을 내주지 않는 신세가 됐다. 사람들은 치매 환자를 불편해한다. 자신의 미래에 닥칠 수 있는 일 중 가장 큰 두려움을 자극하기 때문이다.

아버지가 고관절 골절로 요양 병원에 입원했을 때도 비슷한 광경을 목격했다. 온기라고는 없는 복도를 따라 늘어선 입원실마다 분명히 환자가 누워있었지만 텅 빈 것처럼 느껴졌다. 면회객도 드물었다. 환자는 좀처럼 눈에 들어오지 않았다. 요양 병원 환자는 인간다움이라고는 찾을 수 없는 네모난 건물에 갇혀 분홍색 환자복을 입고 밥 먹을 시간이 되면 밥을 먹고 약 먹을 시간이 되면 약을 먹으며 인생의 말년을 흘려보낸다. 이렇듯 소통이 전혀 되지 않는 환경에서 자신이 여전히 가치 있는 존재라고 생각하기는 어려울 것이다.

의도한 것이든 아니든, 우리 사회는 요양 병원 환자를 비롯하여 수많은 구성원에게 '존재하기를 그만둔' 인간이라는 꼬리표를 붙인다.

양팔이 완전히 회복되고 몇 달이 지난 지금, 나는 엘리자베스가 준비한 학회에 참석한 경험을 떠올리고 있다. 엘리자베스는 학자 두 명에게 오리건주를 방문해 인간에게 유대가 얼마나 중요한지 설명하는 세션을 이끌어줄 것을 부탁했다. 프랑스에서 온 이브 지네스트와 도쿄에서 온 노인의학 전문의 혼다 미와코Miwako Honda 박사는 '휴머니튜드'라는 프로그램을 운영하고 있다. 휴머니튜드는 39년 전 이브 지네스트가 로제트 마레스코티Rosette Marescotti와 함께 개발한 기법으로, 40년이 넘는 긴 세월 동안 연구를 거듭하며 꾸준히 발전해왔다. 오늘날 전 세계 각국의 의사, 간호사, 간병인 및 보건 산업 종사자가 휴머니튜드를 공부하고 있다.

휴머니튜드는 노화나 노쇠, 건강 악화로 사회에서 소외된 사람들이 편안하고 행복하게 살 수 있도록 눈을 맞추고, 대화를 나누고, 스킨십을 하며 돌봄을 제공하는 간병 기법을 일컫는다. 노인은 존중과 공경, 공감을 받으며 자신이 가치와 존엄성을 지닌 존재이며, 사회에서 버림받지 않았다고 느낀다. 휴머니튜드는 주로 환자를 대상으로 하지만 아프거나 입원한 사람이 아니더라도 혜택을 누릴 수 있기에 우리 모두와 밀접한 관계가 있다.

오늘날 미국에서는 수천 명의 노인이 사회적으로 고립된 채 살아가고 있다. 엘리자베스는 혼자 사는 노령 환자가 너무 많다며 걱정한다. 실제로 외로움이 건강을 악화한다는 연구 결과도 있다. 사회적 고립은 치매 및 심장병 발병률 증가에 상당한 영향을 미친다고 한다.

사회적 고립의 양상은 다양하다. 요양원이나 병원에 머무르는 환자뿐 아니라 자신의 집에 머무르는 사람도 소외될 수 있다. 엘리자베스는 타인에게서 '지워'지거나 인간성을 무시당하는 경험이 얼마나 두려운지 이야기한다. 어느 날 갑자기 유령이 돼 누구도 당신을 보지 못한다고 상상해 보라.

나 또한 사람들에게서 지워지는 공포를 경험했다. 고작 30분이었지만 존재하지 않는 것처럼 여겨지는 삶이 얼마나 괴로울지 깨닫기에는 충분한 시간이었다. 휴머니튜드가 어떻게 그 고통을 줄여줄 수 있을지, 미국 전역에 널리 알려져야 하는 이유는 무엇일지 궁금해졌다.

안식년을 내고 건강하고 행복하게 나이 들어가는 사람을 찾아 떠난 엘리자베스가 가장 먼저 향한 곳은 일본이었다. 엘리자베스는 많은 병원과 요양원, 보건소, 환자의 가정, 공동체를 방문했다. 그리고 도쿄의료센터에서 놀라운 광경을 목격했다. 엘리자베스는 그곳에서 이브와 미와코를 만나 처음으로 휴머니튜드 돌봄 기법을 경험했다. 들어본 적 없는 새로운 기법에 호기심이 생겼고, 곧 깊이 매료됐다.

엘리자베스는 도쿄의료센터에서 이브가 환자를 진료하는 방식을 관찰했다. 이브는 환자의 눈을 똑바로 마주 보며 부드러운 목소리로 말을 걸고, 이따금 환자를 가볍게 쓰다듬었다. 거의 즉각적으로 환자가 눈을 또렷하게 맞추고 고통이 감소하는 모습이 눈에 띄었다. 엘리자베스는 이브가 한 환자를 대했던 일화를 들려주었다.

"우리는 의대에서 근육 수축과 관련된 지식을 배워요. 제가 일을 시작한 지 얼마 안 됐을 때 사지가 전부 굽은 환자가 병원을 찾아왔어요. 의사들이 어떤 처치를 해도 이미 굽은 팔다리를 펼 수 없었죠. 근육이나 관절이 구부러진 상태로 오래 방치되면 짧아져서 다시 늘일 수 없거든요. 가동성과 기능이 제한되니 몹시 고통스럽죠. 그런데 도쿄의료센터에 어느 할아버지가 진료를 보러 왔어요. 아내가 팔다리가 굽은 지 벌써 1년이 넘어 무척 고생하고 있다고 이야기해 주었죠. 환자는 가만히 허공을 응시하다가 어디가 아픈지 가끔 앓는 소리를 냈어요. 이브는 천천히 다가가더니 아주 따뜻하고 부드럽게 환자의 어깨를 쓰다듬고 눈을 바라봤죠. 목소리에는 존중과 애정이 묻어났어요. 이브는 몇 분 동안 계속 다정하게 소통을 시도했어요."

그리고 놀라운 일이 일어났다. "이브는 아주 가볍고 부드럽게 환자의 팔을 쓰다듬었어요. 몇 분이나 지났을까, 환자가 팔을 펴더라고요. 그러자 이브는 반대편 팔을 잡고 똑같이 부드럽게 쓰다듬기 시작했어요. 반대편 팔도 곧게 펴졌죠. 다음은 다리였어요. 이브는 환자의 눈을 바라보고 친절하게 말을 걸면서 천천히 다리를 늘였어요. 마지막 남은 다리 한쪽은 상태가 가장 안 좋았어요. 고통도 심했죠. 하지만 몇 분 정도 부드럽게 쓰다듬자 완벽하게는 아니더라도 수축이 완화됐어요."

엘리자베스는 놀라움을 감추지 못했다. "치료를 시작한 지 30분 만에 이브는 별다른 어려움 없이 환자를 똑바로 앉혔어요! 초점 없는 시선도 아내를 향해 있었고요. 이브의 얼굴을 보고는 웃기까지 했어요! 아내분은 아무 말도 못 하고 눈물만 흘렸어요. 남편이 이렇게 똑바로 앉아서 또렷이 시선을 맞춰준 지 6개월이 넘었다며 감격했죠."

이 경험으로 엘리자베스는 미국 전역에 휴머니튜드를 도입해야 한다고 확신했다.

"안식년을 끝내고 미국으로 돌아오면서 언젠가는 이브와 미와코를 오리건주로 데려와 교육 프로그램을 맡기겠다고 다짐했죠. 그리고 그 다짐을 실천했어요."

엘리자베스가 주최한 학회에는 의사, 간호사, 장기 간병인을 비롯해 노인 돌봄을 중요하게 생각하는 관계자 다수가 참석했다. 휴머니튜드 기법을 접한 모든 사람이 그렇듯 나 또한 깊은 감명을 받았다. 일으키기(이브는 쇠약한 노인이 하루 종일 침대에 누워있게 둬서는 안 된다고 설명했다), 부드러운 스킨십, 따뜻한 대화, 다정한 눈 맞춤을 활용하는 휴머니튜드 기법은 놀라운 결과를 이끌어낸다. 교육 영상에서 처음에는 인류에서 소외된 것만 같던 환자가 삶을 되찾는 사례를 볼 수 있다. 몇 달 동안 타인의 도움 없이는 서있지도 못하던 환자가 스스로 일어나서 걷고, 아주 오래 입을 닫았던 환자가 이야기를 하고 심지어 미소를 짓기도 한다.

미와코와 이브는 휴머니튜드란 인간이 어떤 존재인지 가르치는 데서 시작한다고 설명한다. 휴머니튜드의 목적은 사회에서 소외돼 혼자라고 느꼈던 사람이 스스로를 되찾고 다시 인류의 일원이 되도록 돕는 것이다.

"모든 인간은 존중받아 마땅합니다. 장군의 삶과 문지기의 삶은 똑같이 중요해요. 모든 인류가 우리의 형제자매입니다." 이브가 이야기했다.

학회가 끝나고 나는 기적을 일으키는 사람들을 가까이서 마주할 수 있었다. 엘리자베스, 미와코, 이브와 한 테이블에 앉아 휴머니튜드를 개발하게 된 계기와 최근 연구로 밝혀진 놀라운 결과를 듣고 있자니 마음이 들떴다.

"우리는 기적을 만드는 사람이 아니에요." 이브가 웃으며 손사래를 쳤다. "당신이 목격한 건 기적이라 말할 만큼 대단한 게 아니거든요. 우리는 간단하지만 심오한 사실을 가르칠 뿐이에요. 모든 사람은 관계를 맺고 살아야 해요. 유대가 끊긴 인간은 생명을 잃어요."

휴머니튜드 프로그램을 개발한 이 프랑스 남자의 활기찬 목소리와 헝클어진 갈색 머리카락은 생명력을 담고 있었다. 이브는 약 40년 전 아내 로제트와 프랑스의 한 요양 시설에서 일하면서 휴머니튜드의 토대를 구상했다고 설명했다.

"끔찍한 곳이었어요. 정말이지 끔찍했지요! 당시 병원은 대부분 비슷했어요. 요즘과는 비교할 수 없을 정도로 열악했으니까요. 나이 든 환자를 인간다움이라고는 찾아볼 수 없는 방 안에 줄줄이 눕혀놓고 죽을 때까지 놔뒀어요. 로제트와 저는 퇴근하고 집으로 돌아와 밤마다 눈물을 쏟았어요."

환자를 대하는 조금 더 나은 방법을 찾으려 애쓰던 이브와 로제트는 '부드러운 토닥임'이라는 기법을 개발했다. 두 사람은 가볍고 온화한 움직임, 존중을 담은 소통, 피드백의 인식을 기반으로 하는 기법을 발전시켰다. 이는 당시 프랑스의 표준 간병 프로토콜을 완전히 바꿔놓았다.

오늘날 휴머니튜드는 국제적인 네트워크를 형성하고 있다. 100명이 넘는 강사진은 유럽, 아프리카, 캐나다, 일본에서 5만 명 이상의 간병인 및 건강 전문가를 양성했다. 현재 이브와 미와코는 공감으로 환자를 돌보는 휴머니튜드 기법을 미국에 도입하려고 준비하고 있다.

"아기는 사랑을 받으면서 자신이 인간이라는 사실을 배워요." 미와코가 다정하게 설명했다. "엄마가 아기를 어루만지면 아기의 인지 능력 및 두뇌 발달이 촉진되죠. 인간은 애정과 관심 없이 성장할 수 없어요."

미와코의 따뜻한 목소리와 평온한 말씨, 생기 넘치는 표정은 전문성에 친근함을 더해줬다. 변호사로 사회에 첫발을 디딘 미와코는 더 적극적으로 다른 사람을 돕는 일을 하고 싶었다. 그렇게 미와코는 직업을 바꾸기로 결정하고 의대로 돌아가 몇 년 동안 교육받은 끝에 노인의학 전문의가 됐다. 미와코는 우연한 기회에 휴머니튜드를 접했다.

"학회 때문에 비행기를 탔는데 잡지에 휴머니튜드를 다룬 기사가 실려있었어요. 잡지를 가지고 내렸죠. 계속 생각이 나더라고요. 나중에 프랑스에 있는 이브한테 연락했어요."

미와코는 이브의 초대를 받고 파리로 건너가 휴머니튜드 교육에 참석했다. 알수록 자신의 치료법에 휴머니튜드를 적용하고 싶은 마음이 커졌다. 얼마 후 미와코는 전 세계를 돌며 직접 휴머니튜드를 가르치기 시작했다.

"직업이 직업이니만큼 노령 환자를 많이 만나요." 미와코가 이야기했다. "건강이 좋지 않아도, 치매에 걸려도, 가난해도, 모든 사람은 공동체 안에서 존중과 돌봄을 받아야 해요. 타인과 유대를 맺어야 하죠. 친절한 눈빛과 부드러운 스킨십, 다정한 대화는 옥시토신 분비를 유발하고 자신감과 애정을 심어주죠." 미와코는 얼굴을 살짝 찌푸리며 덧붙였다. "안타깝게도 좁은 반경 안에만 머무르며 사회와 어울리지 못하는 노인이 너무 많아요. 그러다 결국 사회에서 소외되고 인간다움을 박탈당하죠."

이런 현상은 요양원에서 특히 두드러진다. 미와코는 요양 시설에 입원한 치매 환자 100명을 대상으로 한 연구 결과를 언급했다. 누군가 환자에게 말을 거는 시간은 하루 24시간 중 겨우 2분 남짓이었다.

"환자는 다른 사람의 도움을 받아 옷을 갈아입고 약을 먹지만 이건 규칙에 따른 간병일 뿐, 소통이라고 할 수 없죠." 미와코는 쓸쓸해하는 것 같았다. "스스로를 방어할 힘이 없는 사람에게는 이렇게 느껴질 거예요. '내가 당신에게 눈길을 주지 않고 말을 걸지 않으면 당신은 존재하지 않는 것과 같다. 당신은 고립된 채 살아야 한다.' 우리는 타인을 챙겨야 한다는 중요한 사실을 잊은 채 살아가고 있어요! 특히 노약자에게 관심을 기울여야 해요. 다정한 미소를 띠고 상대방의 눈을 똑바로 바라보면서 친절한 말 한마디를 건네세요. 그들 또한 한 명의 인간이라고, 혼자가 아니라고 알려주세요."

미와코는 휴머니튜드 기법을 적용한 환자 수백 명을 대상으로 한 연구에서 놀라운 사실을 발견했다. 이는 엘리자베스가 휴머니튜드 치료법을 미국에 도입하고자 하는 또 다른 이유이기도 하다. 연구에 따르면 휴머니튜드 기법을 도입한 요양 시설에서는 섬망, 불안 증상 발생 및 향정신성 약물 사용량이 최대 88퍼센트 감소했다.

"누군가를 바라보고 말을 거는 것은 그 사람의 뇌에 대고 이야기하는 것과 같아요." 이브가 사려 깊게 설명을 이어나갔다. "애정과 존중은 상대방에게 인류의 일원이라는 소속감을 주죠. 반면 무시는 인격 상실을 가져오고요. 타인을 대할 때 가장 중요한 것이 무엇이냐고요? 친절이에요."

나는 이브의 말에 감동받아 내 지도에 추가할 내용을 메모했다. 여기에 이브가 덧붙인 말은 가슴을 간지럽혔다. 어쩌면 내가 목장에서 양을 키우며 살고 있어서 더욱 그랬는지도 모른다.

"우리 모두는 스스로가 누구인지, 어디에 속하는지 알아야 해요. 양은 출산 직후 새끼를 핥으며 종種의 일부임을 확인시키죠. 나름대로 '십튜드'를 실시하는 거예요! 물론 인간은 서로를 핥지 않아요. 하지만 서로를 향한 친절이 같은 역할을 하죠. 우리는 상대방에게 인간임을 확인받길 원해요. 그래서 휴머니튜드를 실천하죠. 정서는 이성보다 빨리 반응하잖아요."

나는 아버지의 알츠하이머가 악화된 후 어떻게 소통했는지 떠올려보며 이브의 말을 곱씹었다. 아버지는 내 말을 못 알아들을 때가 많았지만 내가 당신을 사랑한다는 마음만은 항상 받아들였다.

"휴머니튜드의 목적은 '치료'가 아니라 '돌봄'이에요. 형제자매를 사랑하는 거죠. 치매에 걸려 우리를 기억하지 못하는 사람이라도 감정은 느낄 수 있어요. 사실 저한테는 당연한 말이죠. 사랑이 전부인 프랑스인이니까요!" 이브가 웃음을 터뜨렸다.

그렇다면 우리 모두 프랑스인이 되어야 할 것이다.

미와코는 테이블에서 일어나면서 내 영혼 깊은 곳에 와닿는 말을 남겼다. 미와코의 다정한 목소리를 듣고 있자니 사랑하는 아버지가 알츠하이머에 걸려 고생하는 동안, 특히 임종을 앞둔 마지막 몇 달 동안 우리가 그토록 간절히 바라던 소망이 떠올랐다. 그 소망을 이제 이룬 것 같다.

"모든 사람은 마지막 날까지 마땅히 인류의 시민으로 남아야 해요."

다른 사람이 행복할 수 있도록

도우면서 얻는 즐거움이

얼마나 큰지 알면 깜짝 놀랄 거예요.

자원봉사를 하면 새 친구를 많이 만날 수

있지요.

친구를 위해 시간을 보내면 자기 연민에

빠질 수가 없어요.

'불쌍한 나'에 사로잡혀 있으면

즐거움은 저 멀리 달아난답니다.

엘리노어 루벤스타인Eleanore Rubenstein

106세

연민에 빠지는 순간
즐거움은 달아난다

엘리노어 루벤스타인이 현관으로 나와 나를 맞이했다. 목장이 딸린 1층짜리 집 입구에는 커다란 화분 네 개가 놓여있었고, 그 안에 형형색색의 꽃이 피어있었다. 나는 사고를 당하기 전 포틀랜드주립대학교에서 마지막으로 엘리노어를 만났다. 그날 엘리노어와 나는 《돌봄이 건네는 선물》의 주제 및 노화를 논의하는 학회에 강연자로 참가했다. 그 늦가을 오후, 엘리노어는 나와 함께 소소한 패널 토론장 앞에 섰다. 유행을 타지 않는 헤링본 정장을 갖춰 입고 정갈하게 빗어 넘긴 은색 머리에는 완벽한 각도로 기울어진 멋스러운 모자를 썼다. 손톱까지 깔끔하게 손질한 엘리노어는 센세이션 그 자체였다. 발표가 진행되는 내내 모두의 시선은 엘리노어를 향했다. 발표가 끝나자 질문이 쏟아졌다. 다들 엘리노어의 비결을 알고 싶어 야단이었다.

나도 알고 싶었다. 엘리노어는 106세였다.

"비결이랄 게 따로 있나요." 엘리노어는 차를 우리기 위해 주전자에 물을 끓이면서 딱 잘라 이야기했다. "그래서 질문에 대답할 수 없었어요. 다들 너무 실망하진 않았어야 할 텐데요."

"실망이라뇨." 그때 주방 벽에 걸어둔 액자가 눈에 들어왔다. 액자에는 이런 글이 적혀 있었다. '새로운 목표를 설정하거나 새로운 꿈을 좇기에 늦은 나이는 없다.' 나는 이게 엘리노어의 비결일까 궁금해하며 말했다. "멋진 글귀네요."

"손주가 걸어둔 거예요." 엘리노어가 조그만 바구니에서 티백을 꺼내 오며 대답했다.

"그래서 어떤 목표와 꿈을 갖고 있나요?"

"딱히 없어요." 엘리노어는 잉글리시 브렉퍼스트를 골랐다. "그저 살아서 하루하루를 맞이하는 게 반가울 뿐이지요." 전화벨이 울리자 엘리노어는 자동응답기로 전화기를 돌렸다. "아들이에요. 매일 아침 11시에 전화를 걸어요. 아들이 전화를 끊고 나면 다이앤이 연락을 해서 약통에 있는 약을 잘 챙겨 먹었나 확인한답니다. 약이 많지는 않아요. 혈압약과 비타민 D가 전부지요."

전화벨이 다시 울렸다. 엘리노어가 이야기한 그대로였다.

"신경 쓰지 마세요. 이따가 다이앤한테 전화를 걸면 돼요. 곧 다른 데서도 전화가 올 거예요."

정오도 되기 전인데 벌써 집이 이래저래 부산스러웠다.

"비결이랄 건 따로 없지만 어떻게 생각하면 여러 가지로 축복받은 삶이에요. 그게 비결이라면 비결이겠지요. 일단 건강하잖아요. 어릴 때 편도선이랑 아데노이드를 제거하고 대장암 수술을 받긴 했지만 그것 말고는 병원에 가본 적이 없어요. 계속 바쁘게 살았죠. 가정도 화목했고요."

나는 잠시 할 말을 잊었다. 대장암이라니, 심각한 병 아닌가. 하지만 엘리노어는 대수롭지 않게 생각하는 것 같았다. 어쩌면 그래서 지금처럼 정정한지도 모른다. 엘리노어는 자녀를 넷 뒀다고 했다. 적게는 76세에서 많게는 85세인 네 자녀 외에 손주와 증손주도 여럿이라고 한다.

"저는 67세에 남편을 잃었어요." 엘리노어가 이야기를 계속했다. "옷 가게를 운영했지요. 참 착한 사람이었어요. 함께 삶을 꾸려나갈 사람이 있다니 얼마나 좋아요. 하지만 모든 게 늘 같을 것이라 생각해서는 안 돼요. 변화를 받아들이는 방법을 배워야 하죠." 다시 전화벨이 울렸다. "자동응답기가 알아서 할 거예요. 좋은 친구와 가족이 많으니 감사할 따름이지요. 이렇게 전화를 걸어주거나, 차와 샌드위치를 만들어주거나, 함께 어디에 가줄 친구나 가족이 아무도 없다고 생각하면 마음이 아파요. 그래서 계속 새로운 친구를 사귀어야 해요. 나이 든 친구들은 곧 죽으니까요."

엘리노어가 너무 아무렇지 않게 죽음을 이야기해서 살짝 놀랐다. "늙은이가 죽으면 장례식에 가야 해요. 물론 이별은 항상 슬프죠! 하지만 저는 계속 새로운 사람을 만나요. 내 자식과 손주의 친구는 곧 내 친구이기도 해요. 다들 얼마나 친절하게 대해주는지 몰라요. 저는 가만히 앉아 걱정만 하는 대신 바쁘게 살려고 노력해요. 그리고 제가 하는 일을 무척 좋아하지요."

"어떤 일을 하시는데요?" 나는 100세가 넘은 노인이 어떤 일을 할 수 있을지 생각해 보았다.

"자원봉사를 해요. 다른 사람이 행복할 수 있도록 도우면서 얻는 즐거움이 얼마나 큰지 알면 깜짝 놀랄 거예요. 자원봉사를 하면 새 친구도 많이 만날 수 있어요. 저는 다른 자원봉사자와 함께 '문을 열어요'라는 곳에서 일해요. 봉사는 정말 이타적인 행위 같아요. 그렇지 않나요? 저는 외출하기 힘들어하는 이웃에게 전화를 걸어 필요한 물건을 주문받는 역할을 맡았어요. 동네 마트에서 파는 물건이라면 무엇이든 주문할 수 있지요. 자동차 빼고는 거의 다 주문할 수 있다고 생각하면 돼요. 약, 음식, 기저귀, 뭐든 취급한답니다." 엘리노어는 잠시 말을 멈추더니 설명을 덧붙였다. "요실금 때문에 고생하는 사람이 많거든요. 제가 주문 목록을 전달하면 구입을 맡은 사람이 물건을 사서 배달을 맡은 사람에게 전달해요. 자원봉사자가 많이 필요하지요. 도움을 받는 사람들이 무척 고마워해요. 어떤 사람들은 배달 덕분에 목숨을 부지한다고도 이야기하죠."

"거동이 힘드신 분들인가요?" 나는 고립의 위험을 떠올리며 질문했다. 엘리노어는 이브와 미와코가 추구하는 휴머니튜드를 실천하고 있었다.

"네. 아예 집 밖으로 나올 수 없는 사람들이에요. 따로 도움을 요청할 곳도 없는 사람이 대부분이지요. 이 세상에는 그런 사람들이 아주 많아요."

또다시 전화벨이 울렸다. 이번에도 엘리노어는 전화를 받지 않았다. 엘리노어가 옳았다. 현대사회에는 나이와 관계없이 깊은 외로움을 느끼는 사람들이 굉장히 많다. 슬픈 현실이다. 소셜미디어에서는 수십, 수백 명과 친구를 맺지만, 진실한 우정을 나눌 만한 친구는 점차 줄어드는 현실이다. 오늘날 열 명 중 한 명은 가까운 친구가 아예 없다고 생각한다는 안타까운 연구 결과도 있다.

"그렇군요. 고립된 사람들에게 전화를 걸어서 주문을 받는 '문을 열어요' 봉사 활동에는 정기적으로 참여하시나요?"

"네. 화요일마다요. 직접 집을 찾아갈 때도 있어요. 지난주에는 저를 만나고 싶다는 여성분의 아파트를 방문했답니다. 친구가 데려가 준 덕분이지요. 침대에 누워 지내더군요. 저를 만나고는 아주 기뻐했어요. 저도 반가웠고요. 의미 있는 시간이었어요. 저도 언제든 그렇게 누워서 도움을 받는 입장이 될 수 있지요. 지금처럼 지낼 수 있는 게 기적이에요."

우리는 차를 마시고 거실로 나왔다. 집 안 곳곳이 가족사진으로 장식돼 있었다. "여전히 혼자 사세요?"

"제가 이 집에 산 지도 벌써 60년이 됐어요. 이따금 상태를 확인하러 오는 간병인은 있어요. 그렇게 저한테 마음을 써준 지도 벌써 19년이 지났지요. 여기 바로 근처에 살아요. 도움이 필요할 때면 항상 찾아와 주고요. 자식들도 덕분에 마음이 놓이죠. 딸 두 명도 5분에서 10분 거리에 살고 있어요. 자주 보고 살아요."

엘리노어의 삶은 고립과 거리가 멀었다. 그럼에도 스스로를 돌보며 독립적으로 살아가는 엘리노어가 놀라웠다.

"주변 사람들이 저한테 참 잘해요. 혼자서는 이렇게 못 살았을 거예요. 저기 높은 데서 저를 굽어 살피시는 분도 있을 거고요. 전 신앙이 깊답니다. 주변 도움 없이 오롯이 혼자 삶을 꾸려나갈 수 있는 사람은 없어요. 저는 매일 아침 일어나서 감사 인사를 한답니다. 하나님, 오늘 하루를 허락해 주셔서 감사합니다. 오늘도 잘 살아보겠습니다."

"평생 이렇게 긍정적이셨나요?"

"의식해 본 적은 없지만 그런 것 같아요. 나이가 들면서 좀 더 긍정적으로 변한 것 같기도 하고요."

"어떻게요? 대부분은 나이 들면서 조금씩 처지거나 우울해지던데요."

"글쎄요, 인생을 즐긴 덕분 아닐까요. 이 정도면 건강한 편이고, 자식도 훌륭하죠. 늘 기민하고 활발하게 살려고 노력하기도 하고요. 이제 더 이상 테니스는 못 치지만요. 정말 좋아하는 스포츠인데 92세가 되면서 그만뒀어요. 다리가 못 버티더라고요. 크로켓인지 골프인지 모를 지경이긴 하지만 아직 골프는 쳐요. 다들 너무 일찍 포기해요. 65세면 아직 한창이지요. 제 인생은 그때 막 시작되었거든요. 전 아직도 뜨개질을 하고, 브리지(2대 2로 팀을 나눠서 하는 카드 게임-옮긴이 주)를 해요. 브리지 하나요?"

나는 고개를 저었다.

"두뇌 건강에 좋으니까 한번 시도해 보세요. 저는 아주 오래전부터 쭉 브리지를 해왔어요."

전화벨이 다시 울리기 시작했다. 이쯤 되자 하루에 전화가 몇 통이나 걸려오는지 궁금해졌다.

내 질문에 엘리노어는 잠시 숫자를 세는 듯했다. "12통에서 15통 정도 받는 것 같아요. 오전에도 전화가 걸려오지만 저녁에도 오거든요. 아들, 딸, 사위, 손주가 거는 전화가 대부분이고 가끔 담당 치과 의사도 연락을 해요. 치과 의사 부부가 음식을 해 올 때가 있거든요. 셋이 식사를 하면서 늘 칵테일을 마시지요."

나는 지금껏 하루에 전화를 15통이나 받은 날이 있는지 헤아려봤다. 한 번도 없었던 것 같다.

"다들 돕고 싶어서 그래요." 엘리노어가 웃으며 말했다. "도움이 절실히 필요하진 않지만 고마워요. 우리는 다른 사람을 도우면서 살아야 하는 운명을 타고났다고 생각해요. 게다가 남을 돕는다는 행위는 뭔가 할 일이 되어주죠. 저는 늘 이런저런 일에 관여해 왔답니다."

"딸아이 친구들은 종종 '우리 엄마는 그 일을 절대 못해요!'와 같이 말하곤 해요. 그러면 저는 이렇게 대답하죠. '어머니께서는 그 일을 안 좋아하시니 그렇지. 대신 제과를 좋아하니 쿠키를 구워주시지 않니.' 모든 사람에게는 각자 좋아하고, 할 줄 아는 일이 있어요! 기회가 될 때마다 새로운 친구를 사귀세요. 친구를 위해 시간을 보내면 자기 연민에 빠질 수가 없어요. '불쌍한 나'에 사로잡혀 있으면 즐거움은 저 멀리 달아난답니다."

스스로에게만 집중하면 즐거움이 멀리 달아난다니, 참 흥미로운 표현이었다. 행복을 좇으면 행복은 도망간다는 랍비

스탬퍼의 말이 떠올랐다.

"우리가 삶을 견딜 수 있는 건 친구 덕분이에요." 엘리노어가 말을 이어나갔다. "몇 년 전 입원했을 때 확실히 깨달았어요. 입원 생활이 지루해서 병원 복도를 걸어 다니는데 다른 병실에 입원해 있던 여자 환자가 저를 부르더군요. '화장실에 좀 데려다 주세요'라고 하기에 저는 간호사를 부르라고 했지요. 그러니까 그 환자가 '벌써 몇 번이나 불렀는데 아무도 안 와요!' 하더라고요. 그래서 제가 병실에 들어갔죠.

침대가 오줌 범벅이었어요. 여자를 앉힌 다음 천천히 일으켜 세우고 이렇게 말했지요. '다리가 참 예쁘네요.' 정말 예뻤어요! 젊은 사람도 아니었는데요. 샌프란시스코 발레단 소속이었다고 하더군요. 결혼도 안 하고, 자식도 없고, 친구도 없다고 했어요. 마음이 아프더군요. 그 여자가 어떻게 됐는지는 모르겠어요. 주위에 사람이 아무도 없다니, 상상이 안 되네요. 참 외로울 것 같아요."

엘리노어가 전화기를 바라봤다.

"슬슬 전화를 돌려야지, 다들 걱정하겠어요. 걱정해 줄 사람이 있다니 축복받은 인생이지요."

"정말이에요."

"하지만 받기만 해서는 안 돼요." 엘리노어는 중요한 내용을 깜빡했다는 듯 덧붙였다. "어떻게 하면 다른 사람에게 행복을 줄 수 있을지 고민해야 해요."

여기에 엘리노어의 비결이 있었다. 타인에게 기쁨을 주고 관심을 기울이면 스스로에게 즐거움이 돌아온다. 106세 노인이 이를 증명했다.

혼자 있어도
괜찮은 사람은 없다

　사회적으로 고립된 노인의 사망 위험이 매일 담배를 15개 비씩 피우거나 술을 6잔 이상 마시는 사람만큼 높다는 사실을 알고 있는가?

　나는 전 세계에 퍼진 코로나19 탓에 모두가 물리적으로 고립된 팬데믹 시기에 이 글을 써 내려가고 있다. 아마 지금 이 책을 읽는 모든 독자가 교류 부족으로 힘들어했거나, 힘들어하고 있을 것이다. 하지만 이는 어디까지나 '물리적' 고립이기에 대부분은 다양한 방법으로 교류를 이어가려고 노력한다. 가족과 친구에게 전화를 걸고(심지어 몇 년 동안 교류가 뜸했던 지인에게 연락을 하는 경우도 있다!), 줌이나 페이스타임 등의 플랫폼을 활용해 서로의 얼굴을 보고, 문자와 편지를 주고받는다 (아주 오랜만에 편지를 써본 사람도 많을 것이다!). 이번 일을 계기로 우리는 주변 사람들과의 연결이 얼마나 중요한지 깨달았다. 다행히 팬데믹이 완화되며 줌이 아닌 현실에서 서로를 만나는 시간이 늘어가고 있다.

하지만 수많은 노령 인구가 팬데믹이라는 특수한 상황이 아니어도 매일같이 고립을 경험한다. 현실에서도 가상에서도 교류할 사람이 없기 때문이다. 많은 사람이 사회적 고립이 코로나19만큼이나 사회 분열에 중대한 영향을 미칠 수 있다는 사실을 간과한다.

인간은 협력을 추구하는 집단에서 번성하는 사회적 동물이다. 그렇기에 작게는 가족에서 크게는 대학 기숙사까지 여러 집단에 속해 살아간다. 학교, 종교 공동체, 이웃, 친구, 온라인 채팅 그룹까지 성격도 다양하다. 하지만 나이가 들면서 소속 집단은 점차 줄어들기 마련이다.

어린이집부터 학교, 방과 후 활동까지 부지런히 챙기는 젊은 엄마를 생각해 보라. 일하랴, 가족을 돌보랴 정신이 없다. 아이들이 커서 대학에 입학하면 직장 생활을 비롯한 다른 사회적 관계가 활발해지고, 남편 또는 파트너와 사이가 돈독해진다. 자녀와 손주가 자주 찾아온다면 더 바랄 일이 없을 것이다.

하지만 은퇴 후에는 이야기가 달라진다. 파트너가 쇠약해져서 간병에 매달리게 되면 의지할 수 있는 인간관계는 예전과 비교할 수 없을 만큼 좁아진다. 시간이 흐르면 파트너는 죽고, 소홀해진 친구들과 관계를 회복하기도 어렵다. 가족은 각자 여기저기에 흩어져 바쁘게 살아간다. 그렇게 세상으로 통하는 문은 하나씩 닫히기 시작한다. 일주일에 한 번 딸에게서 걸려오는 전화를 기다리거나 식료품 가게에서 장을 보고 미용실에서 머리를 손질하는 것 외에는 타인과 교류할 기회가 거의 없다.

이렇듯 사회적 고립은 수년에 걸쳐 슬그머니 우리 삶에 침투한다. 통계에 따르면 미국 노령 인구의 4분의 1 이상이 사회적 고립감을 느낀다. 1인 가구가 많아지는 반면 결혼하는 사람은 적어지고, 자원봉사 및 종교 활동은 줄어들고 있다. 이 모든 현상은 사회적 고립의 위험을 증가시키며 끔찍한 결과를 가져오기도 한다.

혼자 거주하면서 가족이나 친구와 접촉하는 횟수가 한 달에 한 번도 안 되고 직장이나 봉사 및 종교 단체 등 특정 집단에 속하지 않은 사람을 사회적으로 고립됐다고 정의한다. 이렇듯 사회적으로 고립된 사람(미혼이고, 친구와 친척이 여섯 명이하이며, 어떤 조직에도 소속되지 않은 사람)이 사고사하거나 자살할 확률은 고립되지 않은 사람에 비해 두 배나 높게 나타난다. 또한 심장마비나 뇌졸중 발병 위험 또한 훨씬 높다. 사회적 고립으로 인한 치매 발병률과 사망률은 성별과 관계없이 전체적으로 상승했다. 그뿐 아니라 사회적으로 고립된 아프리카계 미국인의 사망률은 두 배가량, 백인의 사망률은 80퍼센트가량 증가했다.

고립의 위험은 사회적 결정 요인에 따라 달라진다. 실제로 사회경제적 지위, 교육, 이웃, 물리적 환경, 복지, 의료 서비스에 대한 접근성 모두 사회적으로 고립될 확률에 영향을 미친다. 다행히 미국의 메디케어(미국에서 시행하는 노인 의료 보험 제도-옮긴이 주)와 영국의 국민 보건 서비스를 비롯한 보건 당국 및 보험 체계는 건강과 관련하여 사회적 결정 요인의 중요성을 인식하기 시작했다. 영국은 외로움부 장관Minister for Loneliness을 임명하고 외로움 인식 주간Loneliness Awareness Week을 도입했을 뿐 아니라 외로움을 경감하는 프로그램에 수백만 파운드를 투입하고 있다. 또 미국 일부 공동체에서는 사회적으로 고립된 노인에게 보건 관련 종사자 방문 서비스를 매주 제공한다.

사회적 고립과 외로움은 다르다. 사회적으로 고립됐지만 외로움을 느끼지 않는 사람도 있고, 사회적으로 고립되지 않았지만 외로움을 느끼는 사람도 많다. 하지만 연구 결과 외로움과 사회적 고립 모두 건강에 좋지 않은 영향을 미칠 수 있다는 확실한 증거가 도출됐다.

외로움은 우울증, 쇠약, 불면증 등 다양한 건강 문제를 일으킨다. 사회적 고립은 외로움이 가져올 수 있는 모든 위험에 더해 건강에 한층 더 부정적인 영향을 끼친다. 게다가 신체 기능이 저하되거나 기억이 손상되거나 외로움으로 우울감을 느끼는 사람일수록 사회적으로 고립될 가능성이 더 크다. 그렇기에 우리는 시간이 지나도 사회적 관계망을 유지할 수 있도록 노력하고, 동시에 친구와 이웃의 사회적 고립을 예방할 수 있도록 주변에 관심을 기울여야 할 것이다.

사회적 고립이 사망률을 증가시키는 이유는 여러 측면으로 설명할 수 있다. 우선 사회적 고립으로 인한 우울증은 사망률 증가를 불러올 수 있다. 또 외로움은 투쟁 도피 반응(스트레스 상황을 자각하면 나타나는 생리적 각성 상태-옮긴이 주)을 유발해 염증 수치와 감염 가능성을 높인다. 그뿐 아니라 함께 산책에 나서는 등 건강한 생활 습관을 지지해 줄 주변인이 없으니 건강을 유지하기가 어렵다.

올해로 106세인 엘리노어는 운이 좋다. 안부를 확인하는 친구와 가족이 많아 사회적 고립을 걱정할 필요가 없기 때문이다. 하지만 엘리노어 스스로도 많은 노력을 기울이고 있다. 거동이 어려운 사람의 쇼핑을 돕고, 외로울 것 같은 주변인에게 전화를 돌리고, 감사 인사로 하루를 시작하는 행위 모두 사회적 고립을 방지하는 데 큰 도움이 된다. 또 엘리노어는 살아가면서 발생하는 중요한 이벤트에 꾸준히 참여할 수 있도록 자원봉사를 하며 꾸준히 몸을 움직인다.

우리는 무엇을 할 수 있을까? 아래에 스스로와 가족, 이웃의 사회적 고립을 감소할 수 있는 행동 방침을 작성해 뒀으니 참고하길 바란다.

소속감의 문을 여는 일곱 가지 방법

1. 우선 사회적 교류를 늘려야 한다! 사회적으로 고립됐다가 새로 친구를 사귄 사람의 사망률은 평균 수준으로 돌아왔다. 독서 모임에 가입하고, 박물관에서 관람객을 안내하거나 도서관에서 어린이에게 책을 읽어주는 봉사 활동에 참여하라. 처음에는 재미없다고 생각할 수도 있지만, 일단 꾸준히 하면 새로운 친구를 사귀고 흥미를 느끼며 삶과 새로운 연결 고리를 찾을 수 있을 것이다.

2. 익숙하지 않은 문화와 민족에 손을 내밀어라. 무의식에 내재돼 있던 편견이 사라지면서 다채롭고 새로운 관계를 맺게 될 것이다.

3. 가정 방문 물리치료, 작업 요법과 같이 가정 기반 의료 혜택을 활용하라. 집으로 식사를 배달해 주는 봉사 단체 또한 사회적 고립 위험을 감소하는 데 도움이 된다.

4. 반려견을 키워본 적이 있다면 매일 산책을 시키고 애정을 쏟을 반려동물이 있다는 것이 사회적 고립을 예방하는 데 얼마나 큰 영향을 미치는지 잘 알고 있을 것이다.

5. 외로움과 사회적 고립은 자존감 하락으로 이어질 수 있다. 스스로를 긍

정적으로 인식하는 것은 무척 중요하다. 하지만 자존감을 높이기는 쉽지 않으니 스스로가 못난 것 같다는 생각이 든다면 심리 상담이나 인지 행동 치료를 받아보길 추천한다.

6. 노인들이 함께 거주하는 코하우징이나 여러 세대가 어우러져 살아가는 세대 간 공동 거주는 사회적 고립을 해결하는 명쾌한 대책이 될 수 있다. 미국을 비롯한 전 세계 곳곳에서 새롭고 혁신적인 거주 공동체가 등장하고 있다. 개인적으로 무척 존경하는 예술가 팀 카펜터Tim Carpenter는 캘리포니아에 인게이지EngAGE라는 예술 중심 코하우징 공동체를 설립했다. 인게이지에 거주하는 주민은 직접 연극을 제작하고, 모든 연령층이 마음껏 창의력을 펼칠 수 있도록 다양한 예술 활동을 장려받는다.

7. 사람에게는 사람이 필요하다는 사실을 기억하라. 우리는 나이와 상관없이 항상 타인에게 손을 내밀고, 관심을 기울이며, 여러 사람과 관계를 맺으며 살아가야 한다. 진정 가치 있는 삶은 여럿이 더불어 살아가는 삶이다.

지금 여기서 치매를
예방할 수 있는 방법

　나를 찾아오는 많은 환자는 날씬하고, 적극적이고, 생산적이고, 행복하다. 그야말로 건강한 노화의 표본이라고 할 만하다. 하지만 이들은 (알츠하이머 또한 치매의 한 종류라는 사실을 모른 채) 치매와 알츠하이머를 두려워한다. 애정 넘치는 인간관계, 의미 있는 직업, 건강한 몸을 모두 갖춘 사람조차 언젠가 인지 능력이 사라지는 끔찍한 날이 올까 전전긍긍하며 현재를 즐기지 못한 채 걱정 속에서 하루하루를 살아간다.

　그럴 만한 이유는 충분하다. 우리는 활기 넘치던 부모님 또는 친구가 치매에 걸려 스스로를 잃어가는 모습을 목격했다. 안타깝지만 의사조차 자신이 돌보는 환자와 환자가 사랑하는 사람에게 그런 일이 일어나지 않을 것이라고 장담하지 못한다. 아직 치매를 치료할 방법은 발견되지 않았다.

하지만 너무 비관적으로 생각하지 않아도 된다! 건강한 생활 습관이 치매 발병 확률을 3분의 1 이상 낮춘다는 연구 결과가 있기 때문이다.《란셋The Lancet》(영국의 저명한 의학 저널-옮긴이 주)은 2020년 치매 예방을 주제로 한 논문을 발표했다. 이 논문에 따르면 유소년기의 낮은 교육 수준과 외상성 뇌 손상 등 일부 치매 위험 인자는 통제할 수 없지만, 중년이 넘은 나이에도 치매 위험을 줄일 수 있는 다양한 방법이 존재한다. 50세부터 건강한 생활 습관을 지키면 치매에 걸릴 가능성을 최소 24년 동안 낮출 수 있다. 또 이미 60대, 70대, 80대에 접어들었다고 하더라도 생활 습관을 바꾸면 치매 발병 위험이 감소한다. 85세 이상 미국인의 약 절반이 인지 기능 장애를 겪고 있는 데 반해 블루존 주민이 치매에 걸릴 확률은 75퍼센트나 낮았다! 게다가 블루존인 로마 린다에 위치한 대학 병원에 근무하는 의사는 '아주 건강한 생활 방식을 유지하는 사람의 90퍼센트는 정상적인 수명 내에서 알츠하이머를 피할 수 있다'라고 믿는다.

두뇌를 보호하는 방법을 본격적으로 이야기하기 전에 먼저 인지 능력의 노화는 어떻게 진행되는지, 또 건강한 노인의 인지 능력이 시간이 흐름에 따라 어떻게 변화하는지 알아보자. 두뇌의 일반적인 노화 과정을 이해하면 걱정해야 하는 증상과 걱정하지 않아도 되는 증상을 구분할 수 있을 것이다.

두뇌는 일생 동안
어떻게 변화하는가?

우리 두뇌는 평생에 걸쳐 점진적이고 지속적이며 변동성이 매우 높은 변화 과정을 거친다. 중추신경계를 구성하는 각 부위의 교류는 20세 이후 매년 수 밀리초씩 감소한다. 또 모든 것을 연결하고 정보를 전달하는 두뇌의 백색질은 약 40세부터 크기가 줄어들면서 연결부의 '신호 전달'이 둔화된다. 일부 뇌 영역의 회복 및 반응 속도 또한 느려진다. 그러니 50대 이후 인지 능력이 조금씩 떨어지는 것 같다면 이는 완벽히 정상적인 노화 과정이라고 받아들여도 좋다.

과학계에서는 두뇌에 '후입선출' 원리가 적용된다고 믿는다. 어린 시절 가장 늦게 발달된 영역일수록 미엘린(신경섬유를 감싸는 보호 피막)이 얇게 형성되는데, 미엘린이 얇을수록 노화로 인한 기능 저하가 빨리 나타난다.

두뇌는 크게 전두엽, 두정엽, 측두엽, 후두엽 네 부위로 나뉜다. 각 부위는 서로 다른 기능을 수행하며 조금씩 다른 노화 증상을 보인다.

후두엽은 지각 및 시각 정보를 담당한다. 가장 먼저 발달하는 부위로 건강하게 나이 든 사람이라면 대개 후두엽 기능을 유지하는 데 큰 문제를 겪지 않는다.

두정엽은 감각 정보를 처리하는 기관으로 촉각, 압력, 온도, 위치, 움직임을 인지한다. 두정엽 또한 일찍 발달하기에 건강하게 나이 든 사람이라면 기능 저하를 크게 걱정하지 않아도 된다. 이에 더해 문자 및 언어 이해를 담당하는데, 역시나 노화에 큰 영향을 받지 않는다.

전두엽과 측두엽은 두뇌에서 가장 늦게 발달하는 부분으로 기억력, 사고력, 언어 능력을 관장한다. 미엘린화가 가장 마지막으로 진행되는 부분인 만큼 손상 가능성 또한 크다. 전두엽과 측두엽 기능은 노화에 따라 저하할 수 있으며, 일부 기능 저하는 정상적인 노화 과정이기에 걱정할 필요는 없다.

정상적인 두뇌의 노화 과정을 조금 더 자세히 살펴보자.

전두엽은 고등 행동을 담당한다. 의사 결정, 주의력, 멀티태스킹 능력, 개념 이해, 발화 능력이 여기에 해당한다. 별다른 문제없이 노화 과정을 겪고 있는 사람이라면 한 가지 일에 집중하는 데는 큰 어려움이 없을 것이다. 하지만 나이가 들수록 여러 업무 사이에서 주의를 효율적으로 전환하기가 어려워진다. 두 가지 일을 한 번에 처리하기가 점점 더 힘들어지는 것이다! 물론 젊을 때도 여러 일을 능숙하게 해내는 사람은 생각만큼 많지 않다. 또 단어가 잘 생각 안 나고, 이름을 깜빡깜빡하고, 발화가 늦어지는 증상은 모두 정상적인 노화 과정이다.

측두엽은 기억력과 공간 지각 능력을 관장한다. 그리고 이런 기능 역시 나이가 들면서 점차 저하된다. 측두엽에 자리한 해마의 부피는 40세 이후 천천히 줄어든다. 이는 공간 지각 능력의 저하를 가져오는데, 보통은 60세부터 조금씩 변화가 느껴지기 시작하며 70세가 넘으면 저하에 가속도가 붙는다. 공간 지각 능력의 저하는 무엇을 의미할까? 낯선 곳에서 길을 찾기가 예전만큼 쉽지 않다는 사실을 느끼게 된다는 것이다. 일부 건강한 노인은 이 때문에 새로운 환경보다는 익숙한 장소에서 시간을 보내길 선호한다. 물론 그런다고 해서 문제가 되는 것은 아니다.

기억 또한 측두엽에 저장된다. 정도의 차이는 있지만 모든 사람이 노화에 따른 기억력 저하를 경험한다. 기억은 크게 일화 기억, 의미 기억, 신체 기억으로 구분되는데, 일화 기억은 자신이 경험한 사건의 모음으로 노화에 가장 많은 영향을 받는 기억이다. 의미 기억은 사실, 의미, 개념, 지식을 기반으로 형성된 기억으로 노화에 따른 저하의 폭이 거의 나타나지 않는다. 신체 기억은 악기 연주나 뜨개질처럼 몸에 남은 기억으로 노화로 인한 저하의 폭이 가장 적다.

마지막으로 노화는 운동 피질과 소뇌에도 영향을 미친다. 70세가 넘으면 근력은 매년 약 3퍼센트씩 감소한다. 소뇌의 신경세포가 줄어들면서 근육을 조정하기가 점차 힘들어지고 반응 및 처리 시간이 길어지며 보행 속도 또한 느려진다.

우리가 가장 두려워하는 것,
치매는 노화와 어떻게 관련되는가?

좋은 소식으로 이야기를 시작하겠다.

심장병 발병률이 낮아지듯, 치매 발병률도 낮아지고 있다!

여기에서 발병률이란 무슨 뜻일까? 발병률이란 일정 기간 내에 특정 질병에 걸리는 인구의 비중을 의미한다. 연구 결과, 치매에 걸리는 노인 인구의 비중은 점차 줄어들고 있다.

그렇다면 도대체 우리 주변에는 치매를 진단받는 사람이 왜 그렇게 많은 것일까? 이는 유병률, 즉 질병에 걸린 사람의 수가 증가하고 있기 때문이다. 오늘날 노인 인구 비율은 그 어느 때보다 높다. 따라서 실제로 새롭게 치매를 진단받는 환자의 비율은 줄어들었지만 치매에 걸려있는 인구 자체는 예전보다 많아졌다.

개인 입장에서는 발병률이 훨씬 의미 있는 수치다. 그러니 발병률이 감소하고 있다는 소식은 반가울 수밖에 없다!

의사는 치매를 어떻게 정의하며,
치매와 경도 인지 장애는 어떻게 다른가?

우리는 비정상적인 뇌 기능 상실을 일으키는 질병을 뭉뚱그려 '치매'라고 일컫는다. 치매 환자는 사회적, 직업적 능력에 심각한 손상을 입으며 스스로를 돌보는 데 어려움을 겪는다. 치매를 연구하는 연구자는 이러한 인지 기능 장애를 알츠하이머 및 관련 치매, 즉 ADRD(Alzheimer Disease and Related Dementias)라고 표현한다. ADRD로 분류된 인지 기능 장애는 크게 네 가지 유형을 보인다.

가장 흔한 치매 유형은 알츠하이머다. 알츠하이머는 심각한 기억력 저하 증상을 동반한다. 병이 진행될수록 무언가를 새롭게 학습하고 지난 사건을 기억하기가 점점 어려워진다. 아침으로 무엇을 먹었는지, 열쇠나 안경을 어디에 뒀는지, 얼마 전 만난 사람의 이름이 무엇인지 떠올리기가 쉽지 않으니 일상생활에 지장이 생긴다. 알츠하이머가 심화되면 과거의 기억이 사라지고, 언어 능력을 상실할 뿐 아니라 편집증, 자극 과민, 무관심, 불안, 우울과 같은 정신적 문제를 겪을 수 있다. 경증 알츠하이머 환자의 생존 기간은 진단 후 약 10~15년이다.

두 번째로 흔한 치매 유형은 루이소체 치매다. 루이소체 치매는 알츠하이머만큼 극심한 기억 상실을 동반하지는 않지만 의사 결정 능력을 손상시켜 재정을 관리하거나 저녁 메뉴를 선정하는 데 지장을 준다. 루이소체 치매 환자는 환각과 수면 장애, 악몽을 겪기도 한다. 보행 능력과 균형 감각이 심각하게 떨어지는 탓에 파킨슨병으로 오진을 받을 수도 있는데 초기라면 더욱 그렇다. 루이소체 치매 환자의 생존 기간은 진단 후 약 5~7년이다.

혈관성 치매는 뇌졸중 또는 일과성 허혈 발작(일시적인 혈액순환 장애로 뇌에 혈류가 차단되는 증상-옮긴이 주)으로 나타나는 인지 기능 장애를 일컫는다. 혈관성 치매는 기억 손상, 의사 결정 능력 저하, 언어 장애, 성격 변화, 보행 장애를 동반한다. 혈관성 치매 환자의 생존 기간은 진단 후 5~7년에 이르지만 뇌졸중 또는 일과성 허혈 발작이 다시 발병할 경우 훨씬 짧아진다. 그 때문에 의사는 혈압과 콜레스테롤 수치 등 혈관성 치매 환자의 심혈관 건강을 면밀하게 관리한다.

가장 드문 치매 유형은 전두측두엽 치매다. 전두측두엽 치매 환자는 억제 능력 상실 같은 급격한 성격 변화를 보이며, 스스로를 돌볼 능력을 빠르게 상실한다. 드물지만 60세 이하에 사망하는 환자도 있다. 전두측두엽 치매 환자의 생존 기간은 진단 후 약 3~6년으로 상당히 짧은 편이다. 잦은 음주(65세 이하라면 하루 1잔, 65세 이상이라면 그보다 적게 마시길 권고

한다), HIV 바이러스 등 기타 요인으로 전두측두엽 치매가 발생할 수도 있다.

치매와 경도 인지 장애는 다르다. 경도 인지 장애는 일상 생활에 문제가 없을 정도의 인지 기능 저하를 의미한다. 경도 인지 장애를 겪는 사람 중 7년 내에 치매를 진단받는 이는 절반에 이른다. 다행히 경도 인지 장애 환자의 약 30퍼센트는 치매에 걸리지 않고 일반적인 뇌 기능을 회복한다. 다만 그러기 위해서는 건강한 생활 습관을 꾸준히 실천해야 한다!

두뇌 건강을 개선하는 비결은 무엇인가?

평생 좋은 습관을 유지하는 것은 두뇌 건강에 매우 중요한 역할을 한다. 건강한 생활 습관이 모든 치매를 완전히 예방한다고는 할 수 없지만, 도움이 된다는 것은 확실하다. 꾸준히 건강하게 생활하면 근사한 외양과 행복한 정신을 두루 갖출 뿐 아니라 인지 기능 저하 가능성을 현저히 떨어뜨릴 수 있다.

연구를 통해 입증된, 두뇌가 평생 고도의 기능을 유지할 수 있도록 돕는 '두뇌 건강을 위한 열 가지 지침'을 공개한다.

1. 운동하라

운동은 인지 기능을 유지하고 개선한다. 주관적 기억 장애 (검사 결과는 정상이지만 스스로 기억력에 문제가 생겼다고 느끼는 증상-옮긴이 주) 또는 경도 인지 장애를 겪는 사람이 중강도 운동을 실시하면 인지 점수가 향상되는 결과가 나타났다. 여러 무작위 연구에서 근력 운동이 집행 기능을 개선한다는 주장이 입증되었으며, 이런 현상은 여성에게서 더욱 두드러졌다(심지어 20대 청년층에서도 같은 효과가 관찰됐다). 태극권 또한 집행 기능을 향상하는 효과를 낸다는 사실이 입증됐다. 태극권은 부상 위험이 매우 낮은 운동으로, 다소 쇠약한 사람 또한 큰 위험 없이 실시할 수 있다.

태극권이 인지 기능 개선에 효과적인 이유가 무엇일까? 여기에는 다양한 요인이 있다. 일단 태극권은 빨리 걷기와 비슷한 유산소운동으로 민첩성과 기동성을 향상시킨다. 그뿐 아니라 학습 능력과 기억력을 요구하며, 운동하는 동안 집중력을 유지해야 한다. 명상 효과가 있어 마음이 편안해지고, 수업을 같이 듣는 수강생에게서 사회적 지지를 받는 것 또한 또한 인지 기능 향상을 돕는다. 중년부터 업무 외 시간에 꾸준히 몸을 움직이는 습관을 들이면 미래에 인지 기능이 저하될 가능성을 낮출 수 있다고 한다. 그러니 운동을 멀리했다면 당장 몸을 움직여라!

2. 지중해식 식단과 과일, 채소를 섭취하라

중년 여성의 체질량 지수가 30을 초과하면 치매 발병 위험이 증가한다. 그러니 두뇌 건강을 유지하고 싶다면 체질량 지수를 적당한 수준으로 관리해야 한다. 지중해식 식단은 다양한 식단 중에서도 건강을 보호하는 효과가 가장 크다고 밝혀졌다. 지중해식 식단은 심혈관 건강을 향상할 뿐 아니라 인지 기능을 유지하는 데 도움을 준다. 지중해식 식단을 엄격하게 지킨 사람에게서는 알츠하이머 발병 위험이 33~40퍼센트가량 낮게 나타났다.

지중해식 식단이 두뇌 건강에 긍정적으로 작용하는 이유는 다양하다. 지중해식 식단은 인지 장애를 일으키는 요인으로 꼽히는 관상동맥 질환, 고혈압, 당뇨병의 발병 가능성을 낮춘다.

지중해식 식단은 신선한 과일 및 채소(블루베리, 토마토, 호박, 시금치, 오렌지 등 매일 색깔이 다른 채소와 과일을 다섯 가지 이상), 통곡물, 생선, 건강한 지방(올리브유, 아보카도, 연어, 아몬드, 호두 등) 섭취를 강조하는 한편 육류와 유제품, 당분 섭취를 제한한다.

3. 인지 기능을 훈련하고 자극하라

노인을 위한 고급 인지 기능 훈련Advanced Cognitive Training for Independent and Vital Elderly 또는 앞글자를 따 ACTIVE로 불리는 대

규모 연구에서 흥미로운 결과가 관찰됐다. 연구진은 실험 참가자를 네 그룹으로 나눠 세 그룹에는 각각 기억력, 처리 속도, 추론 능력 훈련을 실시하고 나머지 한 그룹은 아무런 훈련을 하지 않는 대조군으로 삼았다. 10년 동안 이어진 추적 관찰에서 훈련을 실시한 그룹에서 인지 능력 및 기능 감퇴가 둔화되는 결과가 나타났으며, 그중에서도 처리 속도 훈련이 전반적인 건강 상태에 가장 큰 영향을 미쳤다.

이와 같은 연구 결과에서 어떤 교훈을 얻을 수 있을까? 바로 매일 무언가 새로운 것을 배운다는 목표를 세우라는 것이다! 낯선 외국어를 익히거나, 새로운 악기를 연주하거나, 새로운 댄스 스텝을 배우거나 태극권 훈련 난도를 높여도 좋다.

학습은 새로운 뉴런의 발달과 신경 연결에 도움이 된다. 인지 능력을 향상하면 노화에 따른 두뇌의 변화에 한결 쉽게 적응할 수 있을 테니 참 반가운 소식이다.

4. 창의력을 발휘하라

합창단으로 활동하는 노인을 대상으로 한 연구 결과, 창의적 활동은 노인의 병원 방문과 약물 복용, 낙상 횟수를 감소시킬 뿐 아니라 정신 건강을 개선하고 외로움을 완화하며 활력을 높였다. 타인과 더불어 하는 창의적 활동은 한층 더 효과적이었다.

실험 참가자를 세 그룹으로 나눠 실시한 연구에서 이를 확인할 수 있다. 첫 번째 그룹은 운동과 음악 활동에 참여했고, 두 번째 그룹은 운동 활동에만 참여했으며, 마지막 세 번째 그룹은 통제 그룹으로 아무런 활동에도 참여하지 않았다. 그 결과, 운동과 음악 활동을 동반한 첫 번째 그룹이 나머지 두 그룹보다 인지 기능에 긍정적인 변화를 보였다.

운동을 포함하여 창의적 활동은 모두 뇌의 가소성 또는 신경가소성(경험으로 신경계의 기능 및 구조가 변형되는 현상-옮긴이 주)을 증가시키는 데 도움을 준다. 우리 뇌는 스스로 재구성하고, 새로운 시냅스 연결을 형성하고, 새로운 뉴런 또는 뇌세포를 생성하는 놀라운 능력을 지니고 있다. 과거에는 어린 시절에만 두뇌 개발이 이루어진다고 여겼지만, 연구를 통해 나이가 든 이후에도 가소성을 활성화해 기억력을 증진하고 뇌졸중 같은 뇌 손상을 회복하고 인지 장애 가능성을 낮출 수 있다는 사실이 밝혀졌다.

그러니 어서 춤을 추고, 새로운 악기를 연주하고, 미술 수업을 들어라!

5. 숙면을 취하라

수면 부족은 노년층의 치매 발병과 인지 저하 위험을 높이는 요인으로 작용한다. 수면이 정말 그렇게 중요할까? 우리는 잠을 자는 동안 알츠하이머의 원인으로 짐작되는 독성 화합물인 베타아밀로이드를 배출한다. 장수를 위한 이상적인 수면 시간은 7시간이며, 노인의 정상적인 수면 시간은 6~9시간이지만 베타아밀로이드를 최대한 많이 배출하려면 매일 적어도 7시간 이상 수면을 취하길 조언한다. 수면제는 치매와 낙상을 비롯해 다양한 부작용을 가져올 수 있으니 되도록 자연스럽게 잠드는 것이 좋다.

6. 약물 복용을 주의하라

약물은 인지 저하의 주요 원인이다. 특히 수면제라고 불리는 진정제는 뇌 건강에 심각한 악영향을 끼친다. 65세 이상 고령자는 알프라졸람(자낙스Xanax®), 졸피뎀(앰비엔Ambien®, 스틸넉트Stilnoct®), 로라제팜(아티반Ativan®), 디펜히드라민(베나드릴Benadryl®, 타이레놀 PMTylenol PM®, 나이톨 오리지널Nytol Original®) 같은 약물을 복용해서는 안 된다.

진정제 외에도 인지 기능 저하를 유발하는 약물은 다양하다. 감기약, 방광 이완제, 근육 이완제, 장 진경제 등이 이에 해당한다. 안타깝지만 이런 약물이 노인에게 매우 위험할 수 있다는 사실을 모르는 1차 의료 기관도 많다. 그러니 새로운 약물을 처방받을 때는 반드시 의사에게 해당 약물이 인지 기능 저하를 유발할 가능성이 있는지 확인하길 바란다.

7. 배움을 계속하라

청년기에 받는 고등교육은 치매 발병 확률을 감소시킨다. 하지만 배움은 시기와 관계없이 뇌 기능을 향상하는 데 도움을 줄 수 있다. 가까운 커뮤니티 칼리지나 대학교에서 65세 이상 노인을 대상으로 진행하는 무료 강의를 찾아보라. 생각보다 좋은 기회가 많을 것이다.

8. 보청기를 착용하라

청력 저하가 치매 발병의 주요 위험 요소라는 사실이 밝혀졌다. 그러니 청력이 떨어졌다면 반드시 적절한 보조 장치를 사용해야 한다. 청력을 교정하면 치매에 걸릴 위험을 낮출 수 있으며, 이는 나이가 들수록 더욱 중요하다. 귀지가 많이 쌓이는 사람이라면 주기적으로 귀지를 제거하길 조언한다.

9. 건강을 관리하라

나이가 들수록 기본적인 건강 상태를 더 주의 깊게 살펴야 한다. 고혈압, 비만, 당뇨병이 있다면 건강 관리에 특히 힘써야 한다. 앞서 이야기했듯 건강한 음식 섭취와 규칙적인 운동은 두뇌 건강을 포함한 전반적 건강 상태를 개선하는 데 중요한 역할을 한다. 흡연은 절대 삼가야 한다.

10. 사회적 고립을 피하고 우울증을 치료하라

사회적 고립은 두뇌 기능을 떨어뜨리는 주원인으로 알려져 있다. 우리는 나이 든 후에도 공동체에 관여하고 타인과 교류를 이어나가야 한다. 자원봉사는 사회적 유대를 지속하는 좋은 방법이 될 수 있다. 또 우울증은 두뇌 건강에 부정적 영향을 미치니 슬픔이나 무기력이 오랜 시간 지속된다면 진료를 받아보길 추천한다. 적절한 우울증 치료는 인지 장애를 완화하고 더 나아가 생명을 구한다.

아마 이렇게 생각하는 사람도 있을 것이다. '내가 이 책에서 이야기하는 열 가지 지침을 모두 실천한다고 하더라도 부모님 모두 알츠하이머에 걸렸으니 나 또한 병을 피할 수 없을 거야.' 하지만 속단하기에는 이르다. 어느 연구진이 인지 장애 또는 치매가 없는 노인을 치매 유전적 위험도가 높은 그룹과 낮은 그룹으로 나눠, 건강한 생활 습관이 치매 발병률에 어떤 영향을 미치는지 관찰했다. 그 결과 유전적 위험도가 높은 사람이라도 건강한 생활 습관을 유지하면 치매 발병 위험이 감소한다는 사실이 밝혀졌다.

게다가 여성이라면 반길 만한 소식이 하나 더 있다. 얼마 전 양전자 방출 단층촬영, 즉 PET 스캔(장기 기능을 확인하는 영상 검사의 일종)을 활용한 연구에서 '노화하는 여성 두뇌에서 젊음을 유지하려는 지속적 대사 작용'이 관찰됐다. 쉽게 풀어 설명하자면 여성의 두뇌 나이는 평균적으로 남성의 두뇌 나이보다 약 4년 젊다.

현재로는 알츠하이머 및 관련 치매를 완벽히 예방하는 방법이 없다. 하지만 치매 발병 시기를 5년 늦추면 해당 질병으로 인한 사회적 비용을 최대 50퍼센트까지 줄일 수 있다. 건강한 생활 습관은 인지 기능을 유지하는 데 도움을 줄 뿐 아니라, 연령과 관계없이 모든 사람에게 유익하다. 꾸준한 운동, 건강한 식습관, 인지 자극, 창의적 활동, 숙면을 포함해 앞에서 소개한 열 가지 습관은 인지 기능 저하를 예방하는 데 효과적이다. 하지만 실제로 일상생활에서 이런 습관을 실천하는 노인은 드물다.

그러나 걱정하지 않아도 된다! 이번 기회에 스스로의 생활 방식을 되돌아보고 치매를 예방할 수 있는 습관을 한 가지 이상 실천할 수 있도록 노력하라. 인지 능력을 자극하는 '지속적 대사 작용'을 유지하라. 그리고 우리 두뇌가 건강하게 나이 든다는 데 기뻐하라.

2부

적응력:

젊음의 문이 닫히는 순간,
노년의 문이 열린다

과거는 이미 지나갔으니
나에게 주어진 현재에 충실해야지.
난 어디에 있든
행복하게 살기로 결심했단다.

메리 휴스Mary Hughes
90세

어디에 있든
행복하게 살겠다는 결심

사무실 문을 열자 책상 위에 놓인 사진이 가장 먼저 눈길을 사로잡았다. 백발을 짧게 다듬은 할머니가 계란형 얼굴에 부드러운 미소를 띠고 군중에게 손을 흔들듯 양팔을 번쩍 들어 올리고 있었다. 그 모습이 어찌나 행복해 보이던지 나도 모르게 웃음이 새어 나왔다.

"제 어머니 메리예요." 수전이 입을 열었다. "저 사진을 찍고 얼마 안 돼 92세에 편안하게 영면에 드셨지요. 벌써 몇 년이 지났네요. 호스피스 치료를 시작한 지 2년 반이 넘어가는 시점이었어요."

이렇게 생기 넘치는 90세 노인이 호스피스 치료를 받았다니, 믿기 어려웠다.

"2년 반 동안 심장마비가 세 번이나 일어났어요. 일과성 허혈 발작도 몇 번 겪었지요. 그중 한 번은 심각한 뇌졸중으로 발전했고요. 두피에 4센티미터 열상을 입은 적도 있고, 매주 한 번은 꼭 협심증으로 고생한 데다 발목도 한 번 부러졌죠. 온갖 일을 겪으면서도 입원은커녕 병원에 발걸음조차 안 하셨어요. 정말 대단한 분이었어요."

흥미로운 이야기였다. 수많은 노인이 한 달에 몇 번씩 이런저런 '돌발 상황' 때문에 병원을 들락거린다. 내 어머니도 마찬가지였다. 나는 고단한 운명으로부터 어머니를 구하고 싶었다. 메리는 도대체 어떤 마법을 부렸기에 병원을 멀리할 수 있었을까?

"어머니는 굉장히 긍정적이었어요. 주치의를 잘 만나기도 했고요. 20년이 넘도록 어머니를 돌봐주셨죠. 다들 바라는 것처럼 마지막에도 정말 편안히 가셨어요." 수전이 말을 이어나갔다. "어머니는 발생 가능한 경우의 수를 예측하고 그에 따른 위험을 기꺼이 받아들이셨어요. 완화 치료를 신뢰했죠. 죽음을 두려워하지 않았어요. 어머니는 어떻게든 병원을 멀리하고 싶어 하셨어요. 무엇보다 아래층으로는 절대 안 가겠다고 말씀하셨죠."

"아래층으로는 안 가신다고요?"

"아래층에 전문 요양 시설이 있었거든요." 수전이 설명했다. "같이 지내던 분들이 아래층으로 내려가 다시 못 돌아오는 걸 많이 보셨어요. 3년 동안 머물던 생활 지원 시설을 참 마음에 들어 하셨죠. 생활 지원 시설에 입소하기 전에는 독립 생활 시설에서 10년을 보내셨어요. 방에서 난초를 키웠는데, 꽃이 피면 방이 화사해졌죠. 창문이 세 개나 돼서 채광이 좋다며 무척 좋아하셨어요. 같은 층에 사는 친구도 많았고요. 제 어머니처럼 쇠약한 노인이 대부분이었지만 방이 워낙 가까우니 쉽게 교류할 수 있었죠. 친구분들이 아래층으로 옮기고 나면 많이 보고 싶어 하셨어요. 그래서 누가 상태를 살피러 올 때마다 전날 무슨 일이 있었든 '이제 많이 나아졌어요'라고 말씀하셨죠. 사건이 일어난 지 채 한 시간이 지나지 않았을 때도 마찬가지였어요."

보기만 해도 기분이 좋아지는 사진을 다시 한번 바라보며 의자에 등을 기댔다. 수전의 이야기를 들을수록 메리가 어떤 사람인지 더 궁금해졌지만 동시에 의아하기도 했다. 심장 마비나 일과성 허혈 발작이 일어나면 병원에 가야 하지 않을까? 폐렴 같은 병에 걸리면 또 어떻게 해야 할까?

"설명이 조금 부족했던 것 같네요." 내 표정을 읽었는지 수전이 다시 입을 열었다. "어머니는 심장병을 앓고 계셨어요. 불치병이었죠. 돌아가시기 3년 전에 인공 심장박동기 삽입 수술을 받았는데, 그때 이후에는 병원에 간 적이 없어요. 직접 그렇게 결정하셨어요. 심장박동기를 달고 나서는 심장병 때문에 호스피스 치료를 받을 수밖에 없었죠. 어머니는 죽음이 다가오면 특별한 조치를 취하지 않고 자연스럽게 숨을 거두겠다고 결정하셨어요."

"수전이 지지했으니 그런 결정을 내리셨겠죠." 내가 덧붙였다. 메리에게는 늘 곁을 지켜주는 든든한 딸이 있었다.

"맞아요. 제가 딸 노릇을 톡톡히 하긴 했죠. 믿음직하고 애정 넘치는 내과 의사 노릇은 또 어떻고요. 그런데 제가 아니라도 어머니는 똑같은 선택을 했을 거예요. 어머니 말고도 많은 노인이 비슷한 결정을 내리죠. 하지만 어머니는 특별한 태도로 죽음을 대했어요. 죽음에 정면으로 맞섰죠. 관상동맥이 꽉 막혔다는데도 아무렇지 않게 현실을 직시했어요. '뭐, 어쩔 수 없지'라고 하시더라고요. 게다가 어머니는 삶의 마지막으로 가는 여정을 당신이 바라는 방향으로 미리 계획해 뒀어요. 완화 치료와 호스피스 외에는 어떤 조치도 바라지 않으셨죠. 우리 주 전체에서 처음으로 POLST(Portable Orders for Life-Sustaining Treatment) 양식을 작성한 사람이 어머니였어요."

수전이 어머니와 똑 닮은 미소를 지어 보였다. 아무래도 메리의 온화한 성정과 굳은 의지, 타인을 돕고자 하는 결단력을 수전이 물려받은 것 같았다. 수전은 세상을 조금 더 나은 장소로 만드는 데 기여했다. 수전 덕분에 많은 이가 자신의 의료적 선택이 존중받을 것이라는 믿음을 가질 수 있었다.

수전 톨Susan Tolle은 오리건보건과학대학교 소속 내과 의사이자 의료 윤리 센터장인 동시에 POLST 프로그램의 개발자이기도 하다. 연명 의료 계획서를 의미하는 POLST가 도입되고 수천 명이 자신이 바라는 방식대로 죽음을 맞이했으며, 오늘날 미국을 포함한 20여 개국에 거주하는 수백만 명이 POLST 작성 및 등록을 완료했다. 말기에 접어들었거나 임종을 앞둔 환자는 스스로 의사를 표현할 수 없는 응급 상황에 대비해 미리 POLST 양식에 자신이 바라는 치료 방식을 구체적으로 명시해 달라고 담당 의료진에게 요구할 수 있다(일부 주에서는 POLST를 조금씩 다른 명칭으로 부른다). 즉 사전에 작성한 POLST는 환자의 바람을 의료진이 반드시 따라야 할 의무로 변환한다. POLST에 명시된 내용은 응급실, 병원, 요양원을 포함한 모든 의료 기관에 보편적으로 적용되며, 의사 및 간호사뿐 아니라 현장에 출동한 응급 구조사, 구급대원, 소방관 또한 환자가 작성한 POLST에 따라 처치를 결정해야 한다.

POLST는 서면뿐만 아니라 전자 문서로도 보관된다. 의료 기록을 열람하는 것만으로 환자의 연명 치료 의사를 손쉽게 확인할 수 있다는 것이 POLST의 가장 큰 장점이다. 이 간단한 양식 덕분에 수천 명이 인공호흡기와 급식튜브를 달고 중

환자실에서 살아도 산 것 같지 않은 나날을 보내다가 비참한 임종을 맞이하는 대신 편안하게 세상을 떠날 수 있었다.

수전은 생각이 많은 듯했다. "처음 근무를 시작했을 때, 중환자실에서 삶의 마지막 순간을 보내는 환자를 많이 봤어요. 주어진 시간이 얼마 남지 않았는데 원하지 않는 장소에 오래도록 묶여있는 것만큼 괴로운 일이 또 있을까요. 연명 치료와 관련해 당사자의 의사를 기록한 자료가 없는 탓에 중증 치매나 폐렴에 걸린 채 급식튜브랑 인공호흡기를 달고 병상에 누워있는 환자를 볼 때마다 마음이 너무 안 좋았어요. 그렇게 입원한 환자 대부분은 중환자실에서 돌아가셨어요. 임종이 다가왔을 때 손발이 묶인 채 섬망 증세를 보이는 환자도 많았고요. 그때 경험이 POLST 프로그램을 고안한 계기가 됐죠. 물론 어머니도 큰 영향을 미쳤고요"

"어머니께서요?"

"어머니는 처음부터 POLST 프로그램에 관여하셨어요. 미생물학을 전공하셨는데, 오리건보건과학대학교 소아 미생물학 실험실 지도교수로 계시면서 공동 저자로 연구 논문도 여러 건 집필하셨어요. 내과의를 대상으로 강의도 꽤 오래 하셨죠. 중증 소아 환자의 목숨을 구하는 데도 열심이셨고요. 어머니는 정상적인 삶을 되찾을 가능성이 얼마 안 되는 상황에서 기계에 의지해 치료를 이어가는 걸 바라지 않으셨어요. 온갖 처치에 시달리다가 온전치 않은 정신으로 슬픈 이별을 맞이하고 싶지는 않다고 말씀하셨죠. POLST의 필요성을 누구보다 잘 알고 계셨어요."

수전이 웃으며 이야기를 계속했다. "열정이 어찌나 대단하셨던지 주변에까지 전염될 지경이었지요. 어머니와 어머니의 주치의가 처음으로 POLST 양식을 작성해 등록 신청을 했어요. 등록할 시스템조차 없는 시기였는데, 영상을 찍어 자금을 지원받았죠. 그때 어머니에게 설득당해 POLST에 서명한 이웃도 많아요. 얼마 안 돼 시설 전체가 POLST를 작성했어요! 지금은 거의 모든 주가 POLST 프로그램을 도입하고 있어요. 요즘에는 시골에 자리한 의료 기관과 외국어를 구사하는 환자까지 범위를 넓히려고 노력하고 있습니다. 어머니가 나서주신 덕분에 여기까지 올 수 있었지요. 그야말로 선구자였어요."

수전은 밝게 웃고 있는 어머니의 사진을 바라봤다. "나는 어머니가 수년 후 닥칠 자신의 운명을 결정하는 데 POLST가 어느 정도 영향을 미쳤다고 생각해요. 인생의 마지막 장을 계획할 수 있는 기회를 제공했죠. 어머니는 되도록 오랫동안 독립적으로 삶을 꾸려나가길 바라셨어요. 돌아가시기 몇 년 전에는 부고 기사를 손수 작성하셨죠. 여기 손을 흔들고 있는 사진도 기사에 싣겠다고 직접 고르신 거예요. 죽기도 전에 당신 손으로 부고 기사를 쓰는 사람이 또 어디 있겠어요?"

"정말 유쾌하고 앞서나가시는 분이었네요!" 나도 모르게 웃음이 새어 나왔다. 인상 깊은 이야기를 듣고 있자니 메리의 사진을 향해 손을 흔들고 싶은 마음이 커져갔다.

"우리는 어머니가 무엇을 바라는지 잘 알고 있었어요. 다들 어머니의 뜻을 존중했죠. 다행히 우려하던 일은 일어나지 않았지만, 혹시라도 어머니가 치매에 걸리면 급식튜브나 인공호흡기를 부착하지 않기로 했어요. 어머니는 어마어마한 사건이 일어나면 그제야 떠밀리듯 이런저런 결정을 내리는 일이 없도록 미리 소통하고 계획했어요. 죽음의 궤도에 올라탄 거죠. 가족이 평온하게 받아들일 수 있는 좋은 죽음에는 좋은 준비가 필요해요."

머릿속에 전구가 켜지는 것 같았다. 나는 응급 상황에 어떻게 대비해야 할지 미리 지침을 정해두지 않아서, 또는 처치 과정을 두고 가족 구성원 사이에 의견이 일치하지 않아서 사랑하는 이를 평온하게 떠나보내지 못한 안타까운 사연을 많이 접했다. 이들은 가족을 떠나보낸 후에도 당시의 선택이 정말 최선이었는지 곱씹으며 몇 년을 괴로워했다. 이별이 남긴 어둠이 옅어지기까지는 한참이 걸렸다.

신고를 받고 현장에 도착해 심정지 상태의 노령 환자를 맞닥뜨린 응급 의료 요원 또한 비슷한 갈등을 경험한다. 연구에 따르면 심장이 멈춘 채 발견된 노인이 소생할 가능성은 1~3퍼센트에 불과하다. 하지만 특별한 지침이 없는 한 응급 의료 요원은 환자가 사망할 것을 알면서도 심폐소생술을 실시해야 한다. 이 과정에서 응급 의료 요원이 느끼는 불안은 상당하다.

"궤도 이야기를 조금 더 해주세요." 미리 계획을 세워야 한다는 점에는 전적으로 동의한다. 하지만 일찍부터 자신의 죽음을 준비하려는 사람이 과연 몇이나 될까?

"궤도에 오른다는 건 단순히 계획을 세우는 게 아니에요." 수전이 설명했다. "삶의 통제력을 유지하는 거죠. 먼저 죽음에 이르기까지 여러 단계를 거치게 될 것이라는 사실을 인지해야 해요. 그다음에는 죽음에 대한 두려움을 떨쳐내야 하죠. 대부분의 단계는 점진적으로 진행돼요. 당시에는 모르겠지만 중간중간 좋은 일도 많이 생기죠. 어머니는 가장 먼저 운전을 포기해야 했어요. 다들 그렇듯 어머니도 운전을 계속하길 원하셨지만 시력이 떨어져서 어쩔 수 없었죠. 다음으로 심장에 문제가 생기기 시작했어요. 혈압이 널을 뛰면서 일과성 허혈 발작이 일어났고, 낙상으로 이어졌죠. 어머니는 집에 혼자 머물다가는 큰일이 날 수도 있겠다고 생각하셨어요. 어쩌다 넘어지면 크게 다칠 수도 있으니까요."

수전이 이야기를 이어나갔다. "정말 쉽지 않은 결정이었어요. 집을 떠나기까지 많이 힘들어하셨거든요. 그래도 결국 현실을 받아들이셨죠. 어머니는 80세가 되는 해에 독립 생활 시설을 갖춘 은퇴자 주거 복합 단지에 입주하셨어요. 건강이 문제였던 만큼 필요한 경우 집중 간병 서비스를 제공받을 수 있는 곳으로 선택하셨죠. 그런데 생각보다 시설 생활을 무척 좋아하셨어요!"

수전이 보여준 사진 속에서 반짝반짝 빛나는 메리의 모습만 봐도 알 것 같았다.

"혼자 사신 지 1년이 넘어가던 때였거든요. 아마 외로운 줄도 모르고 그냥 사셨던 것 같아요. 주거 복합 단지에 입주하고 다시 사회생활을 시작하셨죠. 스크래블이라는 보드게임도 하고, 정원도 가꿨어요. 정원 가꾸기에 어찌나 몰두하셨던지 클레마티(큰 꽃을 피우는 덩굴식물-옮긴이 주) 협회에 가입해 80뿌리가 넘는 클레마티스를 땅에 옮겨 심으셨어요. 독립 생활 시설에 거주하는 10년 동안 친한 친구를 여럿 사귀어서 같이 식사도 하고, 이런저런 지적 자극도 주고받았지요."

수전이 말을 계속했다. "사회화가 얼마나 중요한지 다시 한번 깨닫는 계기가 됐어요. 정신도 더 또렷해지셨어요. 시설에 입주하기 6개월 전보다 시설에 거주하는 10년 동안 사업을 훨씬 더 잘 꾸려나가셨으니까요. 계속 혼자 계셨더라면 그렇게 재미있게 살지는 못했을 거예요. 한번은 저한테 이런 말씀을 하셨어요. '돈 걱정 없는 대학교 기숙사 생활 같구나!'"

수전은 어머니가 잘 늙을 수 있었던 비결을 한 가지 더 공유했다. 메리는 뒤돌아보지 않았다. 항상 뒤가 아닌 앞을 바라봤다. 미래를 내다보는 것보다는 과거를 돌아보는 것이 쉽지만 메리는 쉬운 길을 택하지 않았다. 뒤를 바라보면서 앞으로 나아갈 수는 없다. 메리는 자신을 앞으로 나아가게 하는 흥미로운 것, 여전히 즐겁게 누릴 수 있는 것, 삶에 의미와 성취감을 선사하는 것에 집중했다.

심장이 약해진 탓에 쓰러져 인공 심장박동기 삽입 수술을 받은 이후 긍정적인 메리의 태도는 더욱 두드러졌다. 수술 과정에서 의료진은 메리의 심근으로 흐르는 모든 혈류가 심각하게 손상됐음을 발견하고 회복이 끝나자마자 메리를 호스피스 병동에 입원시켰다. 언제 심장이 고장 나도 이상하지 않은 상태인 데다 고통 또한 상당할 테니 호스피스 치료가 필요하다는 판단을 내렸기 때문이다.

"하지만 어머니는 점점 쇠약해져 가는 와중에도 기쁨과 반짝임을 잃지 않으셨어요. 생활 지원 시설로 옮긴 후에도 여전히 즐겁게 사셨죠. 어머니는 늘 '난 어디에 있든 행복하게 살기로 결심했단다'라고 말씀하셨어요."

놀랍도록 용감한 사람이었다. 메리 휴스는 아무리 어려운 상황에서도 어느 정도 사고와 감정을 통제할 수 있음을 증명했다. 힘겨운 수술이었지만 메리는 죽지 않았다. 앞서 수전이 이야기했듯, 메리는 이런저런 질환과 부상을 25차례 이상 경험하면서도 3년을 더 살아남았다. 사고 중에 심각하지 않은 것이 없었지만 메리는 매번 입원을 거부하고 창의적인 해결책으로 곤란한 상황에 대처했다.

"어머니는 끈기가 대단하셨어요. 언젠가부터 '혹시 내가 죽거든'이라는 말 대신 '내가 죽으면'이라는 표현을 사용하셨죠. '과거는 이미 지나갔으니 나에게 주어진 현재에 충실해야지'라는 말씀도 종종 하셨고요."

이와 같은 사고방식 덕분에 메리는 심장 기능이 악화돼 전동 스쿠터를 사용하게 됐을 때도 덤덤하게 현실을 받아들일 수 있었다.

"어머니는 3년 반 동안 전동 스쿠터를 타고 다니셨어요. 여기저기 바쁘게 돌아다니셨죠. 스크래블도 하러 가고, 정원에도 나가고, 친구도 만나러 갔어요. 스쿠터를 너무 빨리 모는 게 유일한 고민거리였어요. 우리는 어머니에게 속도를 좀 낮추라고 몇 번이나 신신당부했지요." 수전이 한숨을 쉬더니 이야기를 이어나갔다. "게다가 어머니는 스쿠터로 문을 들이 받아 열곤 하셨어요."

메리는 시설에 조성된 야외 정원에서 시간을 보내는 것을 무척 좋아했다. 정원 입구에는 양쪽으로 열리는 무거운 출입문이 설치돼 있었는데, 힘이 약해져 문을 열기가 어려워지자 메리는 다른 방법을 생각해 냈다. 스쿠터의 추진력으로 문을 들이받으면 잠깐 열리는 틈새로 정원을 드나드는 것이다. 그렇게 메리는 자유롭게 꽃밭을 누볐다. 그러던 어느 날, 메리는 반대편 문 앞에 쓰러져 있는 커다란 도자기 화분을 발견하지 못하고 평소처럼 전동 스쿠터를 타고 힘차게 앞으로 나아갔다. 그 때문에 문을 통과한 전동 스쿠터가 화분에 부딪혀 쓰러졌다. 메리는 어찌어찌 혼자 힘으로 다시 스쿠터에 올라탔다. 그리고 누구에게도 사고 이야기를 하지 않았다. 힘겹게 몸을 일으켜 친구들과 약속한 저녁 식사에 급하게 참석하면서도 넘어졌다는 말은 한마디도 하지 않았다.

그날 밤, 수전에게 전화가 한 통 걸려왔다.

"어머니께서 못 일어나세요." 간호사가 불안한 목소리로 소식을 전했다. "발목에 문제가 생겼어요. 힘이 전혀 안 들어가네요."

수전은 곧장 시설로 향했다. 메리는 이불 밖으로 발을 내놓고 침대에 누워있었다. 늘 그렇듯, 그날도 약한 인대를 잡아주는 발목 보호대를 착용하고 있었다. 얼마 후 의료진이 이동식 엑스레이 촬영 기기를 가지고 왔다.

발목 골절이었다.

"어머니에게 발목이 부러졌다고 알려드렸더니 '아이고, 큰일이구나' 하시더라고요. 그래서 '병원에 가셔야겠어요' 했더니 '병원에는 안 간다'라고 딱 잘라 말씀하셨죠. 화가 나서 '그럼 어떻게 하실 거예요? 지금 제대로 치료를 안 받으면 평생 다시는 못 걸어요!'라고 쏘아붙였어요. 그랬더니 '어떻게든 방법을 찾아야지'라고 대답하셨죠. 그러고는 도움을 준 사람들을 돌아보며 아무렇지 않게 웃으시는 게 아니겠어요?"

수전이 고개를 절레절레 저었다. "다들 어머니의 그런 점을 좋아했어요. 심장이 철렁하게 만들어 놓고는 어떻게든 되살아나셨죠. 도움을 받은 사람에게는 꼭 '정말 고마워요'라고 감사를 표현하셨어요. 어머니는 가정 호스피스에서 생활하셨는데, 미국에서는 남은 수명이 6개월 이내라고 예상되는 환자만 가정 호스피스에 입소할 수 있거든요. 건강이 개선되는 것 같아서 퇴소하려고 하면 번번이 새로운 사건이 생겼어요. 정말 이별인가, 싶으면 다시 살아나셨죠. 심장이 워낙 안좋으니 기록만 보면 죽어가고 있는 게 분명한데 돌아가시질 않는 거예요. 한번은 일하고 있는데 호스피스에서 전화가 왔어요. 질문이 있다고요."

간호사가 조심스럽게 말을 꺼냈다. "혹시 어머니께서 불사신은 아니겠지요?"

불사신은 아니었지만, 메리는 다시 걸을 수 있었다. 골절 수술 환자에게 보행 장화를 공급하는 치료사가 시설을 방문해 발목 보호대를 착용한 채 신을 수 있는 장화를 찾아냈다. 장화 위에 장화를 덧신은 모양새가 우스꽝스러웠지만 덕분에 메리는 고통 없이 걸을 수 있었다.

"지금 생각해 보면 참 잘한 일이었어요. 어머니가 그때 수술을 받았더라면 6주 동안 꼼짝없이 누워있어야 했을 텐데, 가뜩이나 약한 몸에 근육이 다 빠져서 다시는 걷지 못하셨을 거예요. 주치의도 입원하지 않는 편이 좋겠다고 이야기했고요. 현명한 결정을 내린 덕에 어머니는 삶의 질을 지킬 수 있었어요."

메리는 각종 기념일과 생일을 챙기는 것을 좋아했지만, 그중에서도 크리스마스를 더욱 특별하게 여겼다. 매년 크리스마스이브에 메리는 시설에서 제공하는 식당을 빌려 손수 요리한 음식을 가족과 나눠 먹었다. 그날만큼은 뿔뿔이 흩어져 살던 자식과 손주가 모두 모여 캐럴을 불렀다. 메리는 온 가족이 함께하는 시간을 무척 소중하게 여겼기에 13년 동안 한 해도 빠짐없이 비용을 지불하고 공간을 대여했다.

하지만 3년 전 크리스마스는 달랐다.

"크리스마스 2주 전, 어머니가 쓰러졌어요." 수전이 과거를 회상했다. "뇌졸중이었죠. 상태가 심각했어요. 방을 벗어날 수 있는 상황이 아니었어요. 의식은 있었지만 극도로 쇠약해져 있었지요. 그런데도 병원에는 안 가겠다고 하시더라고요."

하지만 전통을 이어나가겠다는 메리의 다짐은 굳건했다.

"어머니에게 남은 시간이 얼마 없다는 걸 다들 직감했어요. 크리스마스이브 저녁, 식당이 아닌 어머니의 방에 온 가족이 모였어요. 네 시간 동안 울고 웃으며 캐럴을 불렀죠. 우리 가족뿐 아니라 자리를 지키던 간병인까지 모두 눈물을 흘렸어요. 다들 어머니를 진심으로 사랑했거든요. 어머니는 산소호흡기를 낀 채 한 명 한 명 눈을 맞추며 '이렇게 보니 너무 좋구나'라고 인사하셨죠.

자정이 넘어 어머니는 잠에 드셨어요. 우리 모두 곁을 지켰죠. 여동생은 어머니의 손을 꼭 잡고 있었어요. 모든 게 어머니의 계획대로였어요. 해야 할 일, 하고 싶은 일을 모두 마무리했으니 미련은 조금도 남지 않았을 거예요. 그렇게 어머니는 크리스마스 당일 이른 새벽에 평화롭게 숨을 거두셨어요." 수전은 그때를 떠올리며 부드럽게 이야기를 마무리했다. "꽃이 가득한 방에 누워 동생의 손을 잡고 충만한 사랑 속에서 돌아가셨죠."

메리가 좋아하던 커다란 창문으로 쏟아져 들어오는 아침 햇살에 형형색색의 난초가 찬란하게 빛났다. 메리는 언제까지나 위층에 머물렀다.

우리는 왜 죽음을
두려워할 필요 없는가

수전이 전하는 메리 휴스의 사연은 읽을 때마다 눈물이 난다. 온갖 사건 사고로 다사다난했던 호스피스 병동 생활을 밝게 묘사하고, 더 나아가 어머니의 죽음을 평화롭고 즐겁게 그려낼 수 있다니 정말이지 놀라울 따름이다. 수전의 이야기에는 죽음을 향한 두려움도, 메리의 바람을 둘러싼 가족 간의 불화도, 의료적으로 충분히 대응하지 못했다는 회한도 없다. 가족끼리 허심탄회한 이야기를 몇 번이고 나눈 덕분이다. 많은 대화 끝에 수전과 다른 가족 구성원은 메리의 뜻을 존중하기로 결심했다. 그뿐 아니라 메리는 쇠약해지는 자신의 몸을 현실적인 시선으로 바라봤으며, 주어진 상황에서 기쁨을 찾았다. 선제적 대응 역시 큰 역할을 했다. 메리는 마지막 날까지 하루하루를 충실하게 살다가 편안히 눈을 감았으며, 가족 또한 메리의 죽음을 평온하게 받아들였다. 메리처럼 죽음을 맞이하려면 어떻게 해야 할까?

사람이라면 대부분 인생을 살면서 한 번쯤은 죽음이 두려워지는 순간을 경험한다. 나는 이 분야에 전문가가 아닐뿐더러 시중에 이를 주제로 한 책이 많이 출간돼 있다. 하지만 수많은 환자를 대면하며 직접 관찰한 내용을 바탕으로 죽음을 두려워하는 이유와 평화롭게 죽음을 맞이하는 비결 몇 가지를 현실적인 측면에서 이야기해 보려고 한다.

1. "아직 주어진 일을 마치지 못했기에 죽을 준비가 되지 않았다"

삶에 기여할 것이 많은 젊은 사람이라면 대부분 이런 이유로 죽음을 두려워한다. 하지만 나이 든 사람이 이런 말을 한다면 이는 지금껏 이룬 성취가 부족해서가 아니다. 이만하면 잘 살았다고 자랑스럽게 내보일 만한 유산이 충분하지 않다고 생각하기 때문이다. 많은 것을 이룬 사람이라 하더라도 나이가 들면서 세상에 베풀 수 있는 가치가 점점 사라진다고 생각하기 마련이니, 그 때문에 낮아진 자존감이 죽음에 대한 불안과 두려움으로 이어지곤 한다.

이 책에서 논의하는 내용은 훗날 삶에서 의미를 찾는 데 큰 도움이 될 것이다. 하지만 지금껏 살아온 삶을 돌아보고 스스로가 진심으로 자랑스럽게 여길 수 있는 성취를 찾는 것 또한 중요하다. 자녀를 멋지게 키워낸 것, 사업을 시작한 것, 과학적 발견을 이루어낸 것, 아름다운 예술 작품을 창조한 것, 행복한 결혼 생활을 오래도록 유지한 것, 사랑하는 가족을 직접 돌본 것 등 무엇이든 괜찮다. 살다 보면 누구나 지금껏 이룬 성취가 앞으로 이룰 성취를 훌쩍 앞지르는 시점을 마주한다. 이룰 만한 업적은 이미 대부분 이뤘으며, 이제는 이룰 수 있는 것이 거의 남지 않았다는 사실을 인정해야 한다. 가족, 친구와 둘러앉아 당신이 지나온 삶의 여정을 되돌아보는 시간을 가져보라. 타인의 말을 들으면 자신이 이룬 성취의 가치를 더 잘 받아들일 수 있을 테니, 대화를 녹음해도 좋다. 그런 시간을 통해 당신은 자신이 세상에 어떤 유산을 남겼는지 이해하고 죽음을 한결 자연스럽게 받아들일 수 있을 것이다. 윤리적 유언을 남기는 것 또한 좋은 방법이다.

2. "죽음이 힘들고 고통스러울까 두렵다"

통증, 호흡곤란 등 불편한 증상에 시달리다가 숨을 거두는 안타까운 사례가 종종 있기에 고통스러운 죽음을 두려워하는 마음은 이해한다. 하지만 미리 죽음을 계획한 사람은 대부분 고통 없는 죽음을 맞이한다. 메리 또한 노쇠한 심장 탓에 만성 통증에 시달렸으며 때때로 극심한 고통을 호소했지만, 마지막에는 평온하게 눈을 감았다. 이처럼 일찍부터 호스피스 치료를 받으면 통증을 효율적으로 관리할 수 있다. 모르핀으로 호흡곤란 증세를 완화하고 로라제팜으로 임종 시 불안을 줄이는 등 적절한 약물 처방은 평화로운 죽음을 맞이하는 데 도움이 된다. 또 메리가 그랬듯 죽음이 다가왔을 때 가족이 당신을 편안하게 해줄 수 있도록 미리 POLST 양식과 같은 지침을 작성해 두길 추천한다.

3. "길고 힘겨운 투병 생활로 가족에게 무거운 짐을 짊어지게 할까 두렵다"

이 또한 매우 합리적인 두려움이다. 불편한 몸으로 가족에게 큰 부담을 지우면서 오래도록 수명을 연장하고 싶은 사람은 없을 것이다. 치료 및 간병에 필요한 자금을 충분히 마련할 수 있도록 젊었을 때부터 미리 적절한 재무 계획을 세워놓으면 이 같은 두려움을 그나마 수월하게 이겨낼 수 있을 것이다. 나를 찾아온 환자 가운데는 한평생 한정된 자산을 모두 소비하고 여유가 없어 말년에 어려움을 겪는 경우가 더러 있는데, 검소하게 생계를 꾸려나가는 한편 노후 자금을 넉넉히 마련해 둔다면 늙어서 가족에게 짐이 될까 두려워하지는 않아도 될 것이다. 당신에게 필요한 자원을 사전에 검토해 주는 사회복지사를 소개받을 수도 있을 것이다. 주어진 혜택을 제대로 확인해 보지도 않은 채 무작정 가족에게 기대거나, 자원을 적절히 활용하지 못해 불안하게 죽음을 맞이하지 않도록 주의하라.

4. "죽음이 무엇인지 몰라 두렵다"

누구에게나 죽음은 한 번뿐이니, 미지의 것에 두려움을 느끼는 것은 당연하다. 죽음을 앞둔 가족 또는 친구와 대화를 나누고 시간을 보내라. 소중한 사람을 가까이에서 돌보며 위안을 주는 한편, 죽음을 놓고 다양한 질문을 던지며 깨달음을 얻을 수 있을 것이다. 죽음을 이야기하기를 꺼리는 사람이 많지만, 죽음을 입에 올리길 두려워하지 말자. 가까운 호스피스 기관에서 봉사 활동을 해도 좋다. 봉사 활동을 하기 전에 기관에서 죽음을 앞둔 환자에게 위안을 줄 수 있도록 말을 건네는 방법을 알려줄 테니 걱정하지 않아도 된다. 당신은 임종이 얼마 남지 않은 환자의 말동무가 돼주면서 죽음이란 과연 무엇인지 알 수 있을 것이다. 미치 앨봄Mitch Albom의 《모리와 함께한 화요일》, 아툴 가완디의 《어떻게 죽을 것인가》, 셔윈 눌랜드Sherwin Nuland의 《사람은 어떻게 죽음을 맞이하는가》를 읽어보는 것도 추천한다.

시간과 노력을 들여 죽음에 대한 두려움을 어느 정도 극복했다면 좋은 죽음을 맞이하기 위한 계획을 세워도 좋다. 나는 메리가 모든 가족이 모여 함께 캐럴을 부르며 행복한 시간을 보낸 후 크리스마스에 세상을 떠난 것이 우연이 아니라고 생각한다. 실제로 나는 영국에 사는 딸이 도착할 때까지 끈질기게 버티다가 평온하게 숨을 거둔 환자를 본 적이 있다. 그뿐 아니라 손주가 대학을 졸업하거나 증손주가 태어나고 나서야 비로소 안심하고 눈을 감는 환자도 있었다. 의학적으로 인간은 죽음을 통제할 수 없다고 한다. 하지만 지금까지 내가 만난 환자의 사례로 미루어 짐작하건대 꼭 그렇지만은 않은 듯하다. 스스로가 바라는 죽음을 구체적으로 떠올리고 계획할수록 간절한 바람이 이루어질 가능성이 커진다. 어떤 환자는 죽을 때 침대맡에 튤립이 놓여있길 바랐다. 가족은 환자가 그리던 죽음을 실현해 주기 위해 튤립 세 다발을 들고 임종을 지키러 왔다. 대부분은 잠결에 고요히 죽기를 바라지만 그럴 확률은 희박하다.

당신의 마지막 순간을 함께하고 싶은 사람과 함께하고 싶지 않은 사람을 생각해 보고 어떤 사람 곁에서 죽음을 맞이하고 싶은지 의사를 확실히 표현하라. 한 환자는 증손자 곁에서 눈을 감았다. 13세 소년은 몇 시간 동안 증조할머니의 손을 잡고 가장 좋아하는 과목인 수학을 주제로 이런저런 이야기를 했다. 환자는 아름다운 미소를 띤 채 점차 호흡을 멈췄다. 증손주의 말을 제대로 이해하지는 못했겠지만, 사랑하는 아이의 목소리를 들으며 행복하게 숨을 거뒀을 것이다. 인간이 죽을 때 가장 늦게까지 유지되는 감각이 청력인 만큼, 사랑하는 사람의 부드러운 속삭임은 평화로운 죽음을 맞이하는 데 큰 도움이 될 것이다.

죽음은 어떤 모습일까? 임종이 임박하면 흔히 다음과 같은 증상이 나타난다.

1. 음식물 섭취량이 줄어든다. 이는 정상적인 과정이며, 죽음을 앞둔 환자는 섭취량이 감소해도 허기나 갈증을 느끼지 않는다. 지켜보는 가족 입장에서는 힘겨울 수 있다. '잘 먹기만 하면 다시 건강해질 텐데'라는 생각이 들기도 한다. 하지만 이는 자연스러운 현상이니 죽어가는 사람에게 음식을 강요하면 불편과 불안을 유발할 뿐이다. 약간의 물과 얼음 조각을 입에 물려주거나 구강 면봉으로 입을 닦아주면 음식물 섭취를 중단하면서 발생하는 입 마름을 완화할 수 있다.

2. 호흡이 얕고 가빠진다. 체인스토크스cheyne-stokes 호흡(깊고 느린 호흡, 얕고 빠른 호흡, 무호흡이 반복되는 증상) 또한 흔히 나타난다.

환자는 불편을 느끼지 않으니 특별한 조치를 취할 필요는 없다.

3. 구강 분비물이 증가한다. 연하 운동이 힘들어지니 침이 쌓이고 호흡을 할 때 '그르렁' 소리가 난다. 호스피스 의료진이 처방하는 약물을 복용해 증상을 완화할 수 있다.

4. 혼란 증세가 악화된다. 죽음을 앞두고 유달리 차분해지거나, 정신이 또렷해지거나, 흥분 상태에 빠지는 환자도 있지만 대부분은 착란 증상을 보인다. '집으로 가겠다'거나 '남편 곁으로 가겠다'는 등 죽음을 암시하는 표현을 많이 한다. 호스피스 의료진이 약물을 처방해 줄 수도 있겠지만 고통을 동반하지 않는다면 굳이 조치를 취할 필요는 없다.

5. 혈류 감소로 인한 혈압 하강, 심박 상승, 창백한 낯빛, 얼룩덜룩한 피부는 모두 자연스러운 임종 신호로 여겨진다.

대부분 사망 전 짧게는 몇 시간에서 길게는 며칠 동안 일시적으로 상태가 호전되는 모습을 보인다. 죽음이 임박한 환자가 급격한 회복세를 보이면 호스피스 의료진은 가족에게 사랑하는 사람과 함께할 시간이 얼마 남지 않았다고 안내하고 환자가 한결 편안하게 죽음을 맞이할 수 있도록 약물을 투여하는 방법을 알려준다. 음악을 틀어주거나, 반려동물을 데려오거나, 침을 놓기도 하며 별도의 요청이 있는 경우 영적인 돌봄을 제공하기도 한다. 아니면 유가족이 슬픔을 극복하도록 도움을 줄 수도 있다. 이와 관련해서는 나중에 자세히 이야기하겠다.

95세 할아버지 환자의 일화로 이번 장을 마무리하려고 한다. 이 환자는 중증 치매에 걸려 6개월 동안 단 한마디도 하지 않고 침묵을 유지했다. 함께 사는 조카는 사랑하는 삼촌이 안락한 삶을 누릴 수 있도록 함께 산책을 나갔으며, 전문적인 돌봄이 필요한 시점에는 간병인을 고용했다. 어느 날, 환자를 돌보던 조카에게 전화가 걸려왔다. "삼촌이 주기도문을 반복해서 암송하고 계세요." 놀라운 소식이었다. 내가 알기로는 종교와 거리가 먼 사람이었기 때문이다. 조카 또한 삼촌은 초등학교 3학년 이후로 교육을 받은 적이 없는 데다 평생을 알고 지냈지만 단 한 번도 교회에 가는 모습을 본 적이 없다며 당황한 기색을 보였다. 더군다나 앞서 말했다시피 환자는 반년 동안 입을 뗀 적이 없었다. 조카는 주기도문을 웅얼대는 것 말고는 별다른 문제가 없는 것 같다고 이야기했다. 실제로 몇 개월 전 내가 마지막으로 환자를 진찰했을 때에도 이상이 없었다. 나는 조카에게 삼촌이 임종을 앞둔 것 같다고 알린 후, 호스피스 기관에 연락해 갑자기 주기도문을 반복해서 암송하는 환자가 있으니 직접 방문해 상태를 봐줄 수 있겠냐고 물었다. 평소 업무적으로 교류가 잦았던 덕분인지 기관에서는 기꺼이 부탁을 들어줬다. 조카가 이야기한 대로 환자는 내내 주기도문을 읊조렸지만, 정신을 잃거나 움직임이 줄어들지는 않았다. 다만 유동식 외에는 섭취를 거부했다. 환자의 상태를 본 의료진은 호스피스 병동 입원을 결정했고 그로부터 며칠 후 체인스토크스 호흡, 저혈압, 불안 증세가 나타났다. 마지막 인사를 건네기 위해 전국에 흩어져 있던 가족이 한자리에 모였다. 환자는 가족 곁에서 편안하게 눈을 감았다. 삼촌이 주기도문을 암송한다며 조카가 전화를 건 지 정확히 3주째 되는 날이었다. 나는 이 환자의 이야기를 평생 잊을 수 없을 것이다.

수전의 어머니나 치매에 걸린 95세 환자처럼 죽음을 앞두고 놀라운 경험을 하는 사람은 드물지만, 모든 죽음은 특별하다. 죽음에 대한 두려움을 다스리고 최선을 다해 삶의 마지막을 계획하는 한편, 보호자에게 마지막 바람을 적절한 방식으로 명확하게 전달한다면 떠나는 사람과 남겨진 사람 모두에게 평화를 주는 죽음을 맞이할 수 있을 것이다.

우리 삶에서 중요한 자산은
사랑과 시간, 오직 두 가지뿐이다.
시간과 사랑을 어디에 쓰는지 보면
그 사람을 알 수 있다.

바버라 로버츠Barbara Roberts 전 주지사
85세

삶에서 중요한 건
사랑과 시간 두 가지뿐

　이상한 나라에 온 것 같았다. 햇볕이 내리쬐는 방은 그림, 목재 조각상, 화분, 책으로 가득했다. 상실로 인한 슬픔을 이야기하기에 적당한 공간처럼 느껴지지는 않았다. 게다가 맞은편에 놓인 안락의자에 편안하게 몸을 파묻은 커플은 이 세상 모든 슬픔을 지워낼 것처럼 명랑해 보였기에 지금 이 상황이 더욱 모순적으로 느껴졌다.

　하지만 나는 불편한 질문을 던지러 이 자리까지 왔다. 애도는 다면적 경험으로, 슬픔을 극복하는 방법 또한 다양하다. 내 앞에 앉은 두 사람은 사랑하는 배우자를 먼저 떠나보내는 가슴 아픈 상실을 겪었다. 둘은 사랑하는 사람과의 영원한 이별은 인간이 경험하는 가장 큰 아픔이며 슬픔이 옅어지기까지 오랜 시간이 흘러야 한다고 이야기했다. 하지만 곧이어 상실로 인한 상처 또한 언젠가는 아문다고 덧붙였다. 80세의 바버라 로버츠와 88세의 돈 넬슨Don Nelson은 전혀 예상치 못한 방식으로 슬픔을 이겨냈다. 사랑에 빠진 것이다.

"올바른 애도 방법이란 건 없어요." 바버라가 이야기했다. "각자의 방법이 있을 뿐이죠."

바버라와 돈이 슬픔을 이겨낸 방법을 더 자세히 알고 싶었다. 노화라는 여정에서 누구나 한 번쯤은 마음 깊이 사랑하는 이를 잃는 슬픔을 겪는다. 나 또한 어머니와 아버지를 잃었다. 안갯속에서 헤매는 듯 멍한 감각에서 벗어나기까지는 한참이 걸렸다.

"사랑하는 사람을 잃은 슬픔의 조각은 평생 사라지지 않아요. 완전한 회복이라는 게 과연 가능할지 모르겠네요." 바버라가 말을 이어나갔다. "하지만 결국 다시 행복해지더군요. 떠난 사람을 생각하면 눈물이 흐르기 전에 미소 짓게 되는 때가 와요. 다시 웃고, 음악을 듣고, 꽃향기를 맡고, 새롭게 시작할 이유를 찾게 되죠. 하지만 상처가 치유되기까지 얼마나 오랜 시간이 걸릴지는 확신할 수 없어요. 서두른다고 해서 되는 일이 아니잖아요. 사랑하는 사람을 먼저 떠나보내고 제자리로 돌아오는 길은 멀고도 험난하죠."

바버라의 고된 여정은 남편이 전립샘암을 진단받으며 시작됐다. 그로부터 4년 후, 암은 결국 남편의 목숨을 빼앗아

갔다. 바버라는 보통 사람보다 복잡한 애도 과정을 겪어야만 했다. 암으로 사망한 남편 프랭크와 바버라가 모두 공인이었기 때문이다.

바버라 로버츠는 전前 주지사로, 오리건주 최초의 여성 주지사다. 1991년부터 1995년까지 임기를 보내는 동안 미국 전역에서 여성 주지사는 바버라를 포함해 열 명뿐이었다. 바버라가 주지사 자리에 오르기까지 남편이었던 프랭크 로버츠 상원 의원의 지지가 큰 힘이 됐다.

바버라와 프랭크는 20년 동안 행복한 결혼 생활을 했다. 프랭크는 오리건주 상원 의원으로 다섯 번의 임기를 거쳤고, 오리건주 하원 의원을 두 차례 역임하기도 했다. 바버라는 오리건주 하원 의원으로 두 차례 뽑혔고 오리건주 국무 장관으로 두 번의 임기를 마친 다음 1991년 주지사로 선출됐다. 바버라와 프랭크 부부는 환경보호를 외치고, 평등권 및 장애 아동 권리를 옹호하고, 고등교육의 중요성을 강조하는 등 진보적 정책을 펼치기로 유명했다. 프랭크는 '상원의 양심'이라는 별명으로 불렸으며, 바버라는 주지사 임기가 끝날 때까지 800개가 넘는 법안을 성공적으로 통과시키며 오랜 시간 많은 존경과 사랑을 받았다.

하지만 바버라는 주지사 임기 3년 차에 삶을 송두리째 뒤흔들어 놓은 최악의 시련을 맞이했다. 프랭크의 죽음이었다.

"1993년 10월 31일, 내 생애 가장 위대한 사랑이 생명을 다했어요. 현실을 받아들이고, 이별을 준비하고, 죽음을 두려워하며 수개월을 보낸 끝에 남편은 결국 숨을 거뒀지요."

"어떻게 견디셨어요?" 내가 물었다.

"가족이 큰 힘이 됐어요. 할 일도 있었고요. 하지만 밤이면 슬픔이 깊어졌어요. 일을 마치고 텅 빈 청사에 돌아와 혼자서 하염없이 눈물을 쏟아냈어요. 남편이 죽고 얼마 안 됐을 때는 혼자 슬퍼할 시간이 필요했어요. 안갯속에서 헤매는 것 같았지요. 무언가에 집중하기도 어려웠고요. 기쁨을 되찾기까지 참 오랜 시간이 걸렸어요."

상실을 경험한 후 '기쁨'을 되찾았다는 표현을 들으니 랍비 조시 스탬퍼와 나눈 대화가 떠올랐다. 조시는 몇 년 전 사랑하는 아내 골디Goldie를 떠나보냈다. 두 사람은 66년 동안 함께했다. 조시는 아내가 어떤 사람이었는지, 또 어떻게 죽었는지 이야기하며 자신이 죽음을 두려워하지 않는 이유를 설명했다. 그때 나는 조시에게 어려운 질문을 던졌다.

"나이 들어 사랑하는 이를 하나둘 떠나보내면서 누군가를 새로 만나기가 무서워진다는 사람이 많잖아요. 마음을 줬다가 다시 이별을 경험할까 봐 두려워서요. 또 언젠가 직접 마주할 죽음이 두려워지기도 하고요. 랍비께서는 이 두려움을 어떻게 극복하셨어요?"

랍비는 세월의 흐름을 고스란히 간직한 따스한 눈으로 나를 바라보며 이렇게 대답했다. "내 경험을 바탕으로 대답을 해보겠네. 맞아, 나이가 들면 만남과 이별이 두려워지지. 하지만 나는 당장 내일 죽는다 해도 아무런 후회가 없다네. 매일을 행복하게 살았으니 말이야. 우리에게 주어진 시간은 한정적이야. 그러니 매일을 최대한 보람차게 보낼 수 있도록 노력해야 해. 나는 거기에서 기쁨을 찾는다네."

"하지만 깊이 사랑하는 사람을 잃으면요?" 나는 골디를 생각하며 재차 물었다.

조시는 고개를 끄덕였다. "깊이 사랑하는 사람을 잃으면? 흡수해야지. 흡수가 무슨 뜻인지 알잖나? 나의 일부로 받아들이라는 말일세. 사랑한 기억은 사라지지 않아. 나를 구성하는 한 부분이 되는 거야. 우리가 잃는 건 실재일 뿐이네."

조시가 말을 이어나갔다. "살다 보니 기억이 실재보다 큰 행복을 줄 때도 있더군. 나는 매일 밤 잠자리에 들며 옆으로 팔을 뻗는다네. 골디의 손을 잡고 있다고 생각하면 기분이 좋아지지."

바버라가 돈의 손등을 살짝 건드리며 몸을 기울여 무어라고 속삭인 후 다시 의자에 바로 앉아 나를 바라봤다.

"진심으로 사랑했던 사람은 죽은 후에도 결코 잊을 수 없죠. 돈과 나는 먼저 떠나보낸 배우자 이야기를 아무렇지 않게 꺼내요. 그뿐인가요. 농담도 거리낌 없이 한답니다."

"농담이요?"

"그러니까 레슬리Leslie가 수영을 못했어요."

"레슬리는 제 전처예요." 돈이 끼어들었다. "54년 동안 제 아내로 살다가 몇 년 전 눈을 감았죠."

"그런데 저도 수영을 못하거든요." 바버라가 말을 이어나갔다. "레슬리는 치과라면 질색했어요. 저도 그래요. 둘 다 슬롯머신을 좋아하고요."

"둘이 만났더라면…" 돈이 서두를 던졌다.

"친한 친구가 됐을 거예요!" 바버라가 문장을 마무리했다. "확신해요!"

"공통점이 하나 더 있어요. 레슬리는 늘 저를 웃게 만들었지요." 돈이 바버라를 가리키며 이야기했다. "이 사람도 마찬가지고요."

돈의 말에 바버라가 웃음을 터뜨렸다. "이렇게 웃을 수 있다니 얼마나 다행인지 몰라요." 그러고는 이내 진지한 목소리로 대화를 이어나갔다 "물론 지금처럼 웃기까지는 오랜 시간이 걸렸지요. 이별을 극복하는 방법은 사람마다 다를 거예요. 저는 슬픔의 안개와 애도의 바다를 지나서야 마침내 가슴이 찢어지는 듯한 고통 없이 프랭크와의 추억을 떠올릴 수 있게 됐죠. 프랭크가 죽은 지 2년쯤 지났을 때 처음으로 상처가 치유되고 있다는 걸 깨달았어요. 스스로에게 놀랐어요. 다시는 크게 소리 내어 웃을 수 없을 거라고 생각했거든요."

나 또한 어머니를 보내고 한참이 지나서야 다시 웃을 수 있었다. 슬픔의 안개가 걷힌 순간을 정확히 기억한다. 남편과 나눈 대화가 큰 도움이 됐다. 호스피스에서 주최한 유가족 모임에도 참석했다. 나는 모임에서 정한 책을 읽고 서로에게 질문을 던지고 대답을 고민하며 삶과 죽음을 조금 더 잘 이해할 수 있었다.

"나름의 의식을 치러도 좋아요. 적어도 저한테는 도움이 되더라고요." 바버라가 이야기를 계속했다. "프랭크와의 소중한 추억을 담은 사진 50장을 추려서 앨범을 만들었어요. 무려 2년 동안 침대 옆 테이블 위에 올려놓고 매일 저녁 들여다봤어요. 또 남편의 유품이 눈에 잘 띄도록 집 안 곳곳에 놓아두었어요. 지갑이나 안경 같은 소지품을요. 남편이 생전에 사용하던 물건을 보면 남편이 가까이 있는 것 같았거든요."

"돈 씨는요? 특별한 의식이 있었나요?"

돈은 잠시 생각하더니 고개를 저었다. "의식 같은 건 따로 없었어요. 저한테는 바쁘게 사는 게 효과가 있더라고요. 어쩌면 바쁜 생활을 탈출구로 삼았는지도 모르죠. 레슬리가 죽고 일부러 이것저것 일을 만들었어요. 벽지를 뜯어서 페인트

칠을 새로 하고, 소개팅도 몇 번 해봤어요. 당연히 데이트는 엉망진창이었죠! 그래서 누굴 만나겠다는 생각은 접기로 했어요. 시간이 흐르면서 외로움이 걷잡을 수 없이 커지더군요. 하지만 좋은 방법을 생각해 냈죠."

"그게 뭔가요?"

"배우자를 잃고 고립을 경험하는 사람이 저 말고도 참 많을 거예요. 꼭 배우자가 아니라도 상실을 겪어본 사람이라면 제 말을 이해하겠지요. 레슬리가 죽음을 앞두고 병원에 입원했을 때 힘이 되는 카드를 정말 많이 받았어요. 레슬리가 죽고 난 다음에도 카드가 꽤 많이 들어왔죠. 하지만 얼마 안 돼 뚝 그치더군요. 다들 일상으로 돌아간 거죠. 언젠가부터 전화도 안 오더라고요. 전화를 해도 되는 건지, 전화를 걸어서 무슨 말을 해야 할지 몰랐던 것 같아요."

"그래서 어떻게 하셨어요?" 궁금증이 커져갔다.

"계획을 세웠죠."

"꽤나 영리한 계획을 세웠더군요." 바버라가 웃으며 거들었다.

"친구들한테 전화를 걸었어요. 오랜 친구부터 직장 동료까지 순서대로요. 전화를 받으면 다들 하나같이 요즘은 좀 어떠냐고 안부를 물어요. 그러면 저는 이렇게 대답했죠. '그럭저럭 잘 지내지.' 그러고는 이렇게 덧붙이는 거예요. '혹시 부탁 하나 해도 될까?' 어떤 친구가 거절하겠어요. 다들 된다고 하지요. 그러면 대뜸 이렇게 말했어요. '저녁 한 끼 대접해 주게.' 이게 제가 세운 계획이에요."

"뻔뻔하기도 해라!" 바버라가 웃음을 터뜨렸다.

"그렇게 친구 집에 가서 저녁을 얻어먹고 다음 차례로 점찍어둔 가족한테 전화를 걸었어요. 그렇게 계속 밥을 얻어먹고 다녔더니 나중에는 먼저 저녁을 먹자고 얘기를 꺼낼 필요도 없더군요. 그렇게 그냥 자연스럽게 친구들과 다시 어울리게 됐어요."

"돈의 전략이 잘 통한 이유를 생각해 봤어요." 바버라가 의견을 냈다. "배우자를 잃은 사람한테 먼저 만나자고 말을 꺼내기가 어려운 모양이더라고요."

"맞아요." 돈이 동의했다. "저녁을 먹자고 하니 다들 한시름 놓은 눈치였어요."

돈의 반짝이는 파란 눈동자와 두 사람 사이에 흐르는 온기가 방을 따뜻하게 데웠다. 상실의 상처를 치유하기 위해서는 저마다의 의식과 친구와 함께 하는 식사 외에도 많은 노력이 필요했을 것이다. 주지사로 그토록 큰 사랑과 존경을 받던 바버라가 선거에 다시 출마하지 않은 이유가 궁금했다. 오리건주 주민 대부분은 바버라가 당연히 연임할 것이라고 생각했다.

"선거운동이라는 게 쉽지가 않아요." 내가 묻자 바버라는 대답했다. "엄청난 열정과 에너지를 쏟아부어야 하죠. 하지만 그러기에는 프랭크를 잃은 아픔이 너무 컸어요. 전 오리건을 사랑한 만큼 주지사 일에 최선을 다했어요. 그런데 프랭크가 죽자마자 슬픔에 잠긴 채 유세에 나서고, 자금을 모금하고, 방송에 얼굴을 비추면서 여론을 모으는 게 도저히 상상이 안 되더라고요. 프랭크는 병마와 싸우면서도 재선에 도전하라고 지지해 줬지만 전 재출마를 포기하기로 결정했죠. 시기가 달랐다면 다른 선택을 내렸을지도 모르지만 당시에는 그게 최선이었어요."

"그래서 어떻게 하셨나요?"

"임기가 끝나고 하버드로 갔어요."

바버라는 하버드대학교Harvard University의 제안을 받아들여 케네디 공공정책 대학원Kennedy School of Government에서 학생을 가르치고 리더십 프로그램을 진행했다. 교수 생활은 즐거웠지만 오리건주가 그리웠던 바버라는 5년 후 고향으로 돌아와 포틀랜드주립대학교 해트필드 공공정책대학원Hatfield School of Government 리더십 개발 연구소에서 부소장으로 근무했다.

치유 과정은 계속됐다. 바버라는 이때 '경청'의 중요성을 배웠다고 이야기했다.

"상실이 남긴 상처를 치유하고 싶다면 슬픔에 귀를 기울여야 해요. 각자의 시간 속에서 각자의 방식으로 떠난 이를 애도해야 하죠."

바버라는 책을 집필하며 아픔을 극복해 나갔다. 주지사 임기를 마치고 9년 후, 바버라는 사랑하는 이를 떠나보낸 경험을 고스란히 담은 책 《부정하지 않고 죽음을 받아들이기: 당신의 슬픔을 사과하지 마라Death without Denial: Grief without Apology》를 출간해 호평받았다. 글쓰기는 즐거웠다. 게다가 책을 쓰면서 강연을 하고 타인과 교류할 기회가 많아졌다.

"다들 가슴속 깊은 곳에 슬픔을 지니고 산다는 걸 깨달았죠." 바버라가 이야기했다. "눈물을 나누는 경험은 관계를 끈끈하게 만들어요."

"두 분이 그때 만났나요?"

"그럴 리가요. 저희는 책 한 권을 더 쓰고 나서야 이어졌어요."

"《의사당 계단을 오르며Up the Capitol Steps》라는 책이죠." 돈이 불쑥 끼어들었다. "좋은 책이에요. 그 책이 아니었으면 전 지금 이 자리에 없었을 거예요!"

"당신 멘트도 한몫했죠." 바버라가 받아쳤다.

"거기에 넘어왔잖아요."

돈이 몸을 앞으로 기울이며 사연을 풀어놨다. "레슬리가 죽고 몇 년이 지나 신문을 읽다가 제가 사는 킹시티에서 바버라 로버츠 전 주지사의 낭독회가 열린다는 기사를 봤어요. 사실 저희는 30년 전에 만난 적이 있어요. 바버라는 기억하지 못했지만요. 바버라의 남편 프랭크는 상원 의원으로 있을 때 포틀랜드 홍보부의 장을 겸임했는데, 언어치료사에게 전문 자격을 부여하는 법안을 통과시키는 데 힘이 돼줬죠. 제 직업이 언어치료사거든요. 오리건보건과학대학교에서 몇 년간 근무했어요. 법안이 발의됐을 당시에는 언어치료협회 회장으로 있었지요."

돈이 겸연쩍게 웃으며 이야기를 이어갔다. "어쨌든 낭독회에 갔어요. 바버라가 독자들에게 사인을 해주는 동안 적당한 때를 기다리면서 주변을 서성였죠. 조금 있으니 짐을 정리하기에 이때다 싶어서 용기를 쥐어짜 말을 걸었어요. '책을 들어드려도 괜찮을까요?'라고요."

"책이 워낙 무거워서 그러라고 했죠!"

바버라는 돈의 집에서 한 블록 떨어진 곳에 차를 세워뒀다. 돈은 근처에 자기 집이 있으니 테라스에 앉아 시원한 맥주나 한잔하고 가라며 바버라를 초대했다.

"어디서 그런 용기가 났을까요. 믿기지가 않아요!" 돈이 말했다.

"전 제가 초대에 응한 게 믿기지 않아요!" 바버라가 웃었다.

"저희는 테라스에 앉아서 한 시간 동안 대화를 나눴어요.

짧은 만남이 끝나고 바버라가 자리에서 일어날 때 저는 이렇게 물어봤죠. '같이 점심을 먹자고 청하면 어떻게 하실 건가요?'"

그러자 바버라가 똑같이 앞으로 몸을 기울이더니 돈을 바라보고 웃으며 이야기했다. "전 이렇게 대답하면서 명함을 건넸어요. '직접 한번 확인해 보세요.' 그러고는 잠깐 후회했죠. 마지막 데이트가 20년 전이었잖아요. 저한테는 대단한 진보였다고요!"

돈과 바버라는 함께 점심을 먹었다. 며칠 후에는 같이 소풍을 갔다. 박물관으로, 공원으로 부지런히 데이트를 다녔다. 만남을 반복하며 두 사람은 비슷한 가치관과 흥미를 공유하며, 작은 것에서 기쁨을 찾는다는 공통점을 발견했다.

"저는 오리건이 품은 아름다움을 사랑해요. 돈도 그렇고요. 저희는 크고 멋진 삼나무를 감상하는 것만으로 기쁨을 느끼고, 집 근처에 흐르는 윌래밋강의 반짝이는 물결을 바라보며 감동하죠. 요리사가 딸린 열대 섬에서 보내는 것 같은 허황된 휴가는 필요 없어요. 근사한 오리건의 여름밤을 함께 거닐고 후드산을 바라보며 영혼이 충만해짐을 느끼죠."

돈과 바버라는 두 달 후에 맞이할 여덟 번째 기념일을 준비하고 있다. 두 사람이 나누는 사랑이 배우자를 잃은 슬픔을 지우거나 상처가 아무는 시간을 단축한 것은 아니다. 다만 어느새 슬픔은 두 사람의 인생에 녹아들어 삶에 풍부함과 감사를 더하고 있었다.

바버라 옆에 놓인 선반 위, 나무로 만든 정교한 매 조각상이 시선을 끌었다. 바버라가 내 눈빛을 알아채고 말을 꺼냈다.

"참 아름답지요? 프랭크가 매를 참 좋아했거든요. 저 조각상을 보면 늘 프랭크가 생각나요. 자신이 죽어간다는 사실을 알았을 때 프랭크가 제게 해준 말이 있어요. '삶에서 중요한 자산은 사랑과 시간, 오직 두 가지뿐이다. 시간과 사랑을 어디에 쓰는지 보면 그 사람을 알 수 있다.'"

상실을 사랑의 일부로
받아들이는 법

어릴 때 반려동물을 키워본 사람이라면 죽음의 순간을 기억할 것이다. 사랑하는 존재를 떠나보낸 슬픔, 두 번 다시 다른 동물(또는 다른 사람이나 존재)을 사랑할 수 없을 것 같은 상실감은 떨쳐내기 어렵다. 하지만 시간이 흐르고 아픔이 옅어지면 마침내 새로운 강아지를 데려와 다시 한번 온전한 사랑과 기쁨을 나눈다. 죽음은 우리 삶의 자연스러운 일부분이다. 슬픔도 마찬가지다. 죽음이 슬프지 않다면 사랑이 깊지 않았기 때문이다. 슬픔은 진정한 사랑을 해본 사람만이 누릴 수 있는 특권이다.

하지만 슬픔을 이겨내기 위해서는 먼저 슬픔을 제대로 이해해야 한다. 주변의 도움이 필요한 위험한 순간을 겪을 수도 있다. 충격·부정, 분노, 협상, 우울, 수용으로 이어지는 '애도의 단계'에 관해서는 다들 한 번쯤 들어봤을 것이다. 하지만 이러한 감정이 일직선상에 있는 것은 아니며, 사랑하는 사람이 시한부를 선고받은 순간부터 세상을 떠나고 수년이 지날 때까지 이어지는 애도 과정에서 언제 어떤 증상이 나타날지는 알 수 없다. 당신이 슬픔을 이겨내는 데 도움이 될 만한 질문과 그에 대한 대답을 소개한다. 아직 사랑하는 사람을 잃는 슬픔을 겪어보지 않은 사람 또한 이번 기회를 통해 미래에 맞닥뜨릴 상실을 조금 더 잘 이해할 수 있길 바란다.

1. 정상적인 슬픔이란
무엇을 의미하는가?

바버라 로버츠는 이 질문에 정말 좋은 답을 내놓았다. "올바른 애도 방법이란 건 없어요. 각자의 방법이 있을 뿐이죠." 그간 내가 만난 환자의 경험과 의학 교과서의 설명에 따르면 애도는 다양한 증상을 동반한다. 애도 기간에는 눈물, 피로, 두통, 복통, 과다 수면 또는 수면 부족을 비롯한 수면 장애, 음식물 과다 섭취 또는 과소 섭취를 비롯한 섭식 장애, 통증, 과음같이 건강을 해치는 습관이 나타내며, 건망증 등 신체적으로 많은 변화가 관찰된다. 누군가는 사랑하는 사람을 잃고 하루에도 몇 번씩 울음을 터뜨릴 것이다. 괜찮다. 반면 사랑하는 사람을 떠나보낸 직후 눈물 한 방울 흘리지 않는 사람도 있을 것이다. 이 또한 괜찮다. 각자의 몸이 죽음을 애도하는 방식은 모두 다르니, 당장은 아니라도 언젠가는 눈물을 흘리게 될 것이다. 남들만큼 울음이 나지 않는다며 죄책감을 느끼는 환자를 여럿 봤다. 하지만 죄책감을 느낄 이유가 전혀 없다! 사랑하는 이가 죽고 혼자 시간을 보내길 바라는 사람이 있는가 하면, 타인과 어울리며 외로움을 몰아내는 사람도 있다. 각자의 방식에 맞게 슬픔을 이겨낼 수 있다면 어느쪽이든 상관없다. 사랑하는 이에게 '충분한' 애정을 주지 못했다며 화를 내고, 좌절하고, 불안해하고, 우울해하고, 죄책감을 느끼는 사람이 많다. 모두 정상이다. 슬픔은 파도처럼 우리를 덮치기 마련이니 현실을 견디기 한결 수월해졌다가도 다시 아파지길 수개월 동안 반복할 것이다.

2. 애도의 증상 중
걱정해야 할 것이 있다면?

앞에서 언급한 증상은 모두 조금도 이상할 것 없는 정상적인 애도의 표현이지만 나는 당신이 슬픔에 빠져 건강을 해치지 않도록 '스스로를 돌볼 수 있길' 바란다. 또 주치의를 만나 당신이 얼마 전 상실을 경험했음을 알리고 어떤 애도 증상을 겪고 있는지 이야기해 보길 추천한다. 특별한 개입이 필요 없는 일반적인 애도 과정을 겪고 있다 할지라도 의료진의 위안과 조언은 힘든 시간을 이겨내는 데 도움이 될 것이다. 그뿐 아니라 조치가 필요한 신호를 빠르게 알아챌 수 있다는 것도 장점이다. 상실은 우울, 불안, 수면 장애, 섭식 장애를 유발한다. 의료진은 이와 같은 증상이 건강을 해칠 가능성이 있는지 판단해 적절한 진단을 내릴 것이다. 체중이 급격하게 변화하거나, 규칙적으로 운동을 하지 않게 되거나, 잠이 줄거나, 일상생활에 불편함을 주는 수준으로 불안감이 상승하는 등 증상이 나타난다면 (모두 정상이라고 하더라도) 몇 달 간 항우울제나 항불안제를 복용해도 좋다.

슬픔을 무작정 견뎌내려고 생각해서는 안 된다. 무조건적인 인내는 슬픔의 터널을 빠져나오는 최선의 방법이 될 수 없다.

3. 애도 기간은 얼마나 지속되는가?

의료계에서는 상실의 슬픔이 3~12개월가량 지속된다고 교육한다. 하지만 애도 기간은 이보다 훨씬 길어지곤 한다. 바버라 로버츠는 남편을 떠나보낸 아픔을 아주 오랜 시간 품고 살았다. 이 또한 완벽히 정상적인 애도 과정이며, 바버라가 말했듯 상처를 완전히 회복하고 난 후에도 슬픔은 계속될 수 있다. 어쩌면 우리는 오랜 세월 함께한 사랑하는 이를 슬픔을 통해 떠올리는 것인지도 모른다. 그러니 슬픔이 들이닥칠 때 위안을 얻을 수 있도록 사진이든, 고인의 유품이든, 무엇이 되었든 행복한 추억을 떠올리게 하는 매개를 가까이 두길 바란다.

4. 사랑하는 사람이 시한부를 선고받았다면 어떻게 이별을 준비해야 하는가?

정말 어려운 질문이다. 사랑하는 사람이 말기 암 등 회복할 수 없는 병을 진단받을 때, 배우자나 파트너는 환자에게 정신적으로 위안이 되어줄 수 있도록 최선을 다한다. 하지만 그들은 한편으로 환자가 병마와 싸우는 동안 사랑하는 사람의 건강이 점점 악화될 것이며, 아무리 노력해도 예전처럼 돌아갈 수 없다는 사실을 깨닫는다. 그렇게 짝이 숨을 거두면 세상에 혼자 남게 될 것이라는 가슴 아픈 현실을 받아들여야 한다.

환자가 치매를 진단받으면 상황은 더욱 악화된다. 사랑하는 사람이 인지 능력을 상실하고 서서히 죽어가는 모습을 지켜보기란 매우 힘든 일이다. 치매가 주는 슬픔은 죽음이 찾아오기 한참 전부터 시작해 환자가 세상을 떠나고 몇 년 후까지 오랜 기간 지속되곤 한다.

나는 3부에서 간병인에게 돌봄이 필요한 이유를 다루었다. 소중한 사람과의 이별을 준비하는 사람이라면 반드시 적극적으로 도움을 청해야 한다. 나는 시한부를 진단받은 환자보다 간병인이 먼저 사망하는 사례를 여러 번 목격했다. 밤낮으로 사랑하는 사람을 신경 쓰느라 스스로를 돌보지 못한 탓이다.

다시 한번 당부하는데, 무엇이든 좋으니 건강을 유지할 수 있는 활동을 매일 실천하길 바란다. 사랑하는 사람이 떠난 후의 삶을 상상해 보는 것도 도움이 된다. 당신은 곁을 든든히 지켜줄 팀이 필요할 것이다. 소중한 이를 돌보느라 스스로를 고립시키고 있다면 그 사람이 떠난 후 당신은 혼자가 될 수밖에 없다. 그러니 지금부터 팀을 꾸려라. 여행을 꿈꿔도 좋고, 커다란 주택을 처분하고 들어갈 아늑한 아파트를 상상해도 좋고, 손주와 함께 보낼 오붓한 시간을 떠올려도 좋다. 이 모든 노력이 상실의 아픔을 극복하는 데 밑거름이 되어줄 것이다.

무엇보다 혼자 모든 슬픔을 짊어지려고 해서는 안 된다. 혼자 있는 시간이 편하게 느껴지더라도 대화를 나눌 사람을 찾아야 한다. 파트너가 사망 전 호스피스 병동에 입원했다면 환자 유가족 모임에 참석하는 등 다양한 도움을 받을 수 있을 것이다. 호스피스 병동에 입원하지 않았더라도 주치의에게 문의하면 호스피스에서 제공하는 프로그램에 참여할 수 있다. 당신의 마음이 시키는 대로 슬픔을 극복하라. 오래된 친구부터 새로 사귄 친구까지 차례로 식사 초대를 부탁한 돈의 방식을 추천한다. 그리고 바버라와 돈이 그랬듯, 새로운 사랑을 찾아도 좋다.

상실은 끔찍하리만큼 아프다. 하지만 알프레드 테니슨 경 Alfred Lord Tennyson이 말했듯, "사랑을 잃는 것이 사랑을 한 번도 하지 않은 것보다 낫다." 당신의 사랑은 평생 당신의 가슴과 머리에 남아있을 것이다.

그러니 사랑하라.

우리 모두에게 다음 세대를 인도할
의무가 있다는 사실을
잊어서는 안 돼요.
나이가 들수록 의무는 커지죠.

데이비드 배리오스David Barrios
77세

선물은 늘
우리 안에 머무른다

커다란 단풍나무 이파리 사이에 앉은 노란 휘파람새의 노랫소리가 봄의 싱그러움을 더했다. 포레스트 공원 관리인 데이비드 배리오스와 대화를 나누기에 완벽한 장소 같았다. 나는 데이비드에게 나를 계속해서 힘들게 하는 것에 대해 조언을 구하고자 했다. 오리건주 포틀랜드 도심에 자리한 원주민 공동체에 거주하는 77세 데이비드는 원주민이 노화를 바라보는 시각은 현대 문화의 관점과 다소 다르다고 알려주었다. 부모님이 늙어가는 과정을 옆에서 지켜본 나는 그의 이야기가 내 노화 지도에 새로운 표지판을 세울 것인지 궁금해졌다.

수년 동안 늙어가는 어머니와 아버지를 돌보며 충격적인 현상을 목격했다. 부모님이 나이 들고 건강이 악화될수록 현대사회는 두 사람을 투명 인간 취급했다. 특히 내과와 외과를 가리지 않고 한평생 환자를 돌보며 많은 사랑을 받던 아버지가 알츠하이머에 걸리자 세상은 아버지를 투명 인간처럼 못 본 척하는 것을 넘어 기피 대상으로 지정한 것 같았다. 그렇게 나는 젊고 건강할 때 세상에 얼마나 많은 지혜를 베풀고 나눔을 실천했든 늙어서 쓸모를 다했다고 여겨지는 이상 사회에서 밀려날 수밖에 없다는 끔찍한 현실을 마주했다. 사회에서 설 자리를 잃은 노인은 그토록 피하고 싶었지만 결국 가족에게 짐이 되고 말았다며 가슴 아파한다.

나와 함께 공원 벤치에 나란히 앉은 데이비드는 미소를 지어 보였다. 관리인 유니폼을 갖춰 입은 데이비드는 생기가 넘쳤다. 무엇보다 자연에 둘러싸인 모습이 꾸밈없이 편안하고 여유로워 보였다. "우리는 노인을 그렇게 대하지 않아요." 데이비드가 입을 열었다. "저희 문화에서는 아이를 키우면서 노인을 존중하고 돌볼 책임이 있다고 가르쳐요. 우리가 습득한 지식이 어디에서 비롯된 건지 아니까요. 저는 조부모님께 가치관과 삶의 원리를 배웠어요. 제가 나이 드는 방식 또한 조상에게서 왔죠. 제 뿌리는 리오그란데강 동쪽, 멕시코 북부와 텍사스 남서부에 거주하던 토착 원주민으로 거슬러 올라가요. 아파치 부족의 땅이던 아파치리아가 그곳에 있었지요. 할머니께서는 원주민이 인디언 전쟁과 멕시코혁명으로 쫓겨나기 전, 남서부에 터를 잡고 살던 아파치 부족의 일부인 주마노 메스칼레로족Jumano Mescalero이었어요."

하지만 데이비드는 남서부에서 성장하지 않았다.

"안타깝게도 저는 시카고에서 태어났어요. 시카고에서 나고 자라 고향에 자부심을 느끼는 사람도 많겠죠. 충분히 그럴 만하다고 생각해요." 데이비드가 말을 이어나갔다. "하지만 저에게 자연이 없는 곳은 생명이 없는 곳이나 마찬가지였어요. 저는 1870년대 시카고 대화재가 난 이후 조성된 오래된 동네에서 유년기를 보냈어요. 중앙난방 시설이 없는 낡은 건물이 많았죠. 복잡하고 시끄러운 동네였어요. 선철 주조 공장이 있어서 늘 쇠 냄새가 풍겼죠. 제 뿌리는 시골에서 왔지만, 저는 어린 시절 도시에 갇혀 살았어요."

시카고는 당시 미국 정부가 실시한 원주민 사회 융화 정책의 중심지였다. 그곳에서 데이비드는 조부모와 함께 어린 시절을 보냈다.

"저는 양가 할머니에게 많은 질문을 던졌어요. 두 분 모두 아파치 전쟁 끝자락인 1880년대에 태어나셨어요. 길에는 말과 마차가 다녔지만 인디언은 여전히 미국과 멕시코 정부를 상대로 전쟁을 벌이던 시기였죠. 할머니는 어디에서도 얻을 수 없는 지식을 알려주셨어요.

인디언 공동체에서 노인은 많은 존경을 받죠. 저는 할머니들이 살아온 이야기를 듣는 걸 아주 좋아했어요. 두 분은 시골에서 목장을 운영하고, 농사를 지으셨죠. 이야기를 들으면 들을수록 자연을 향한 갈증이 커졌어요."

데이비드는 10대 후반에 친한 친구와 함께 시카고를 떠나 오리건주로 향했다. 대학을 졸업하고 포틀랜드와 컬럼비아 강 협곡에서 경찰로 첫 번째 직장을 잡았고, 나중에는 원주민 경찰이 돼 미국 전역의 보호구역을 돌며 훈련을 받았다. 데이비드가 방문한 다양한 부족은 서로 다른 전통을 지니고 있었지만 노인 공경을 강조한다는 점만큼은 똑같았다.

"우리는 항상 노인을 잘 돌봐요. 음식이 부족하거나 겨울에 땔감이 떨어지지 않도록 항상 신경 쓰죠. 원주민 사회에서 노인은 경험을 지닌 자로 대접받아요." 데이비드가 설명했다. "노인은 기도문을 알죠. 오래된 기도문이요. 인디언이 사용하던 언어를 알고, 부족의 역사와 과거 우리 조상이 견뎌온 시련과 고난을 알아요. 과거의 의례와 방식을 모두 간직하고 있죠. 노인은 젊은 세대에 가르침을 주고, 젊은 세대는 노인에게 의지합니다."

2006년 데이비드는 마침내 항상 꿈꾸던 공원 관리인 일을 시작했다. 지난 16년 동안 데이비드는 공원을 찾은 수많은 가족과 아이에게 풍부한 자연이 건네는 선물과 그 선물을 소중하게 다루는 방법을 알려줬다. 데이비드의 가슴 앞에서 찰랑이는 목걸이에 작은 바구니처럼 보이는 것이 매달려 있었다. 데이비드가 내 시선을 눈치채고 먼저 말을 꺼냈다.

"이 바구니는 제가 자라온 과정을 상기시키는 매개체예요. 원주민이 추구하는 가치를 나타내죠. 저는 세상에 태어났을 때 바구니에 담겨 집에 왔어요. 즉 바구니는 제가 가치 있는 사람이며 새로운 가족의 일원이 되었음을 상징합니다. 조금 더 커서 아장아장 걸을 때쯤에는 더 큰 바구니로 옮겨졌죠. 할머니와 어머니는 소중하게 여기는 물건을 모두 바구니에 보관했어요. 특별한 약초, 보석, 음식 등 모든 걸 바구니에 담았죠. 새가 나무에 둥지를 틀고 새끼를 키우듯, 인디언은 의미 있는 것을 바구니에 담아요. 바구니는 삶의 상징을 상기시키죠. 저는 바구니를 보며 기억해야 할 것들을 떠올려요."

기억해야 할 것들이라는 표현이 마음에 와닿았다. 나는 무엇을 잊은 채 살아가고 있을까?

데이비드는 우리 앞에 펼쳐진 넓은 초원을 바라봤다. 싱그러운 녹색 잔디에 하얗고 자그마한 국화 수천 송이가 흩어져 있었다. "삶에는 반드시 가치가 필요해요." 데이비드가 이야기했다. "노인은 우리 삶의 일부예요. 가르침을 주니까요. 노인은 전통을 이어나간다는 점에서 문화를 만드는 건축가와 같죠. 우리는 노인에게 어떻게 상대를 존중해야 하는지, 살면서 무엇을 피해야 하는지, 무엇이 나보다 세상에 먼저 존재했는지 배워요. 원주민은 젊은이와 늙은이를 똑같이 중요하게 여기지요."

"다들 그랬으면 좋겠어요." 나는 현대사회에서 아주 어리거나 나이 든 사람이 너무 쉽게 소외된다고 생각하며 대답했다.

"우리는 다른 시간을 살고 있어요." 데이비드 또한 동의했다. "오늘날에는 사고방식 자체가 달라졌죠. 기술은 우리보다 먼저 세상을 다녀간 세대가 남긴 것을 앗아 갑니다. 연장자로부터 흘러내려 온 지식의 맥이 끊기고 있어요. 이건 기술로는 절대 대체할 수 없죠. 기술이 워낙 정신을 흐트러뜨리는 탓에 가만히 앉아 윗세대가 전해주는 정보에 귀를 기울이기가 점점 어려워지는 거예요. 요즘 사람들은 생각할 거리가 생기면 노인이 아닌 핸드폰을 먼저 찾아요."

데이비드는 잠시 말을 멈추고 주변에서 들려오는 새소리를 감상하다가 상냥한 표정으로 나를 바라봤다.

"그래서 저는 늘 감사하는 마음을 품고 있어요. 원주민 공동체는 노인과 젊은이를 모두 높이 평가하거든요. 젊은이는 그 자체로 목적이 되지요. 노인에게 의무가 주어지는 이유이기도 하고요. 나이가 들었다고 은퇴해서 골프만 치며 모습을 감춰서는 안 돼요. 노인은 늘 자리를 지키며 다음 세대가 세상을 잘 헤쳐나가도록 도움을 줘야 해요. 모두에게 다음 세대를 인도할 의무가 있다는 사실을 잊어서는 안 돼요. 나이가 들수록 의무는 커지죠. 우리 뒤에 올 인류를 위해 지구를 보호하지 않으면 얼마 안 가 많은 것을 잃게 될 거예요. 원주민 공동체와 비非원주민 공동체 모두 지구가 필요해요. 우리가 서로에게 배움을 얻는 것 지구라는 공통점을 통해서예요. 우리에게 어떤 선물이 주어졌는지 이해하려면 흙을 밟고 있어야 해요.”

사랑스러운 적갈색 방울새가 시선을 사로잡았다. 방울새는 먹이가 될 만한 곤충을 찾는지 세월이 느껴지는 거대한 미송 아래 소복이 쌓인 솔잎을 헤집고 있었다. 우리는 붉은색과 검은색이 섞인 작고 통통한 새를 보며 미소 지었다.

“저는 이곳에서 사람들이 공원과 긍정적으로 관계를 형성할 수 있도록 돕고 있어요.” 데이비드가 대화를 이어나갔다. “우리는 공원을 찾은 손님이 자연에서 치유를 경험할 수 있도록 노력해요. 요즘 같은 세상에 꼭 필요한 부분이죠. 자연은 영혼의 치료제예요. 자연 속에서 복잡하지만 위로와 안식과 행복을 주는 생태계를 목격합니다. 자연을 거닐며 짧은 꿈을 꾸고, 여행을 떠나고, 희망을 품지요. 이는 원주민의 사고방식과 아주 비슷합니다.”

데이비드는 자신이 아끼는 포레스트 공원이 더 큰 사랑을 받을 수 있도록 어른, 아이 가리지 않고 공원을 찾은 방문객에게 도움을 손길을 내밀었다. 데이비드는 여든이 가까운 나이에 포틀랜드를 더 살기 좋은 곳으로 만들고 있었다. 많은 사람이 부러워할 만한 삶의 의미를 노년에 찾은 것이다.

"연장자로서의 책임은 나이가 들수록 커져요." 데이비드가 설명을 덧붙였다. "이 세상에는 목소리가 없는 것이 많아요. 자연은 목소리를 낼 수 없기에 대부분은 자연의 뜻을 이해하지 못한 채 살아가죠. 노인에게는 지구를 대신해 목소리를 낼 의무가 있어요. 젊은 사람들에게 지구를 돌봐야 하는 이유를 알려줘야 해요. 그러려면 우선 지구를 보고, 만지고, 냄새 맡고, 관찰하면서 무엇이 이 지구에서 우리와 함께 살아가고 있는지 깨달아야 하죠. 아는 것이 많아질수록 애정 또한 커질 거예요. 자연을 경외하고, 자신이 다른 존재와 어떤 관계를 맺고 살아가는지 이해하게 될 거예요. 나무와 새 등 모든 자연이 우리의 친척이에요."

데이비드가 사려 깊게 말을 이어나갔다. "원주민이 노화를 어떻게 생각하는지 물으셨죠. 우리는 삶을 순환이라고 생각해요. 시간은 직선적으로 흐르지 않아요. 얼마 전, 어떤 꿈을 꾸고 노화라는 여정을 생각하게 됐어요. 원주민은 꿈을 아주 중요하게 여기지요. 그 꿈은 생의 시작과 끝을 고민하게 했어요."

데이비드가 잠시 말을 멈췄다. 나는 순환하는 삶을 사는 느낌, 특히 순환 속에서 나이 드는 느낌이 어떨지 궁금해졌다.

"우리는 창조주에게 젊음이라는 선물을 받아 태어난다고 믿어요. 그 선물은 유아기부터 성인기까지 지속되죠. 그리고 자신이 가진 것을 주고받으면서 이 세상을 살아갑니다. 젊은 사람과 늙은 사람의 어울림은 곧 시대의 어울림이에요. 젊은 사람은 노인에게 경험에서 나오는 지혜, 친절, 사랑으로 가정을 이끌어나가는 방법을 배워요. 반면 나이 든 사람은 젊은이와 어울리며 다시 한번 젊어진 느낌을 받죠. 다른 사람들과 연결되는 방식을 이해하는 것은 의미 있는 일이에요."

데이비드가 덧붙였다. "하지만 제 꿈은 여기에서 그치지 않았어요. 창조주가 우리에게 선물한 젊음이 지나가고 나면, 우리는 스스로에게 젊음을 선물해야 해요. '아직 내 안에는 젊음이 남아있다. 나는 창조주가 선사한 이 선물을 다시 한번 사용하겠다'라고 스스로에게 이야기해 주세요. 우리에게는 스스로에게 동기를 부여할 힘이 있으니 원한다면 언제든지 선물을 되찾을 수 있어요.

걷기에는 너무 늙었다고, 뛰기에는 너무 늙었다고, 자전거를 타고, 춤을 추고, 스카이다이빙을 하기에는 너무 늙었다고 지레 포기하는 사람이 많아요. 무엇을 할 수 있고 무엇을 할 수 없는지 스스로 한계를 설정하는 거죠. 하지만 탄생과 함께 주어지는 젊음이라는 선물은 사라지지 않아요.

저는 꿈을 통해 이 선물이 늘 우리 안에 머무른다는 사실을 깨달았어요. 그렇지만 젊음을 되찾아 다시 불태우는 건 각자의 몫이에요. 젊음이라는 선물을 다시 꺼내 들면 타인을 돕겠다는 의지가 되살아날 거예요. 젊음이 주는 가치와 선하고 견고했던 경험을 되찾아 우리를 뒤따라오는 젊은 세대와 지구를 위해 살아가세요. 그게 나이 든 사람에게 주어진 의무입니다."

우리는 잠시 아무 말 없이 앉아있었다. 나는 가만히 데이비드의 말을 곱씹었다. 노인이 우리의 미래를 결정하는 데 얼마나 중요한 역할을 하는지 알 것 같았다. 나이 들었다는 이유만으로 시대에 뒤떨어져 쓸모를 다했다고 판단해 사회에서 모습을 감춰서는 안 된다. 노인은 자신이 얼마나 큰 가치를 지닌 존재인지 깨달아야 한다.

나이듦이야말로 우리에게 주어진 진정한 선물이다.

오늘날 노년층은 인류 역사상 가장 긴 시간을 살고 있다. 그렇다면 우리에게는 상처 입은 지구를 회복시키고, 일그러진 공동체를 바로잡고, 다음 세대에게 더 나은 세상을 물려줄 시간이 추가로 주어진 것이다.

데이비드가 말했듯, 이것이 노인이 해야 할 일이다.

내 지도에 새로운 표지판이 세워졌다.

당신에게 주어진 시간을 유익하게 사용하라.

매일 아침 저는 감사하며 눈을 떠요.

새로운 하루를 맞이하지 못하고

떠나야만 했던 영혼도 있으니까요.

잠에서 깨어나는 순간

또 다른 기회가 주어지는 거예요.

다시 한번 타석에 나가

방망이를 휘두르죠.

언젠가는 홈런을 칠 거예요.

캐런 웰스Karen Wells

70세

잠에서 깨어나는 순간
또 다른 기회가 찾아온다

세월은 모두에게 평등하게 찾아온다. 오랜 시간 살다 보면 누구나 늙는다. 우리 모두는 같은 결승선을 지난다. 하지만 결승선까지 향하며 어떤 여정을 선택하느냐에 따라 건강과 안전, 안녕과 행복에 큰 차이가 나타난다. 평탄한 길이 있는가 하면 장애물이 즐비한 길도 있다.

노화라는 격차는 마지막 구간에서 벌어진다. 갈림길에 서서 앞뒤를 두루 둘러보니 엘리자베스의 깊은 신념(이자 고뇌)을 이해할 수 있었다. 우리는 공동체로서 함께 뛰어야 한다. 친구와 이웃을 버려둔 채 혼자 앞서갈 수는 없다.

"건강한 노화라는 측면에서 아프리카계 미국인은 항상 뒤처져 있어요. 우리는 늘 소외받았죠." 2월 초의 어느 싸늘한 오후, 식탁 앞에 앉은 캐런 웰스가 입을 열었다. "우리도 다른 사람과 똑같이 늙어요. 하지만 제대로 된 의료 혜택을 못 받는 경우가 종종 있죠. 그래서 저는 유색인종 공동체의 덩치를 키우기로 했어요. 일종의 사명인 셈이죠.”

나 또한 같은 사명을 가지고 캐런을 찾아왔다. 나는 아프리카계 미국인의 기억력 및 두뇌 건강을 위한 단체인 프리저브PreSERVE가 어떤 곳인지 알고 싶었다. 오리건주 포틀랜드의 시민과 의료 기관 및 비영리단체의 대표가 모여 프리저브를 구성한다. 이 단체는 건강한 생활 방식을 통한 아프리카계 미국인 노년층의 두뇌 건강 개선을 목표로 한다. 70세를 눈앞에 둔 캐런은 2012년 단체에 합류해 활발한 활동을 이어오고 있다.

“우리는 매달 모임을 개최해 유색인종 공동체에서 관찰되는 건강 문제를 주제로 의견을 나누는 한편 구성원에게 학습과 교류, 운동을 권장하고 있어요. 특히 고혈압, 당뇨병, 치매 등 두뇌 건강에 직결되는 문제에 신경을 많이 쓰죠. 저는 프리저브에 처음 가입했을 때부터 쭉 워크숍과 콘퍼런스에 참가하고 있어요.” 캐런이 이야기했다.

과거 아동 발달 전문가로 일하던 캐런은 현재 지역신문에 글을 기고하고, 거주지에 소재를 둔 미국 은퇴자 협회American Association of Retired Persons, AARP 활동에 참여하며, 프리저브에서 주최하는 월간 회의에 적극적으로 참석한다. 그뿐 아니라 몇 년간 프리저브에서 주관하는 대규모 행사 기획을 도왔다.

"우리 단체는 유색인종 노인에게 영향을 미치는 주제를 폭넓게 다뤄요. 모임에 참여한 노인이 유용한 전략을 배울 수 있도록 노력하지요. 한 해에 행사를 네 번이나 치른 적도 있어요. '건강한 노화로 향하는 지름길', '두 발을 똑바로 딛고 서있는 방법', '산책합시다!', '스트레스와 마음 챙김', '간병이 주는 기쁨과 슬픔'이라는 모임을 주최하고 '아프리카계 미국인 공동체에서의 노화와 기억'을 주제로 콘퍼런스를 열었죠. 게다가 프리저브는 오리건보건과학대학교의 신진 유색인종 연구원 모집에 힘을 보태고 있어요. 그중 어느 것 하나 쉽게 이루어지지 않았어요."

캐런은 확고했다. "저는 아프리카계 미국인이 나이 들면서 마주하는 건강 문제를 '천 번에 나누어 찾아오는 죽음'이라고 표현해요. 탄생과 함께 죽음이 시작되죠. 우리의 죽음은 한 번의 상처로 인한 결과가 아니에요. 이런저런 요인이 축적돼 죽음에 이르죠."

미국인 3200만 명을 출생 시점부터 관찰한 결과, 건강 격차가 나면서부터 벌어진다는 주장이 사실로 밝혀졌다. 캐런이 옳았다. 건강하지 않은 상태는 오랜 기간에 걸쳐 서서히 이르게 된다. 연구에 따르면 임신 중 고온이나 대기 오염에 노출된 여성은 미숙아와 저체중아, 사산아를 출산할 가능성이 컸다. 그리고 이와 같은 현상은 아프리카계 미국인 산모와 아기에게서 가장 흔히 나타났다.

캐런은 과거 부모를 대상으로 한 아동 발달 수업에서도 여러 번 강조했다며, 노후한 배관으로 인해 납에 노출되는 것이 자녀에게 얼마나 위험한지 경고했다. 캐런이 거주하는 지역에는 배관이 낡아 물에 납이 섞여 나오는 집이 많았다.

"다시 한번 말하지만, 어쩌다 한 번 납에 노출된다고 건강에 큰 문제가 생기는 건 아니에요. 하지만 유해 물질과 지속적으로 접촉하면 이야기가 달라지죠. 미시간주 플린트시에서 발생한 공중 보건 위기를 생각해 보세요. 식수가 오염되며 아동 수천 명이 납에 노출됐잖아요. 저는 평생 사회를 개선하겠다는 꿈을 꾸었어요. 20대에는 제가 세상을 구할 수 있을 거라고 생각했죠! 하지만 차별에 맞서 싸우는 건 쉽지 않은 일이더군요."

캐런은 손가락을 하나씩 접어나가며 이야기를 계속했다.

"계급 차별, 성차별, 인종차별, 노인 차별 등 차별은 끝도 없어요. 백인 우월주의도 심각하죠. 시간이 흐르며 제가 세상에 존재하는 모든 불평등을 제거할 수는 없음을 깨달았어요. 열정을 어디에 바치고 싶은지 결정해야 하죠. 지금 제가 가장 중요하게 생각하는 문제는 의료 불평등이에요. 특히 유색인종 노인이 겪는 불평등에 초점을 맞추고 있어요. 물론 노인 차별은 모든 공동체에 존재하죠."

노화 전문가 또한 캐런의 의견에 동의했다. 노인의학 전문
의이자 미국 노인의료연구소Altarum Institute to Improve Elder Care 소
장 조앤 린Joanne Lynn 박사는 의사로 일하는 내내 우리 사회가
노인의 필요를 충족하는 데 얼마나 소홀한지 이야기해 왔다.
베이비붐 세대가 마주하는 현실은 시간이 흐를수록 점점 더
어려워질 것이다. 린 박사는 누구도 예외가 될 수 없기에 지
금부터 관심을 기울여야 한다고 주장했다.

100년 전만 해도 미국에는 대가족이 흔했다. 이들은 농장
에 모여 살며 도움을 주고받았다. 하지만 오늘날 가족 구조
는 극적으로 변화했다. 가족 규모는 작아지고, 구성원은 뿔
뿔이 흩어지는 추세이며, 늙고 불편한 몸으로 배우자나 파트
너를 간병하는 사람이 늘고 있다.

그뿐 아니라 80세 이상 인구는 향후 10년 안에 무려 80퍼
센트 가까이 증가할 것으로 예상된다. 또 연구 결과에 따르면
각종 장애와 질병으로 장기 요양 서비스가 필요한 성인의 수
는 2015년에서 2050년 사이에 두 배 이상 늘어날 전망이다.
문제는 노인을 돌볼 젊은 인구가 충분하지 않다는 것이다.

"미국인 대부분은 노년을 암울하게 생각해요." 린이 이야
기했다. "간병해 줄 가족이 점차 사라지고, 의료 종사자가 부
족해지고, 개인 저축이 바닥나고, 연금 액수가 줄어들 테니

까요. 늙고 병든 채 주거, 음식, 의료, 간병 비용을 감당하지 못해 힘들어하는 미국인이 점점 많아질 거예요."

암울한 통계를 들은 캐런이 고개를 끄덕였다.

"아프리카계, 라틴계, 원주민 할 것 없이 유색인종 가족 중 의료보험에 가입할 돈이 없어 아무런 혜택을 받지 못하는 이들을 많이 봤어요. 이런 체계는 누구에게도 이득이 될 수 없어요."

"그러면 어떻게 해야 할까요?" 나는 까마득한 미래에 압도되는 것 같은 느낌을 받았다.

"공동체 안에서 최선을 다해야 해요. 하지만 무엇보다 스스로 노력의 정도를 조절할 줄 알아야겠죠. 무엇에 맞서고 무엇을 피할 것인지 선택하세요." 캐런의 얼굴에 희미한 미소가 떠올랐다. "일단 다음 순간까지 살아남으면 또 다른 기회가 생기거든요."

캐런이 몸을 기울이더니 두 팔을 식탁 위에 올려놓았다.

"무슨 일이 있어도 포기하면 안 돼요. 우리는 서로를 도우며 인간적인 관계를 쌓아나가야 해요. 참여하세요. 저는 가끔 어렸을 때 동네에서 보던 광경을 떠올려요. 마을 사람들은 현관 앞에 나와 앉아있었죠. 그때가 좋았어요. 왜냐고요? 집 밖에 나와 신선한 공기를 쐬며 지나가는 사람과 교류할 수 있었으니까요.

인간은 사회적 동물이에요. 사람에게 등을 돌리면 우울과 불안에 빠지기 쉬워요. 나이가 들수록 인간관계는 좁아지고 감각도 무뎌져요. 시각과 청각은 물론 후각과 미각까지 잃을 수 있죠. 하지만 우리는 누군가가 곁에 있는 것만으로 혼자가 아니라는 사실을 깨달아요. 존재가 주는 위로라고 하죠. 존재하는 것만으로 베풀 기회가 주어지는 거에요."

나는 캐런이 타인에게 보이는 관심과 인간 존재에 대한 확신에 큰 감명을 받았지만 한편으로는 사회에서 소외된 채 온갖 편견과 차별, 불공정에 시달리는 이들이 떠올라 마음이 아팠다. 린 박사가 이야기했듯, 정책이 변화하지 않는 한 노령화는 부정적인 결과를 낳을 뿐이다. 린 박사는 노령화를 주제로 한 논문에서 '나에게는 꿈이 있습니다'라는 구절로 시작하는 마틴 루서 킹Martin Luther King 목사의 연설을 인용해 '우리 사회가 지금 급박한 위험에 처했다'라고 표현했다. 또 어떤 형태로든 노인을 돌보는 사람 모두에게 즉시 행동에 나서야 할 의무와 기회가 주어졌다고 주장했다. 지금 노력을 시작한다면 머지않은 미래에 닥칠 위험을 피할 수 있다. 하지만 우리 세대가 실패한다면 모든 사람이 불확실성 속에서 노년을 맞이할 것이며, 수많은 사람이 불행한 노후를 보내게 될 것이다. 우리는 변화를 만들 수 있다. 만들어야만 한다.

"정원 가꾸는 걸 좋아하시나요?" 캐런이 질문을 던져 나는 상념에서 벗어났다.

"정원 가꾸기요? 음, 그럼요."

"누군가 '어디서 활력과 기쁨을 얻으세요?'라고 물으면 저는 정원 가꾸기가 최고라고 대답해요." 캐런이 말을 이어나갔다. "특히 잡초 뽑기를 좋아해요. 잡초를 뽑을 때는 전신을 다 사용하게 돼요. 균형 감각과 인지 능력뿐 아니라 미세하면서도 종합적인 운동 능력을 발휘해야 하죠. 저는 어떤 상황이 제 능력과 통제 범위에서 벗어난 것 같으면 잡초를 뽑아요. 밖에 나가 땅에서 잡초를 뽑아내다 보면 기분이 좀 풀려요. 긍정적이고 생산적인 결과가 바로 눈에 보이니 얼마나 좋아요." 캐런이 웃었다. "게다가 잡초는 아무리 뽑아도 끝이 없잖아요. 언제든 뽑아야 할 잡초는 넘쳐나죠."

갑자기 방이 밝아진 것 같았다. 그제야 캐런의 집 곳곳에 놓인 식물이 눈에 들어왔다. 창밖에는 이른 봄에 피어나는 꽃과 관목이 사방에서 싱그러움을 뽐내고 있었다.

"전 정원사예요." 캐런의 목소리에는 힘이 넘쳤다. "예전만큼 기운이 좋지도 않고 바닥에 쪼그려 앉았다 일어나기만 해도 몸이 쑤시지만 괜찮아요. 조절하는 방법을 배웠거든요. 저는 식물을 심고, 사람을 심고, 프로젝트를 심어요. 이 모두를 각각의 속도에 맞게 키우고 번성시키죠. 저한테는 중요한 일이에요. 저를 행복하게 하는 건 거창한 일이 아니에요. 단순한 기쁨이 가장 확실하다는 사실을 일찍이 깨달았어요. 대단한 기쁨은 간헐적으로 찾아와요. 때로는 가장 기대했던 일이 가장 큰 실망을 안겨주기도 하죠. 화려한 겉모습에 한창 들떴다가 포장지를 벗기면 '겨우 이게 전부야?' 하고 김이 새거든요. 사소한 기쁨, 작은 성취, 싱그러운 자연이 저를 움직이게 하죠. 그것이 제 닻이자 기반이에요."

그 기반은 이미 내 지도에 표시돼 있지만 캐런이 들려준 이야기는 올바른 방향으로 나아가는 새로운 실마리가 되어줬다. 피부색, 종교, 문화, 배경과 관계없이 시간이 흐르면 누구나 노화라는 여정을 떠난다. 하지만 건강한 노화로 향하는 길을 찾으려면 여정을 나선 모든 사람이 힘을 합쳐야 한다. 우리는 거대한 전체의 일부이자, 위대한 대가족의 일원이다. 출발점부터 결승선까지 서로를 보살피며 앞으로 나아가야 한다.

앞으로도 갈 길이 멀다.

"매일 아침 저는 감사하며 눈을 떠요. 새로운 하루를 맞이하지 못하고 떠나야만 했던 영혼도 있으니까요." 캐런이 이야기했다. "잠에서 깨어나는 순간 또 다른 기회가 주어지는 거예요. 다시 한번 타석에 나가 방망이를 휘두르죠. 언젠가는 홈런을 칠 거예요. 변화를 만들 힘이 남아있는 한, 저는 계속해서 노력할 거예요."

나이가 들면 주변 사물을 더 깊이
관찰하면서 더 큰 만족을 얻지요.
육체적 모험은 멀어지겠지만
영적인 깨달음이 찾아오며
새로운 정신적, 정서적 모험을
떠날 수 있을 거예요.

닐 메인Neal Maine

85세

살아갈수록
삶의 재고가 풍부해진다

태평양에서 밀려온 파도가 해안에 부딪히며 경쾌하게 철썩였다. 강어귀에 쌓인 풍부한 퇴적층이 파도의 충격을 흡수했다. 풀로 뒤덮인 모래언덕은 수많은 생명이 살아 숨 쉬는 젖은 땅으로 부드럽게 이어졌다. 머리 위로는 갈매기가 날고, 해변에서는 도요새가 부지런히 먹이를 찾았다.

닐 메인은 오리건주 북부 해안을 무척 사랑해 반세기가 넘도록 보호 활동을 해왔다.

"자연은 우리에게 메시지를 보내고 있어요." 이제는 은퇴한 전직 과학 교사이자 북부해안보존협회North Coast Land Conservancy 설립자인 85세 닐이 이야기했다. "그 메시지를 매번 알아차릴 수는 없지만요. 우리는 세상의 95퍼센트를 못 보고 살아요. 이 세상에 존재하는 모든 자연은 흙 한 조각, 물 한 방울까지 생명력을 발산하고 소멸하죠."

닐의 웃음은 따뜻한 햇볕이 내리쬐는 6월 아침에 온기를 더했다. 닐은 평생 바닷가에서 살았다. 바닷가에서 나고 자라 바닷가에 위치한 대학교에 다니며 해안의 다채로운 삶에 매료돼 바닷가에 자리 잡고 고등학교 생물학 교사로 근무하며 수백 명의 학생에게 바다, 강, 갯벌, 숲, 모래언덕을 품은 험준한 산의 놀라움을 가르쳤다. 해안에서 관찰되는 아름다운 자연에 마음을 빼앗긴 닐은 오리건주 최초의 토지 신탁 추진을 도왔으며, 50년이 지난 지금까지도 참여하고 있다. 실제로 북부해안보존협회 덕분에 개발되지 않은 자연경관은 수백만 제곱미터에 달한다. 그뿐 아니라 협회는 미국의 어떤 공원에서도 찾아볼 수 없는 열대우림 보호구역 지정을 목전에 두고 있다.

하지만 내가 오늘 여기에 온 것은 닐의 업적을 칭송하기 위해서가 아니다. 닐은 워낙 겸손한 사람이라 내가 먼저 이야기를 꺼내도 다른 주제로 말을 돌릴 것이다. 머리 위로 물수리 한 마리가 원을 그리며 물고기를 찾고 있었다. 닐은 아름다운 포식자를 관찰하기 위해 무릎에 올려둔 쌍안경을 집어 들었다. 나도 닐을 따라 쌍안경을 잡았지만 맹금류보다 닐의 얼굴에 먼저 시선이 갔다. 바닷바람이 조각한 얼굴은 상냥하고 따뜻했다. 바다를 너무나 사랑하기에 거친 태풍을 견디며 항해를 계속하는 원숙한 선장의 얼굴이었다.

우리는 모래언덕 꼭대기에 나란히 놓인 벤치에 앉아있었다. 남북으로 몇 킬로미터나 길게 뻗은 광활하고 아름다운 해안이 내려다보였다.

나는 오늘 닐의 새로운 도전을 이야기하려 이 자리에 왔다. 얼마 전부터 닐은 다채로운 해안 풍경을 사진에 고스란히 담는 '관찰의 기술'이라는 프로젝트를 진행하고 있었다.

닐이 쌍안경을 다시 목에 걸었다. "마시, 발을 내려다봐요."

나는 뭔가를 밟았나 싶어 재빨리 고개를 숙였다. 하지만 신발은 깨끗했다. 닐은 몸을 기울이더니 잔디 사이로 고개를 내민 귀여운 민들레 한 송이를 가리켰다. "이 민들레 말이에요. 이 작은 민들레가 어떤 과정을 거쳐 꽃을 피웠는지 생각해 보세요. 더 이상 평범한 민들레처럼 보이지 않을 거예요!" 닐이 말을 이었다. "풀밭에 피어난 자그마한 꽃 한 송이, 빨간 열매가 달린 까치밥나무, 덤불 안에 숨어 노래하는 굴뚝새의 울음은 나이와 관계없이 모두에게 기쁨과 감동을 주죠. 야외에서 시간을 보내고 하루를 마무리할 때, 가끔은 제가 이런 날을 보낼 수 있다는 사실이 믿기지 않을 만큼 벅차올라요." 두 눈을 반짝이며 이야기하는 닐은 마치 어린아이 같았다. "예전처럼 오래 걷지도, 몸을 깊이 숙이지도, 가볍게 개울을 뛰어넘을 수도 없지만 비버나 왜가리를 관찰할 때 느끼는 짜릿함은 한결같아요. 나이가 들수록 자연과 함께하는 삶이 더 좋아진답니다."

흥미로웠다. 내가 그렇듯, 닐도 늘 자연을 좋아하고 야외 활동을 즐겼다. 하지만 나이가 들수록 자연과 함께하는 삶이 더 좋아진다고? 어떻게 그럴 수 있을까?

"이유는 다양해요." 닐이 부메랑처럼 해변을 날아오르는 붉은부리큰제비갈매기 한 쌍을 가리키며 이야기했다. "저는 갈매기가 날아다니는 걸 보는 걸 무척 좋아해요. 갈매기를 관찰한 지도 벌써 몇 년이 됐어요. 하지만 시간이 흐르고 갈매기와 관련된 정보가 점점 쌓여가면서 보이는 것도 많아졌죠. 이제는 갈매기를 보면 둥지의 위치, 새끼, 비행 패턴, 이주 등 다양한 생각이 들어요. 차곡차곡 재산을 쌓아온 덕분이지요.

젊을 때는 자기 이야기를 하느라 바빠서 남의 말을 들을 여유가 많지 않아요. 하지만 나이가 들고 성숙하면서 점차 입을 다물고 귀를 기울이게 되지요. 더 많은 이야기에 공감할 수 있기 때문이에요. 타인의 이야기는 제자리에 세워진 삶의 골조에 살을 덧붙여요. 재고가 쌓이는 거예요. 그리고 삶을 살아나갈수록 재고는 점점 풍성해져요.

아는 것이 많아지며 남의 이야기를 들을 때 의미와 평가도

달라져요. 그리고 이는 단순한 단어의 나열이 아닌 사람과 자연이 보내는 메시지로 다가오죠. 그렇게 강과 나무, 자연의 풍경이 보내는 메시지를 보고, 또 듣죠."

나는 닐에게 재고에 대해 조금 더 자세히 설명해 달라고 부탁했다.

"간단해요. 우리가 소유한 지식의 창고에 쌓이는 재고는 새롭고 풍부한 경험의 기반이 되어주지요."

"관찰의 기술 프로젝트에는 어떤 의미가 있나요?"

"소로Thoreau는 "중요한 건 무엇을 보느냐가 아니라 어떻게 보느냐"라고 이야기했어요. 저는 나이 들면서 주의 깊게 현상을 관찰하는 방법을 배웠어요. 덕분에 삶의 질이 예전과 비교할 수 없을 만큼 높아졌죠! 관찰 기술이 발달할수록 우리 세상은 점점 커져요. 저는 사람들이 제 사진을 보고 놓치기 쉬운 아름다움을 발견해 줬으면 해요. 저는 나이 드는 것에 숨겨진 비밀을 깨달았어요. 걸음을 늦추면 사느라 바빠 그동안 보지 못했던 흥미롭고 아름다운 세계가 눈앞에 펼쳐진답니다. 해변을 산책한다고 생각해 보세요." 닐이 우리 앞에 펼쳐진 백사장을 향해 두 팔을 넓게 벌렸다. "젊을 때 산책을 나서면 A 지점을 출발해 B 지점까지 도착하는 것만 생각했어요. 이제는 A, B, C, D를 지나쳐 E까지 가죠. 어느 것 하나 허투루 흘려보내지 않아요. 예전에는 단순히 보고 지나

치던 풍경을 이제는 관찰해요. 그만큼 제 세계가 확장됐지요."

비행과 잠수의 달인인 물수리가 흑백 깃털을 활짝 편 채 활강하더니 순식간에 연어를 낚아챘다. 우리는 잠깐 동안 아무 말 없이 물수리의 사냥을 관찰했다. 닐이 몸을 구부리더니 벤치 옆에 쌓인 나뭇더미에서 유목 조각을 주워 내 손바닥 위에 올려놨다.

"제 작품을 본 사람들의 세상이 넓어졌으면 좋겠어요. 여기, 썩어가는 나무토막을 자세히 들여다보세요. 이 안에 메시지가 담겨있어요. 해변 전체를 샅샅이 뒤져도 똑같은 유목 조각을 찾을 수는 없을 거예요. 저마다 고유한 패턴과 기록을 간직하고 있죠. 이 조각은 나무에서 떨어져 나왔어요. 이 세상에 완벽하게 똑같은 나무는 존재하지 않아요. 이 유목 조각은 나무가 남긴 메시지예요."

닐이 다시 웃음을 터뜨렸다. "맞아요. 나이가 들면 속도가 느려지죠. 붉은부리큰제비갈매기라는 이름을 발음하는 것조차 힘에 부치는 날이 올지도 몰라요. 어쩌면 애초에 붉은부리큰제비갈매기가 아니라 북극제비갈매기인지도 모르죠. 아무래도 좋아요. 우리는 아름다움을 좇고 있어요. 나이가 들면 주변 사물을 더 깊이 관찰하면서 더 큰 만족을 얻지요. 육체적 모험에선 멀어지겠지만, 영적인 깨달음이 찾아오며 새로운 정신적, 정서적 모험을 떠날 수 있을 거예요."

휜머리독수리가 연어를 물고 날아가는 물수리를 좇는 풍경을 가만히 바라보자니 아버지와 함께했던 특별한 추억이 떠올랐다. 아버지 또한 자연을 무척 좋아하셨다. 우리 가족은 수년 동안 함께 걷고, 뛰고, 산을 올랐다. 아버지가 알츠하이머에 걸리고 치매 전문 요양원에 입소하며 야외 활동 시간이 현저히 줄어들었지만 나는 기회가 될 때마다 아버지와 밖으로 나가려고 노력했다. 그럴 때마다 아버지는 눈에 띄게 기뻐하셨다.

아버지와 함께하며 나는 자연은 나이를 가리지 않고 영혼을 어루만지고, 달래고, 치유한다는 사실을 깨달았다. 자연은 상대가 어떤 장애를 지녔든 기쁨과 만족을 선사한다. 확실히 나이가 들수록 집 밖으로 나와야 한다.

"문만 열면 이런 풍경이 펼쳐지다니, 정말 좋으시겠어요."

닐이 고개를 끄덕였다. 이어 그가 건넨 조언을 들으니 생각에 빠지게 되었다. "그럼요. 그렇지만 집 마당이나 동네 공원에서도 똑같은 경험을 할 수 있어요. 전에 보지 못했던 무언가를 발견하고 받아들이는 방법을 익히세요. 매일 집 밖으로 나설 때마다 사파리에 발을 들이는 것 같아요. 감각을 활짝 열어두세요. 날씨가 매일 달라지듯 우리는 매일 다른 세상을 살아요. 물론 단순히 현상을 보는 데 그치지 않고 관찰할 수 있도록 노력해야겠지요. 조금씩 연습해 나간다면 나이가 들면서 세상은 점점 더 넓어질 거예요."

나는 머릿속에 떠오르는 질문을 입 밖에 내도 될지 잠시 망설였다. 하지만 이 또한 자연스러운 노화의 과정이니 구태여 회피할 필요는 없을 것 같았다. 닐은 몇 년 전 50년간 함께해 온 아내를 먼저 떠나보냈다. "이 세상 무엇보다 사랑하던 사람이 죽으면 어떻게 해야 할까요?" 나는 결국 말을 꺼냈다.

"상실을 되돌릴 수는 없어요." 닐이 진솔한 어투로 대답했다. "저한테 아내가 그랬듯 마음을 다해 사랑하는 사람을 잃는 건 세상의 조각을 잃는 것과 같아요. '받아들이기'라고 할까요. 저는 아내를 잃은 슬픔을 극복하거나 아픔에서 벗어나려는 노력을 포기했어요. 다리를 절단한 사람이 계속 살아가듯 그냥 상실과 함께 살아가고 있어요. 구태여 상황을 고치려 하지 않고 품고 가는 법을 배우는 거예요. 역사를 생각하고, 떠올리고, 되살리며 떠난 이가 남긴 유산에 감사해야 해요. 슬픔이 사라지지는 않겠지만 그 과정에서 우리가 오르는 산의 지반은 더 단단해져요."

닐은 말을 멈추고 춤추듯 허공을 가르는 독수리와 물수리를 바라봤다. 물수리가 영리하게 독수리를 따돌렸다. 사냥을 포기하고 물러서는 독수리를 보니 마음이 놓였다. 생명력 넘치던 맹금류 두 마리가 시야 밖으로 사라지자 닐은 쌍안경을 다시 무릎 위에 내려놓았다. 닐의 사려 깊은 말은 지금까지 내가 찾던 물음에 답이 돼줬다. 닐은 내가 그리는 지도의 목적지에 다다르면 어떤 놀라운 광경이 펼쳐지는지 알려줬다. 순간적으로 내 앞에 놓인 세상이 흘러가지 않고 선명하게 다가왔다.

"노화는 우리에게 어떤 선물을 줄까요?" 닐이 질문을 던졌다. "나이 든 사람은 의외의 곳에서 아름다움을 발견해요. 노화는 멈춰 서서 주변을 돌아보고, 귀를 기울이는 시간을 선사하죠.

노화가 주는 선물이 쌓이고 쌓여 만드는 아름다운 산 위에서 우리는 하루하루 더 먼 곳을 샅샅이 살펴보게 돼요. 산기슭은 점차 넓어지고, 봉우리는 점차 높아져요. 덕분에 우리는 아무런 대가도 치르지 않고 산에 올라 아름다운 풍경을 즐길 수 있지요.

세월은 우리가 두 발을 딛고 선 산을 만들었어요. 이곳에서 우리는 아래를 굽어보며 놀라운 발견을 하게 될 거예요. 삶은 대답을 선물하지 않아요. 삶은 우리에게 더 넓은 시각으로 질문을 던질 수 있는 멋진 능력을 선물하지요.

노화가 주는 선물은 더 큰 기적을 가져올 거예요."

자연 속에서
시간을 보내라는 처방

자연에는 치유력이 있다.

자연은 전 생애에 걸쳐 신체 건강과 정신 건강에 긍정적 영향을 미친다. 나이가 들수록 더욱 그렇다. 공원과 정원, 녹지 등 자연과 가까운 곳에서 살아가는 노인은 정신 건강이 개선되고 인지 능력이 향상됐을 뿐 아니라 통증이 감소하고 사회적 상호작용이 증가했다. 그리고 이는 모두 행복한 노년을 누리는 데 매우 중요한 역할을 한다.

하지만 사회구조에 문제가 있다. 자연과 가까이에 사는 것이 건강에 좋다는 인식은 점점 더 커지는 반면, 정작 자연과의 거리는 점점 멀어지고 있다. 미국인 다섯 명 중 네 명, 전세계 인구 절반 이상이 자연에 접근하기 어려운 도시에 거주하고 있다. 또 미국인은 하루의 90퍼센트 이상을 실내에서 보내며, 그중 거의 열두 시간을 컴퓨터 화면을 들여다보며 일하거나 미디어를 소비한다.

의사가 약을 먹는 대신 야외 활동을 늘리라는 처방을 내려도 놀랍지 않다. 걷고, 자전거를 타고, 정원을 가꾸고, 공원 벤치에 앉아 자연을 만끽하라. 이 모든 활동은 몸과 마음을 건강하게 만든다.

자연을 가까이하는 사람은 자신의 삶이 행복하고 만족스럽다고 응답했을 뿐 아니라, 나이 들어가면서도 활력 있는 생활을 이어나갔다! 그렇다면 자연이 이런 반응을 이끌어내는 원리는 무엇일까? 자연 속에 있으면 인지 과부하와 정신적 피로가 낮아진다. 이렇듯 원기 회복 효과가 있을 뿐만 아니라 스트레스를 완화하고 상황 대처 능력을 향상한다. 공원이나 숲과 같은 자연에서 머무르는 시간이 기운을 불어넣고 행복감을 높이며 집중력을 개선하는 한편 스트레스를 감소시킨다는 사실은 과학적으로도 입증됐다.

더 건강하고 행복한 미래를 맞기 위해서는 초록색과 파란색을 가까이해야 한다. 초록색은 식물, 잔디, 나무같이 자연 식생이 풍부한 환경을 의미한다. 자연 보호구역, 야초지, 도심 공원 등이 여기에 포함된다. 파란색은 해변, 호수, 강같이 물이 풍부한 환경을 의미한다. 뒷마당에 꾸며둔 텃밭 또한 자연과 함께하는 공간이 될 수 있다. 주택이든 아파트든 공용 화단이든 텃밭을 가꾸면 채소 섭취량이 늘어난다는 이점 또한 따라온다. 공간이 아무리 협소하다 해도 삶에 자연을 포함하는 것이 중요하다!

매일 야외 활동을 하기에는 너무 바쁘고 피곤하다며 변명하는 현대인이 많다. 어쩌면 당신 또한 그중 한 명일 것이다. 하지만 자연의 건강 개선 효과는 과학적으로 입증됐다. 자연이 주는 이점을 나열하자면 다음과 같다.

- 스트레스 완화
- 수면의 질 향상
- 우울감 해소
- 불안 감소
- 삶의 만족도 향상
- 사회적 유대감 강화
- 혈압 하락
- 수술 후 회복력 증가
- 울혈성 심부전 개선
- 통증 완화
- 비만 감소
- 당뇨병 개선
- 면역력 향상

- 주의력 향상
- 활력 증가
- 수명 연장

이렇게 보니 새삼 자연의 힘이 대단하다는 생각이 든다. 조금 더 자세히 이야기해 보겠다. 연구에 따르면 숲속에서 나무 사이를 산책하는 것은 건강에 좋다. 일본에서 처음 도입한 치료 요법인 '삼림욕'은 오늘날 건강을 증진하고, 행복 지수를 높이고, 창의력을 향상하고, 우울증을 완화하기 위해 전 세계에서 폭넓게 시행된다.

걷고, 뛰고, 자전거를 타는 등 매일 실외 활동을 하는 노인은 그렇지 않은 노인에 비해 원기 왕성할 뿐 아니라 통증과 수면 장애를 포함해 일상에서 불편함을 덜 느낀다고 밝혀졌다. 정원 가꾸기는 신체 기능을 향상하고, 고통을 완화하고, 전반적 건강 상태를 증진시키는 효과가 있었다. 그뿐 아니라 자연은 안정감을 선사하고, 기분을 개선하고, 스트레스 상황에 대처하는 능력을 향상시키는 등 정신 건강에도 긍정적 영향을 미쳤다.

이렇듯 자연은 유익한 신체 움직임을 유도해 삶에 활력을 불어넣는다. 일부 과학자가 '그린 엑서사이즈green exercise'라고 부르는 활동은 비만, 당뇨병, 심혈관 질환, 정신 질환, 암 및 기타 질병을 예방하거나 개선한다. 사회 참여를 유도해 건강을 증진하는 효과도 있다.

하루 한 시간 공원이나 정원 등의 자연에서 보내는 것만으로 일상적인 활동을 수행하기가 한결 수월해진다. 게다가 녹지가 풍부한 환경에서 지내는 사람은 나이와 관계없이 건강이 개선되는 듯한 느낌을 받았다고 이야기했다. 자연을 가까이하는 삶이 스트레스를 완화한다는 사실은 전 연령과 문화에 걸쳐 입증된 바 있다.

일주일에 적어도 한 번 야외에서 신체 활동을 하는 사람은 그렇지 않은 사람에 비해 정신 건강이 악화될 확률이 절반에 그쳤다. 활동 횟수가 추가될수록 위험은 6퍼센트씩 추가로 감소했다.

심지어 자연을 보는 것만으로도 건강이 회복되는 결과가 나타났다. 요양 시설 거주자는 창밖으로 식물이 자라고, 계절이 변하고, 꽃이 피고, 새와 동물이 움직이는 모습을 관찰하면서 기쁨을 얻었다. '자연을 느낄 수 있는' 기회는 삶의 만족도를 높이는 데 중요한 역할을 한다. 장기 요양 시설에 거주하는 노인은 반드시 야외에 앉아 신선한 공기를 쐬고, 바람을 느끼고, 새가 지저귀는 소리와 이파리가 바스락거리는 소리를 듣고, 꽃향기를 맡는 시간을 가져야 한다. 어떤 주거 형태를 선택하든 자연 속에서 보내는 시간은 행복한 삶을 영위하는 데 없어서는 안 된다.

입원 생활에도 자연은 중요한 역할을 한다. 건너편 건물 담벼락이 아닌 나무가 내려다보이는 병원에 머무르는 환자는 입원 기간과 수술 후 합병증 발생 가능성, 진통제 투여량이 모두 감소했다.

녹지가 풍부한 공간은 위기 청소년과 정신 질환자, 치매 환자와 같은 취약 계층에서 특히 큰 치료 효과를 보였다. 치매 환자는 자연과 교감할 때 섭식 및 수면 패턴이 개선되었고, 행복 및 자존감이 증진되었으며, 사회적 교류 및 소속감이 증가했다. 자연은 스트레스, 동요, 불안, 분노, 우울을 완화한다.

혼자 집 밖으로 나가지 못할 만큼 쇠약한 노인은 어떻게 해야 할까? 가능하다면 가족이나 친구의 도움을 받아서라도 자연에서 시간을 보내길 바란다. 정원에 앉아 휴식을 취해도 좋고, 작은 텃밭을 꾸며도 좋고, 꽃을 심어도 좋고, 새에게 먹이를 줘도 좋다. 가족이나 친구가 요양 시설에 있다면 평소 좋아하던 곳으로 함께 드라이브를 하러 나가라. 정원이나 숲을 보는 것만으로도 정신 건강을 회복하고, 기분을 환기하고, 스트레스를 완화하고, 인지 기능을 향상할 수 있다. 아이들과 함께 즐긴다면 긍정적인 세대 간 경험을 창출한다는 효과도 있다.

평생 자연과 가까이 지낸 사람은 건강에 문제가 생겨도 노년을 낙관적으로 보낼 수 있다는 흥미로운 연구 결과가 있다. 유소년기와 중년기에 자연에 대한 좋은 기억을 쌓아두면 나이 들며 경험하는 상실의 아픔과 노화로 인한 제약에 잘 대처할 수 있다.

자연에서 보내는 시간은 나이 또는 상황에 관계없이 전 생애에 걸쳐 회복력을 증진할 뿐 아니라 신체 건강과 정신 건강을 개선하고, 장기적으로 행복감을 향상한다.

그러니 겉옷을 걸치고, 운동화를 신고, 지팡이를 들고 밖으로 나가라.

노인을 위한 나라는 있다

잘 늙고 싶은가? 이주를 고려할 시기가 됐는지도 모른다. 글로벌 에이지워치 지수Global AgeWatch Index는 소득 안정성, 건강 상태, 고용, 교육, 사회 환경을 기준으로 세상에서 가장 나이 들기 좋은 나라가 어디인지 순위를 매겼다. 나는 안식년 동안 상위권에 속하는 지역을 직접 찾아 그 이유를 연구해 보기로 했다. 그해 1위는 스웨덴에 돌아갔다(이후로는 스위스와 노르웨이가 1위를 차지했으며, 미국은 이에 훨씬 못 미치는 9위에 머물렀다). 각종 공공 의료 기관과 병원을 찾아 의료진과 대화를 나누며, 스웨덴이 1위를 차지한 눈이 번쩍 뜨이는 비결을 발견할 수 있었다.

스웨덴의 평균수명은 남성이 79.9세, 여성이 83.7세로 일본에 이어 2위를 기록했다. 게다가 스웨덴은 전체 인구의

20퍼센트가 65세 이상으로 노인 비율이 매우 높은 편에 속한다. 나는 스웨덴에 도착한 지 얼마 안 돼 지난 몇십 년 동안 스웨덴 노령 인구의 건강이 개선되며 전반적인 의료 수요가 감소했다는 통계를 접했다.

고령화의 선두에 선 스웨덴은 어떤 노력을 하고 있을까? 답은 간단하다. 놀랍게도 스웨덴은 노인을 대상으로 한 재가 복지 서비스를 위해 GDP의 3.6퍼센트를 장기 요양 비용으로 지출한다.

반면 미국에서는 장기 요양에 필요한 비용 대부분을 당사자 또는 가족이 납부한다. 스웨덴은 65세 이상 노령 인구를 대상으로 하는 의료 직종 종사자가 가장 많은 나라이기도 하다. 또 65세 이상 노인의 94퍼센트가 집에 머물며(정말이지 대단하다!) 필요한 경우 정부에서 지원하는 재가 복지 서비스를 제공받는다.

스웨덴에서는 노인 방문 요양 프로그램을 공공 부문 및 민간 부문 모두에서 운영한다. 국민은 어떤 방문 요양 서비스를 이용할지 선택할 수 있기에 각각의 프로그램은 경쟁에서 우위를 점할 수 있도록 돌봄의 질을 최고 수준으로 유지한다. 하지만 어떤 요양 프로그램을 선택하든 비용은 나라에서 충당하며, 국민은 재가 복지 서비스를 포함한 의료비의 오직 4퍼센트만 부담한다(미국에서 이렇게 얼마 안 되는 돈으로 최상의 의료 서비스를 누릴 수 있는 사람이 몇 명이나 될까?). 게다가 방문 진료 서비스가 도입되며 과거에는 병원을 방문해야 받을 수 있었던 처치의 대부분을 집에서 누릴 수 있게 됐다.

지금까지 이야기한 내용만으로도 스웨덴의 노인 복지 수준이 얼마나 높은지 짐작할 수 있다. 하지만 그뿐만이 아니다. 스웨덴은 사회적 결정 요인이 건강에 미치는 악영향을 줄이기 위해 다양한 가정 방문 서비스를 제공한다.

그중에서도 '시민의 수리공'이라는 서비스가 특히 인상 깊었다. 이들은 낙상 위험을 줄이기 위해 노인의 집을 방문해 커튼을 달거나 전구를 가는 등 집안일을 돕는다. 낙상 고위험군으로 분류된 노인이라면 전구를 갈고 홈통을 청소하겠다고 직접 사다리에 오르지 않고 전화 한 통으로 간단하게 일을 대신해 줄 사람을 구할 수 있다. 게다가 비용은 전액 나라에서 부담한다.

스웨덴에서 추가 혜택을 누리려면 서비스를 신청하고 자격을 인정받아야 한다. 돌봄이 필요한 정도가 크다고 판단되는 경우 두 시간마다 요양 보호사가 방문해 생활을 돕는다. 마찬가지로 모든 서비스는 무료로 제공된다. 복지 서비스를 이용하는 사람은 1년에 한 번 만족도를 조사하는 설문지를 작성하며, 서비스의 질을 높은 수준으로 유지하기 위해 설문 결과를 모두에게 투명하게 공개한다.

또 스웨덴 정부는 치매 환자를 가족으로 둔 국민이 손쉽게 도움을 요청할 수 있도록 경찰을 비롯한 공무원을 대상으로 치매 교육을 실시한다. 스웨덴은 치매에 대한 인식이 높다. 모든 1차 의료진은 65세 이상 환자가 방문할 때마다 기억력을 확인할 의무를 지닌다. 투명성을 중요하게 여기는 국민성 덕분인지 스웨덴에서는 치매 환자에 부정적 낙인을 찍지 않는다. 스웨덴 여왕 또한 부모가 치매 환자인 만큼 치매 관련 정책을 지지했다. 알츠하이머 및 기타 치매 예방법을 보도하는 뉴스 역시 자주 보도되는데, 언론은 국민이 지침을 따르는 데 거부감을 느끼지 않도록 긍정적 관점에서 치매를 다룬다.

나이가 들수록 약물 복용량이 늘어나기 마련이다. 대부분의 국가가 그렇듯, 스웨덴 또한 예외는 아니었지만 최근 들어 약물 사용이 감소하는 추세다. 스웨덴 정부는 매년 고령자에게 처방을 지양해야 하는 약물 목록을 발표하며, 모든 의료 기관은 목록에 기재된 약물을 얼마나 처방했는지 의무적으로 보고해야 한다.

게다가 각 의료 기관과 자치주는 '유해 약물' 처방량을 놓고 경쟁한다. 정치인도 자신이 대표하는 자치주가 '유해 약물' 최다 처방 지역이 되지 않길 바라며 관련 통계를 추적한다. 그뿐 아니라 스웨덴은 1차 의료 기관에 효과적이고, 부작용이 적으며, 저렴한 약물을 등재한 '와이즈 리스트'를 배포

하고 이에 해당하는 약물을 90퍼센트 이상 처방한 의료 기관에 보너스를 지급한다. 그러니 굳이 유해한 약물을 처방할 이유가 없다.

앞서 이야기했듯, 스웨덴은 노령 인구의 건강이 개선되며 지난 몇십 년 동안 의료 수요가 전반적으로 감소했다. 잠시 생각할 시간을 가져보자. 미국의 의료비 지출이 천정부지로 솟는 동안, 스웨덴은 어떻게 노인 건강을 개선하고 비용을 감축했을까?

답은 간단한다. 지금까지 내가 설명한 노인 지원 프로그램을 포함한 복지 덕분이다. 스웨덴 정부는 노인에게 최고 수준의 돌봄과 서비스를 제공하기 위해 적절한 약물 처방을 유도하는 등 의료 기관에 다양한 장려책을 도입했다. 여기에 그치지 않고 공동체를 기반으로 하는 요양 서비스와 '시민의 수리공'같이 노인의 안전을 염두에 둔 실용적인 정책을 실시했다. 또 도시 곳곳에 자전거 전용 도로를 추가로 조성하고 노인에게 저렴한 가격으로 자전거를 공급했다. 실제로 이와 같은 프로그램을 시행한 후 스웨덴 노령 인구의 낙상은 크게 감소했다.

스웨덴은 비교적 저렴한 비용으로 노인 삶의 질을 대폭 상승하는 실용적이고 창의적인 편의 시설을 여럿 설치했다. 스웨덴에서 온 동료에게 스웨덴 정부가 노인의 복지와 건강 증대에 그토록 열심인 이유가 무엇이냐 묻자, 그는 별것 아니라는 듯 어깨를 으쓱이며 대답했다. "달리 마땅한 대안이 없으니 어쩔 수 없죠."

정말이지 스웨덴 사람다운 반응이었다.

살다 보면 위기가 찾아올 거예요.

모든 시련을 피해 갈 수는 없어요.

하지만 저는 인생을 살면서

'어떻게 이 고통에서 벗어날 수 있을까?'

묻는 대신 슬픔과 좌절과 공허를

긍정적인 무언가로

탈바꿈하도록 노력해야 한다는

교훈을 얻었지요.

매기 발리Maggie Vali

79세

역사는 끝나지 않는다

　매기 발리의 활기 넘치는 미소는 볼 때마다 놀랍다. 매기를 아는 사람은 누구나 80세를 앞둔 매기의 에너지와 열정, 넘치는 사랑에 찬사를 보낸다. 매기가 걸어온 삶의 길을 생각하면 어떻게 지금과 같은 성품을 갖출 수 있는지 놀라울 지경이다.

　"저는 늘 삶에 긍정적인 태도를 유지했어요." 매기가 입을 열었다. "어떤 어려움이 닥치든 믿음과 희망을 가지고 매사에 최선을 다하면 다시 빛이 비추리라는 사실을 알았죠."

　헝가리 출신 이민자인 매기는 아무렇지 않은 듯 이야기했다. 하지만 역경 앞에서 매번 긍정적인 태도를 유지하는 건 결코 쉽지 않은 일이다. 나는 대강이지만 매기가 걸어온 고난의 길을 알고 있다. 어린 매기는 러시아군 탱크가 쏟아내는 총알을 피해 구사일생으로 헝가리를 빠져나와 난민 신분으로 네 국가를 전전했다. 행복한 결혼 생활은 사랑하는 남편의 죽음으로 47년 만에 막을 내렸고, 유방암에 걸리며 또한 번 위기를 맞이했지만 결국 살아남았다. 이 모든 역경에도 매기는 여전히 밝았다. 나는 더 많은 이야기를 듣고 싶었다. 그리고 그녀에게 얻은 교훈을 내 지도에 담고 싶었다.

"어머니께서 발가락들을 잃게 된 사연을 다시 한번 들려주세요." 나는 예전에 들은 적 있는 참혹한 이야기를 어렴풋이 떠올리며 부탁했다.

매기가 킥킥대며 웃었다. "잃은 발가락은 하나뿐이에요. 하지만 그 이야기를 하려면 먼저 역사를 조금 돌아봐야겠네요."

매기는 깔끔하게 정리된 아파트 주방에서 커피 한 잔을 더 내왔다. 왈로와 호숫가에 자리한 그림 같은 마을에서 매기를 만난 지도 벌써 40년이 넘었다. 그곳에서 매기는 남편 마이크Mike와 함께 46년간 바이에른 음식점인 '발리네'를 운영했다.

"어머니는 1956년 일어난 헝가리혁명에서 발가락을 잃으셨어요. 하지만 헝가리는 한참 전부터 문제가 많았어요." 매기가 옛 기억을 더듬었다. "저는 1944년 트란실바니아에서 태어났어요. 당시에는 헝가리에 속해 있었죠. 헝가리와 루마니아는 수십 년 동안 국경분쟁을 이어왔어요. 트란실바니아

248

는 헝가리 영토였다가 루마니아 영토였다가 했죠. 어찌나 헷갈렸는지 몰라요. 지도 제작자가 꽤나 애를 먹었을 거예요. 저희 가족은 스스로가 헝가리 국민인지 루마니아 국민인지도 모른 채 수년을 살았답니다.

얼마 안 가 제2차 세계대전이 발발하면서 독일이 개입했어요. 헝가리와 루마니아 둘 다 제3제국과 동맹을 맺었거든요. 전쟁이 끝날 때쯤, 소련군이 우리가 살던 동네를 점령했어요. 전쟁은 막을 내렸지만 혼란은 끝나지 않았죠."

"무섭지 않으셨어요?"

"솔직히 말하자면, 별로요. 가족한테 워낙 사랑을 많이 받기도 했고, 얼마나 위험한 상황에 놓였는지 깨닫기에는 너무 어렸거든요. 세 살 때 부모님이 허겁지겁 짐을 싸던 모습이 제가 기억하는 전부예요. 두 분은 더 나은 삶을 찾아 고국을 떠나기로 했어요. 어느 정도 크고 나서 해주신 이야기지만 그때 트란실바니아에 남아있었다면 목숨이 위태로웠을 거예요.

저희는 안전한 삶을 찾아 1947년 헝가리를 떠났어요. 아버지는 어찌어찌 온 가족을 화물선에 태우셨어요. 어디로 가는지는 아무도 몰랐죠. 그냥 배를 타고 가다가 처음 정박한 곳에 내렸어요. 이탈리아였어요. 저는 새로운 언어를 배워야 했죠."

장인이라 부를 만한 솜씨를 지닌 석공이자 조각가이던 매기의 아버지는 어렵지 않게 일자리를 찾았지만 매기와 가족이 이탈리아에서 보낸 시간은 길지 않았다.

　"이탈리아에 머무는 동안 아버지는 이스라엘이 난민에게 국경을 개방하고 삶의 터전을 제공한다는 소식을 들었어요. 아랍과 이스라엘 전쟁이 한창이었으니 입국하기에 안전한 시기는 아니었지만 어쨌든 부모님은 이탈리아를 떠나 이스라엘 국경 근처에서 적당한 때를 기다리기로 했죠. 몇 개월 동안 이집트 카이로에서 난민으로 살았는데, 아버지는 그곳에서도 일을 계속하셨어요. 1948년, 저희 가족은 마침내 이스라엘에 도착했어요. 개방정책 덕분에 환대를 받았죠."

　이스라엘에 도착한 매기 가족은 키부츠에 조성한 난민 임시 거처에 그야말로 똘똘 뭉쳐 살았다. 매기와 가족은 3년 동안 서로 다른 나라에서 와 서로 다른 언어를 사용하는 난민과 부대끼며 생활했다. 다채로운 문화가 공존하는 공동체에는 활기가 넘쳤다. "그때 참 재미있게 살았어요. 하지만 또 새로운 언어를 익혀야 했답니다! 이번에는 히브리어였어요. 유치원에서 암송하던 재미있는 노래 몇 곡이 아직까지 기억나요." 매기가 웃으며 이야기했다.

　하지만 몇 년 뒤, 매기의 아버지는 고향을 그리워하며 시름시름 앓기 시작했다.

"어쩌면 살날이 몇 년 남지 않았다는 걸 직감하셨는지도 모르겠어요. 무언가가 귀소본능을 자극했겠죠. 이유야 뭐가 됐든, 1951년에 고향 상황이 조금은 나아졌길 바라며 헝가리로 돌아왔어요. 그때 저는 일곱 살이었어요."

안타깝게도 가족의 바람은 이루어지지 않았다. 처음 헝가리를 떠날 때보다 상황은 오히려 악화돼 있었다. 소련은 국경을 봉쇄했고, 매기와 가족은 친척이 있는 부다페스트로 넘어가 침실 두 개짜리 작은 아파트에서 부대끼며 생활했다. 그리고 1955년, 매기의 아버지가 사망했다.

같은 해, 헝가리 사정은 눈에 띄게 나빠졌다. 모두가 재정난에 시달렸다. 식량을 구하기조차 힘들었다. 소련 정부에 엄격하게 통제받는 삶은 끊임없는 시련의 연속이었다. 표현의 자유도, 언론의 자유도, 종교의 자유도, 집회의 자유도 보장되지 않았다. "더 이상 누구도 믿을 수 없었어요." 매기가 씁쓸한 과거를 떠올렸다. "이웃은커녕 가족도 믿기 힘든 세상이었어요. 공산당의 통치에 불만을 품은 것 같은 낌새만 보여도 고발당했지요. 그래도 혁명의 씨앗이 싹을 틔우고 있었어요. 작가와 기자는 비판의 목소리를 냈고, 학생은 시위에 나섰지요. 1956년부터는 운동 단체가 비밀스럽게 결성됐어요. 하지만 시위에 나선 수많은 이가 체포돼 박해받았죠. 2000명이 처형당하고, 10만 명이 투옥됐어요. 당시 헝가리 국민은 정부의 완전한 전복을 바라지 않았어요."

매기가 설명을 이어나갔다. "단지 가혹한 공산 체제에서 벗어나 조금 더 자본주의적인 사회 분위기를 원했을 뿐이죠. 저희 가족도 시위 여럿에 참여했어요. 운동가들은 스스로를 '자유의 투사'라고 부르며 헝가리 국민이 더 이상 러시아의 통제를 지지하지 않는다는 사실을 세상에 알리려 했어요."

매기는 삼촌이 다급하게 집을 찾아와 충격적인 소식을 전하던 열두 살의 어느 날을 생생히 기억하고 있었다.

"삼촌은 공산당에서 비서로 일하던 여자와 결혼했어요. 덕분에 내부 정보를 조금씩 접할 수 있었죠. 삼촌은 소문을 듣자 하니 조만간 심상찮은 일이 일어날 것 같다고, 나라 상황이 지금보다 더 나빠질 것이라고 어머니에게 말했어요."

그리고 1956년 10월 23일, 헝가리혁명이 일어났다.

"처음에는 학생들이 일으킨 평화 시위로 시작했지요. 학생들은 행진하며 표현의 자유를 비롯해 정부에 바라는 변화를 하나하나 읽어 내려갔어요. 하지만 '선언문'을 발표하는 도중, 어딘가에서 총성이 들려왔어요. 범인이 누군지는 알 수 없었지만 시위를 지켜보던 러시아군의 소행일 가능성이 컸죠. 헝가리인은 총기를 소지할 수 없었거든요."

시위 현장은 순식간에 아수라장으로 변했다. 다들 정신없이 달아났다. 학생들은 체포됐고, 최루탄이 시야를 흐렸다.

모스크바에 소식이 전해지고 며칠 안 돼 러시아군 탱크가 부다페스트로 쏟아져 들어왔다. 곧 헝가리 전역이 러시아군에 점령됐다.

"삼촌이 돌아와 숙모와 함께 헝가리를 탈출할 계획이라고 했어요. 그러고는 목숨이라도 부지하고 싶다면 지금 당장 도망쳐야 한다고, 아이들을 생각해서라도 그곳에서 벗어나라고 애원했어요."

다급한 과거를 떠올리던 매기의 두 눈에 복잡한 감정이 떠올랐다.

"그날 밤, 어머니는 모든 것을 버리고 떠나기로 결심했어요. 어머니와 삼촌은 다시 만날 장소를 미리 정해뒀어요. 그로부터 이틀 후인 1956년 11월 8일, 우리는 해조차 뜨지 않은 이른 새벽에 일어나 옷을 껴입었어요. 겨울이라 날씨가 아주 추웠거든요. 동이 트기 직전에 집을 떠났어요. 영원한 안녕이었죠. 우리는 1.6킬로미터 떨어진 곳에서 모이기로 약속하고 두 명씩 움직였어요. 의심을 사면 안 되니까요. 그때부터는 밤에만 이동했어요. 꼬박 7일 밤을 걸어서 오스트리아 국경에 도착했지요."

매기와 가족이 낮에 탈출을 시도했다면 들켜서 사살됐을 수도 있다. 어둠을 틈타 겨우 오스트리아를 코앞에 뒀건만, 국경을 건너려면 지뢰밭을 지나가야 했다. 지뢰를 피하는 방법을 몰라 걱정하던 중, 매기와 가족은 무사히 국경을 넘게 해주겠다는 밀입국 중개인을 마주쳤다.

"중개인은 얼마 안 되는 돈과 있으나 마나 한 보석을 몽땅 받아 들고는 우리를 드넓은 목초지로 데려갔어요. 그러고는 저 멀리 보이는 땅을 가리키며 저곳이 오스트리아라고 알려줬지요. 중개인은 기관총으로 무장한 러시아 군용 트럭이 밤낮으로 국경을 순찰한다며 조심하라는 경고를 남기고 떠났어요. 어둠이 내리면 눈이 멀 것 같이 환한 탐조등이 구석구석을 비췄어요. 20분마다 지나가는 탱크는 국경을 넘으려는 사람을 죄다 쏴 죽였죠."

매기는 커다란 건초 더미가 군데군데 놓여있던 거대한 목초지를 생생하게 기억했다. 중개인은 탱크는 보이는 것보다 들리는 것이 먼저라며, 매기와 가족에게 국경을 건널 때 건초 더미에 숨어 귀를 기울이라고 당부했다.

"러시아군에게 발각되지 않도록 청각을 곤두세우고 건초 더미 사이에 숨어 국경으로 다가갔어요. 국경을 건너기 직전이었는데, 소총을 장전한 러시아 군용 트럭이 탐조등을 비추며 다가왔어요. 트럭을 발견한 어머니가 소리치셨어요. '뛰어! 절대 돌아보지 마!'"

그렇게 달려본 건 태어나서 처음이었다. 매기는 목숨을 걸고 뛰어 마침내 국경을 넘었다. 어머니, 언니, 형부, 남동생, 삼촌, 숙모 모두 무사했다. 매기와 가족은 자유를 되찾았다.

매기의 짙은 갈색 눈동자는 시련을 겪어본 적 없는 사람처럼 반짝였다. "어머니는 그때 발가락을 잃으셨어요. 얼음장 같이 차가운 겨울밤에 끔찍한 동상에 걸리셨지만 힘들다는 소리 한마디 하지 않으셨죠. 시간이 한참 지나 미국에 건너와서야 둘째 발가락 절단 수술을 받으셨어요. 그때까지 계속 고통에 시달리셨죠. 발가락 하나를 잘라내고는 양쪽 신발 사이즈를 짝짝이로 신으셔야 했답니다!"

매기가 미소 지었다. 그다음 이야기는 꽤 또렷이 기억난다. 헝가리를 탈출한 매기와 어머니, 언니, 형부, 남동생은 난민 수용소가 있는 비엔나로 옮겨졌다. 그곳에서 어디로 가게 될지는 알 수 없었다. 행운이 따랐는지, 매기의 가족은 후원자를 찾아 미국에 다시 정착하게 됐다. 1957년 1월, 막 열세 살이 된 매기는 가족과 함께 로스앤젤레스에 새로운 터전을 잡았다.

매기는 다시 한번 새로운 언어를 배워야 했다. 이번에는 영어였다.

"영어와 헝가리어가 제일 편해요. 히브리어는 거의 까먹었어요. 부끄럽지만 루마니아어 실력은 형편없답니다. 저는 캘리포니아에서 가족과 함께 16년을 살았어요. 그리고 1964년 형부의 친구였던 마이크 발리를 만났죠. 우리는 첫 눈에 사랑에 빠졌어요."

두 사람은 놀라울 만큼 공통점이 많았다. 마이크 또한 헝가리 난민 출신이었다. 자유의 투사로 활동했으며, 죽을 고비를 겨우 넘겨 소련의 통제에서 벗어났다. "우리는 만난 지 1년도 채 되지 않아 결혼식을 올렸어요. 마이크는 로스앤젤레스의 북적이는 삶을 썩 좋아하지 않았어요. 그래서 1973년 한적한 오리건주 북동부에서 사업을 시작했죠. 캘리포니아주보다 추워서 고향이랑 비슷하게 느껴졌어요."

매기와 마이크는 왈로와산맥으로 둘러싸인 응달에 식료품점 겸 식당인 발리네를 열어 부지런히 생계를 꾸려나갔다. 이 매력적인 가게는 40년이 넘도록 성황을 이루며 공동체에 스며들었다. 매기는 얼마 안 돼 아이를 둘 낳았다. 내가 매기와 처음 만난 것이 바로 이 시기다.

2005년, 매기의 삶에 또다시 변화가 찾아왔다. 마이크에게 일과성 허혈 발작으로 인한 마비와 기억 감퇴가 찾아왔고, 증상은 점차 악화됐다. 매기는 남편을 돌보던 중 유방암을 발견했다. 전문 요리사로 일하던 아들 마이크와 며느리 디온Dionne이 가업을 잇기 위해 고향 마을로 돌아왔다. 남편의 건강이 점차 악화되자 매기는 일을 그만두고 남편과 함께 딸 모니카Monika가 살던 포틀랜드로 이사했다. 매기는 간병과 유방암 치료를 병행하며 2011년 마이크가 세상을 떠날 때까지

정성을 다해 남편을 돌봤다.

매기는 상실로 인한 슬픔을 솔직하게 드러냈다. "정말 힘들었어요. 그렇다고 마음의 문을 닫고 시들어갈 수는 없잖아요. 혼자 슬픔을 다스릴 수 있다고 생각하던 때도 있었지만 딸이 주변에 도움을 청해도 괜찮다고 격려해 준 덕분에 일주일에 한 번씩 유가족 모임에 참석했어요. 마음이 찢어질 듯 아프고 신경이 곤두섰지만 우리는 용감하게 고통에 맞서 싸웠지요. 그리고 저는 마침내 자기 연민에서 빠져나오는 방법을 찾았어요."

"그 방법이 무엇이었나요?"

"포기하지 않고 더 나은 태도로 세상을 살면 돼요. 저는 나가서 산책을 하고, 어여쁘게 핀 꽃과 나무, 새, 자연을 관찰했어요. 하지만 고통에서 벗어나는 가장 좋은 방법이 뭔 줄 아세요? 다른 사람을 돕는 거예요. 타인의 행복을 위해 노력하다 보면 어느새 행복해지거든요. 관심과 걱정을 밖으로 돌리자 고통이 줄어들더군요."

매기의 이야기를 들으니 샌프란시스코 출신 신경과학자 리처드 데이비슨Richard Davidson의 행복한 두뇌를 주제로 한 연구가 떠올랐다. 데이비슨의 연구 결과는 매기의 경험과 일맥상통했다. 긍정적 태도는 행복감에 영향을 미친다. 데이비슨은 이에 그치지 않고 긍정적 태도를 갖추는 가장 빠른 방법은 타인에게 애정과 연민을 가지는 것이라고 주장했다. 우리 뇌는 타인을 도우면서 기뻐한다.

하지만 내가 매기에게 얻은 교훈은 그것뿐만이 아니었다. 긍정적 태도와 행복을 원한다면 감사하는 마음을 품어야 한다는 것이 매기의 이야기다.

"전 그저 살아있음에 감사해요! 매일 아침 눈을 뜰 때 기쁨을 느낀답니다. 우리에게 주어진 하루하루가 선물이에요. 저는 늘 오늘이 인생의 마지막 날인 것처럼 살아요."

매기를 보고 있으니 웃음이 나왔다. 매기는 처음 만났을 때부터 지금까지 한결같이 긍정적이었다.

"어머니에게서 이런 태도를 배운 것 같아요." 매기가 이야기했다. "어머니는 용기 있고, 강하고, 인생을 내다보는 혜안이 뛰어났어요. 저보다 훨씬 모진 삶에서 살아남았으면서도 힘들다는 말 한마디 하지 않으셨어요. 스스로를 안쓰럽게 여기신 적이 한 번도 없지요. 이민자로 살아온 경험도 긍정적 태도를 형성하는 데 영향을 미친 것 같아요."

"어떤 면에서요?" 궁금함을 참을 수 없었다.

"저는 난민으로 이 나라 저 나라를 떠돌면서 건강한 삶의 방식을 배웠어요. 두렵더라도 새로운 도전을 주저하면 안 돼요. 무엇이든 한 번은 해 봐야죠. 과감하게 밀어붙여 보세요! 결과가 엉망진창이면 어떻게 하냐고요?" 매기가 웃었다. "저는 새로운 언어를 배울 때마다 엉망진창이었어요! 그냥 웃어넘기세요. 삶이란 게 원래 그렇답니다."

매기는 내가 본 그 누구보다 삶을 포용할 줄 아는 사람이었다.

"암을 진단받고 그런 마음가짐이 더 커진 것 같아요. 예전에는 저도 무언가에 온 신경을 쏟곤 했어요. 이제는 안 그래요. 생각만큼 중요한 일이 아니더라고요. 요즘에는 진정 추구할 가치가 있는 것이 무엇인지 고민해요. 또 어느 것도 당연하게 여기지 않으려고 노력하죠. 삶의 부정적인 측면을 회피하려는 게 아니에요. 긍정적 측면에 감사하기로 결정한 거죠."

나는 잠시 매기의 말을 곱씹었다. 우리는 긍정을 선택할 수 있다.

"살다 보면 위기가 찾아올 거예요. 모든 시련을 피해 갈 수는 없어요. 하지만 저는 인생을 살면서 '어떻게 이 고통에서 벗어날 수 있을까?'라고 묻는 대신 슬픔과 좌절과 공허를 긍정적인 무언가로 탈바꿈하도록 노력해야 한다는 교훈을 얻었지요.

마이크를 잃은 후로 줄곧 혼자 지내고 있어요. 하지만 외롭지는 않아요. 주변에 사람이 많거든요. 나이나 국적, 문화는 중요하지 않아요. 저는 꼬맹이부터 95세 호호 할머니까지 모두와 친구가 될 수 있어요! 특히 나이 많은 사람과 어울리면서 많이 배우죠. 저는 매년 기분 좋게 늙어가요. 나이 드는 게 불편하지 않답니다. 당신의 나이를 그냥 받아들이세요. 두려워할 이유가 없잖아요. 어쨌든 숫자일 뿐인 걸요. 모든 사람은 늙어요. 여기저기 아프고 쑤시겠죠. 그래서 뭐요? 아픈 곳을 쓱쓱 문지르고, 찜질도 좀 하고, 일어나서 움직이세요. 저는 또 다른 한 해, 또 다른 하루가 주어진 것에 그저 감사하답니다!"

그날 늦은 아침, 나는 한결 행복해진 채 매기의 아파트를 나섰다. 한 달쯤 뒤에 다시 만나 매기가 요리해 주는 헝가리 음식을 점심으로 먹으며 이런저런 이야기를 나누자고 약속했다.

하지만 생각지도 못한 일이 일어났다.

2020년 3월, 팬데믹이 전 세계를 휩쓸었다. 누구도 예상하지 못한 가혹한 사건이었다. 오리건주 전체가 격리에 들어갔다. 매기 또한 예외는 아니었다. 나는 코로나19라는 재앙으로 오롯이 홀로 고립된 매기가 어떻게 지내고 있는지 알아보려 전화를 걸었다. 이 끔찍한 바이러스는 수많은 노인을 사지로 몰아넣었다.

하지만 나는 전화번호를 누르기 전에 매기만은 팬데믹을 남들과는 조금 다른 관점에서 바라볼 것이라고 짐작했어야 했다. 매기는 어떤 상황에서든 긍정의 빛을 비출 수 있는 사람이었다. 전화가 연결됐고, 매기는 여전했다. 두려운 기색이란 없이 차분하고 왜인지 단단하게 느껴지는 목소리 또한 그대로였다.

"다들 지금이 최악의 시기라고 생각할 거예요. 물론 엄청난 비극이죠. 하지만 역사를 살아온 사람은 알 거예요. 이게 끝이 아니에요. 희망을 잃으면 안 돼요. 어쩌면 예전보다 좋아지는 부분이 있을지도 모르죠."

매기의 긍정적 태도는 새삼스럽지 않았지만, 코로나 이후 삶이 더 나아질 것이라는 의견은 놀라웠다. "어떤 부분이요?"

"혁명이 일어나기 전 헝가리에서의 삶이 교훈이 되어줄지도 모르겠네요." 매기가 설명했다. "예전에는 사람들이 함께하는 시간이 훨씬 많았어요. 가족이 다 같이 모여서 요리하고 놀면서 시간을 보냈죠. 하지만 요즘에는 다들 각자 살기 바빠서 가족끼리 모이기가 쉽지 않죠. 우리 가족도 그렇고요.

차이는 그뿐만이 아니에요. 예전과 아주 달라진 점이 또 하나 있어요. 젊은이들은 이제 노인에게 큰 관심이 없답니다. 잠시 멈춰서 귀를 기울인다면 많은 걸 배울 수 있을 텐데요! 우리 노인네들이야 워낙 추억을 곱씹고 나누기를 좋아하니 더할 나위 없을 거예요." 매기의 얼굴에 미소가 떠올랐다. "하지만 요즘 아이들은 할아버지 할머니에게 나눠줄 시간도 의지도 크게 없을뿐더러 인내심도 부족하지요. '할머니가 뭘 알아요? 할머니는 너무 늙었잖아요.' 요즘 애들이 그래요."

"옛날 헝가리에서는 어땠나요?"

"우리는 항상 어른을 공경했어요. 특히 조부모님에게는 아주 깍듯했죠." 매기가 대답했다. "버스를 타고 가는데 어른이 서있으면 바로 자리를 양보했어요. 짐을 들고 가는 분이 보이면 당장 길을 건너 물어보지도 않고 짐을 들어드렸죠. 꼭 '노인'이 아니라 겨우 다섯 살 많은 어른이라도 마찬가지였답니다! 손위 형제한테도 똑같이 행동했죠. 그냥 타인을 배려하고 존중하는 태도가 몸에 밴 거예요. 우리 문화권에서는 애들을 그렇게 키웠어요. 나이 들어가는 부모님과 조부모님을 돌보는 게 당연했죠."

매기의 목소리가 점점 활기를 띠었다. "하지만 다들 이번 팬데믹으로 교훈을 얻을지도 몰라요. 서로의 소중함을 깨닫고 함께하는 시간이 얼마나 큰 선물인지 알게 될 수도 있죠. 세상이 서로 사랑하고, 노인을 공경하고, 무엇보다 타인에게 조금 더 친절하게 대하라는 신호를 보내는 것 같기도 해요."

지금으로서는 서로에게 더 친절한 세상이 먼 얘기처럼 들린다. 하지만 매기가 옳은 듯하다. 우리는 사랑과 공경과 친절을 실천할 수 있도록 노력해야 할 것이다.

매기는 우리 가족의 안부를 묻더니 자신과 가족은 모두 잘 지내고 있으니 걱정하지 말라고 덧붙였다. "지금껏 살아오면서 겪은 고난 덕분에 한층 더 굳건해질 수 있었던 것 같아요. 출신이나 배경과 관계없이 삶과 사람을 귀하게 여기는 방법을 배웠죠. 또 타인과 더불어 걸어가는 길이 곧 기쁨으로 향하는 길이라는 사실을 깨달았어요. 지금은 어쩔 수 없이 다들 고립돼 있지만 연락이야 얼마든지 할 수 있죠. 그러니 저와 통화한 뒤에 다시 전화를 들어요! 스카이프를 해도 좋고, 편지를 써도 좋아요."

나는 지금까지 매기가 쓴 편지가 몇 장이나 될지, 연락한 친구가 몇 명이나 될지 그저 짐작해 볼 따름이었다.

"중요한 건 다른 사람을 생각하는 마음이에요. 짧은 편지 한 장 쓰는 데 대단한 노력이 필요한 건 아니잖아요. 하지만 상대방을 생각하며 자리에 앉아 편지를 쓰는 동안 내가 기뻐하는 만큼 편지를 받은 상대방 또한 기쁨을 느끼겠지요." 매기가 잠시 침묵을 지키더니 사려 깊게 말을 이어나갔다. "팬데믹을 헤쳐나가는 건 건초 더미에 몸을 숨기는 것과 비슷한 구석이 있어요."

"어떤 점에서요?"

"적을 피해 몸을 숨겼지만 결국 함께하잖아요. 우리는 이

난관을 이겨낼 거예요. 이번 팬데믹은 지금껏 겪은 어떤 고난과도 다르지만 한 가지만은 같아요. 모두 각자의 자리에서 할 수 있는 일을 하되 믿음과 용기를 가지고 서로가 서로를 필요로 한다는 사실을 깨닫는다면 다 괜찮아질 거예요."

매기의 말을 듣고 있자니 왠지 모르게 세상을 휩쓴 끔찍한 전염병이 별것 아닌 일처럼 느껴졌다.

젊음과 생기가 넘치는, 요정처럼 자그마한 얼굴이 눈앞에 그려졌다.

언제나처럼 매기는 짙은 갈색 눈동자를 반짝이며 웃고 있을 것이다.

언제든 다시 빛이 비출 것이다

매기 발리는 나에게 큰 가르침을 줬다. 대부분의 미국인은 상상조차 하지 못할 격동의 세월 속에서 매기는 매번 살아남아 풍요로운 삶을 일궜다. 어떻게 그럴 수 있었을까? 매기의 대답은 단순하다. "저는 늘 삶에 긍정적인 태도를 유지했어요. 어떤 어려움이 닥치든 믿음과 희망을 가지고 매사에 최선을 다하면 다시 빛이 비추리란 것을 알았죠."

긍정적인 태도는 인생을 살면서 맞닥뜨리는 피할 수 없는 스트레스 상황으로부터 회복하는 능력을 기르는 데 도움을 준다. 스스로 긍정적 감정을 이끌어내는 방법을 익힌다면 더 건강해지고 회복력이 강해질 뿐 아니라 타인은 물론 주변 세상과 더욱 돈독하게 연결된 삶을 살 수 있을 것이다.

상황 그 자체보다 어떤 상황을 대하는 태도가 건강과 행복, 효율에 더 많은 영향을 미친다. 매사에 긍정적인 사람은 고난과 역경 한가운데서도 즐겁고 만족스러운 삶을 살 수 있다. 매기가 핵심을 정확하게 짚어줬다. 우리는 어떤 상황에서도 희망을 잃어서는 안 된다. 정신과 의사 칼 메닝거Karl Menninger는 "사실보다 태도가 중요하다"라고 주장했다.

긍정적 감정은 단순히 '기분이 좋게' 만드는 데 그치지 않는다. 최근 진행된 연구는 우리의 태도가 건강과 밀접한 관계가 있음을 시사한다. 정신과 신체는 강력한 연관성을 지니기에 우리 생각은 몸에 지대한 영향을 미친다. 실제로 낙관적 태도에는 만성질환 발병 위험을 감소시키는 효과가 있다.

뉴욕 마운트 시나이 병원에 근무하는 심장병 전문의 앨런 로잔스키Alan Rozanski는 긍정성을 주제로 한 연구에서 낙관적인 사람은 비관적인 사람에 비해 심장마비에 걸릴 확률이 현저히 낮을 뿐 아니라 원인이 무엇이든 사망에 이를 가능성이 줄어든다는 사실을 밝혀냈다. 《미국의사협회 저널Journal of the American Medical Association》에 등재된 메타 분석 또한 비슷한 결과를 보여줬다. 총 20만 9436명을 대상으로 낙관성과 비관성이 건강에 미치는 영향을 관찰한 15개 연구를 종합한 결과, 낙관성 정도가 최상위에 해당하는 사람은 심혈관 질환에 걸릴 확률이 35퍼센트 낮게 나타났다.

비관성은 신체의 염증 수치를 높인다. 비관적 태도로 활성화된 투쟁 도피 반응이 누적되면 신체는 쉽게 지친다.

반면 긍정성은 면역 체계를 강화한다. 긍정적 태도는 혈압을 낮추고 혈당 수치를 건강한 수준으로 유지하는 데 도움을 준다. 또 미래를 긍정적으로 바라보는 사람은 '예외적으로 장수할' 가능성이 크다. 개인의 사회경제적 지위, 건강 상태, 흡연 여부, 식단, 음주 습관과 별개로 낙관성은 노인의 수명을 연장하는 중요한 심리사회적 자원으로 작용한다.

낙관주의자는 스트레스 상황을 긍정적 관점에서 바라보는 능력이 있기에 삶의 고난과 역경을 상대적으로 무던하게 받아들인다. 심지어 건강이 악화되거나 예후가 좋지 않더라도 긍정적 태도로 끝내 좋은 결과를 낳곤 한다.

94세 앤 크럼패커Ann Crumpacker가 이를 잘 보여준다. 나와 마시가 앤의 아파트를 방문한 날, 우리는 온갖 병마와 싸우면서 긍정적인 태도를 유지할 수 있는 비결이 대체 무엇이냐고 물었다. 앤은 주저하는 기색조차 없이 이렇게 대답했다.

"저는 스스로를 가엾게 여긴 적이 한 번도 없어요. 누군가 '삶이 너무 불공평하잖아'라고 이야기하면 저는 '삶이 공평할 거라고 누가 그랬어?'라고 맞받아치죠." 앤은 책상 위에 놓인 액자 속 캘리그래피를 가리켰다. "제 모토예요." 얼굴에는 빙그레 웃음이 떠올라 있었다. "근심하지 마라. 행동하라."

하지만 사람들은 계속해서 의심한다. 태도는 타고나는

것 아닌가? 원래부터 비관적인 사람은 계속 그렇게 살아야 하는 게 아닌가? 댄 뷰트너와 행복을 연구하는 학자들에 따르면, 다행스럽게도 행복의 40퍼센트는 노력에 달려있다. 뷰트너는 다음과 같은 방법으로 행복을 추구하라고 조언한다.

> 돈보다 적성을 고려해서 직업을 선택하라. 매일 일곱 시간을 사람들 사이에서 보내라. 새로운 일에 도전하라. 일주일에 두 번 성관계를 가져라. 매일 밤 일곱 시간 수면을 취하고, 개를 키우고, 사랑에 빠지고, 아이를 낳고, 올바른 장소에 거주하라.

올바른 장소란 자전거를 타고 다닐 수 있고, 건강한 음식을 섭취할 수 있으며, 도시 정책이 시민의 안전에 초점을 맞춘 곳을 뜻한다.

긍정적 태도를 갖추기가 쉽지 않은 것은 인정한다. 특히 삶이 원하는 방향으로 나아가지 않는다면 더욱 그렇다. 사실 많은 사람이 긍정적 사고를 인간의 본성에 반하는 '지나치게 단순'하고 '지나치게 비현실적'인 바보의 '허황된 꿈'일 뿐이라고 생각한다. 하지만 긍정의 힘은 엄청나다. 무엇이든 할 수 있다는 긍정적 태도를 지닌 사람은 좋지 않은 상황이 닥쳤을 때 어쩔 수 없다며 지레 포기하는 대신 삶의 장애물을 극복하려고 노력한다.

　노스웨스턴 의과대학의 오셔통합의학센터Osher Center for Integrative Medicine에서 연구 소장직을 맡고 있는 주디스 모스코위츠Judith Moskowitz 공중보건학 박사는 긍정적 감정이 수명을 연장하고, 건강을 개선하며, 심리적 안녕을 증진한다는 결론을 내렸다. 모스코위츠 박사는 긍정적인 감정을 불러일으키는 여덟 가지 방법을 소개했다. 이 여덟 가지 방법을 매일 실천하면 스트레스 상황에 유연하게 대처하고 삶에 대한 만족감을 느낄 수 있을 것이다.

긍정성의 문을 여는 여덟 가지 방법

1. 매일 긍정적인 사건을 찾아라(맛있는 커피처럼 사소한 것이라도 좋다).

2. 그리고 바로 그 긍정적인 사건을 향유하라. 일기에 그 사건을 적어라.

3. 가족이나 친구 등 무언가에 감사하는 마음을 가지는 시간을 따로 마련하고 감사 일기를 작성하라.

4. 마음 챙김을 실천하라. 이때 스스로가 어떤 생각을 하는지 인식해야 한다. 머릿속에 부정적 생각이 떠오르면 재빨리 성경 구절이나 좋았던 기억 등으로 나쁜 감정을 덮어라.

5. 사건과 사건에 대한 평가를 긍정적으로 재구성하라.

6. 자신의 장점이 무엇인지 알고, 떠올려라. 당신은 좋은 친구인가? 친절한가? 누군가를 웃게 하는가? 당신이 지닌 긍정적 측면을 기억하라.

7. 성취 가능한 목표를 세우고 그것을 이루기 위해 노력하라. 인간은 현실적 목표를 세우고 그것을 향해 나아가는 과정에서 긍정적 감정과 성취감을 느낀다.

8. 친절을 베풀어라.

마지막 방법은 특히 강력하다. 친절을 베풀면 기분이 좋아질 뿐 아니라 건강이 개선된다. 다른 사람을 위해 문을 잡아주거나 눈이 마주친 사람에게 웃어주는 것처럼 쉽고 단순한 행동이라도 좋다. 타인에게 친절한 사람은 더 큰 행복과 세상에 강한 유대를 느낀다.

게다가 긍정적인 태도는 잘 늙어가는 데 엄청난 영향을 미친다. 노화를 어떻게 받아들이는지가 노화 자체보다 중요하다. 그리고 우리는 노화를 대하는 태도를 스스로 결정할 수 있다. 앞서 말했듯, 노인 차별에서 벗어나 긍정적 관점으로 노화를 바라보는 것만으로 수명이 7.5년까지 길어진다. 강한 신념과 믿음이 수명을 연장하고 행복을 증폭한다는 것은 연구로도 밝혀진 사실이다.

사고를 내부가 아닌 외부로 돌리고, 내가 아닌 남에게 시야를 맞추고, 타인에게 연민을 가지는 것은 결국 삶에 대한 긍정적 태도로 이어질 것이다. 그렇다면 긍정적인 태도는 어떤 결과를 불러올까?

랍비 조시 스탬퍼가 말했듯 "우리는 자신보다 타인의 안녕을 추구하고, 타인의 눈물을 닦아주며 기쁨을 찾을 것이다".

멋진 여행을
마무리하며

지도가 거의 완성됐다. 이제 마지막 한 가지만 남았다.

지금 내가 선 자리에서 언뜻 정상이 보인다. 산꼭대기 아래 짙게 낀 안개 속에서 휴식을 취하며 앞으로 남은 길을 바라본다. 울퉁불퉁한 바위 탓에 경로가 험난한 데다 자칫하면 잘못된 길로 접어들기 십상이지만 눈앞에 펼쳐진 풍경은 나에게 흔들리지 않는 무언가를 남긴다.

나는 이 길을 따라 마지막 등반에 나서려고 한다. 바로 이곳에서 아름다움을 목격했기 때문이다.

이 여정은 사고로 시작됐다. 제정신인 사람이라면 사고가 난 덕분에 인생 경로가 바뀌게 되었다며 감사하지는 않을 것이다. 하지만 나는 사고를 겪으며 불안을 직면했고, 대부분이 생각하기조차 꺼리는 모험에 나설 용기를 낼 수 있었다.

많은 사람이 그렇듯, 나 또한 노화를 두려워했다.

그렇게 나는 첫걸음을 뗐다.

나침반은 있었지만 지도는 없었다. 그래서 지도를 만들어야겠다는 생각으로 질문을 던지기 시작했다. 앞으로 나아가야 할 방향성을 설정하며 엘리자베스에게 자문을 구했다. 나보다 훨씬 앞서 이 길을 걸어간 이들의 조언은 큰 힘이 돼줬다.

여정에 나선 지 얼마 되지 않아 노화의 새로운 면이 눈에 들어왔다. 잘 나이 들어온 사람들은 노화라는 여정에서 순수한 기쁨을 찾았다. 새로운 방식으로 세상을 바라보고, 더 깊고 큰 의미를 발견했으며, 슬픔 한가운데서도 사랑을 나눴다.

나는 내가 만난 모든 인물에게서 교훈을 얻었다. 여행을 나서기 전 철저히 준비해야 한다. 앞으로 걸어야 할 길에는 많은 노력이 필요하다. 핵심은 마음을 다스리는 것이다. 자칫 마음을 놓으면 위험한 길에 접어들 수 있으니 항상 주변을 주의 깊게 살펴야 한다. 피해 갈 수 있는 장애물이 있는가 하면, 정면 돌파해야 하는 장애물도 있다. 먹구름이 끼더라도 긍정적 태도와 희망을 잃어서는 안 된다.

여정의 시작부터 끝까지 목적의식을 가져야 한다. 한 해 한 해를 소중하게 보내라. 다음 세대에게 연민을 가지고, 후대와 지구를 위해 선을 실천하라. 삶에 감사하라. 자연과 가까이 지낼 수 있도록 노력하라. 자연은 행복을 선사한다. 그리고 어떤 상황에서든 가족과 친구를 소중히 여겨라.

정상으로 향하는 과정에는 힘겹고, 슬프고, 안타까운 시간도 있을 것이다. 노화는 상실을 동반한다. 하지만 우리의 길잡이들이 말해주듯, 결국에는 그만한 보상이 따른다.

지도를 내려다보니 이전에는 상상조차 할 수 없었던 반짝이는 선물이 우리가 걸어야 할 길을 비추고 있었다.

하지만 마지막으로 그려 넣어야 할 표지가 하나 남았다. 미처 깨닫지 못했지만 이는 항상 내 곁에 있었고, 정상에 가까워질수록 존재감은 커져갔다. 나는 올해로 102세 생일을 맞이하는 캘리그래피 작가 루실 피어스의 말을 지도에 새기며 작업을 마무리하려고 한다.

"삶의 모든 단계가 축복이자 시험이에요. 그러니 지금 할 수 있는 일을 즐기세요. 우리에게 주어진 기회는 지금뿐이거든요. 나이 드는 것은 생각만큼 무시무시하지 않답니다. 신체 활동과 정신 활동을 계속하며 건강을 지키려 노력하세요. 또 이 세상에 영원한 건 없다는 사실을 명심하세요. 우리도 언젠가 사라질 거예요. 대수롭지 않게 웃어넘기는 게 도움이 될 때도 있답니다. 죽음도 결국 삶의 한 단계라는 사실을 잊어서는 안 돼요.

저는 운이 좋았어요. 오랜 신앙 덕분에 의지할 수 있는 공동체와 올바른 길로 향하는 지침을 얻을 수 있었으니까요.

이 땅에서의 소중한 삶이 끝난 다음에는 어떤 여정이 펼쳐질지 알 수 없어요. 하지만 저는 믿음 속에서 두려움이 아닌 거대한 경외를 느낀답니다. 삶에서든 죽음에서든 우리가 해야 할 일은 하나뿐이에요.

사랑하세요."

3부

계획성:

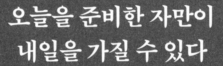

오늘을 준비한 자만이
내일을 가질 수 있다

오늘 준비한 자만이
내일을 가질 수 있다.

아프리카 속담

65세 이상 노인의
주요 사망 원인

인간의 뼈는 신생아기부터 20대, 늦게는 30대까지 성장한다. 뼈를 튼튼하게 하려면 칼슘과 비타민 D를 충분히 섭취하고 하중을 견디는 운동을 해야 한다. 대부분 20대에는 골밀도가 비교적 안정적이며, 이 수치는 보통 10~20년가량 지속된다.

하지만 나이가 들면서 골밀도는 점차 감소하는데, 이는 남성보다 여성에게서 더욱 두드러지게 나타난다. 여성의 골밀도 변화는 대개 폐경기에 일어난다.

폐경기에 접어든 여성은 약 7년 동안 급격한 골밀도 감소를 경험한다. 폐경기가 끝난 후에도 속도가 느려질 뿐, 골밀도는 계속해서 감소한다. 일부 여성은 폐경기에 호르몬제를 복용한다. 호르몬제를 복용하는 동안에는 골밀도 감소를 멈출 수 있지만 약을 끊으면 다시 감소된다. 안타깝지만 호르몬제 복용은 뼈를 보호하는 올바른 방법이라고 할 수 없다.

그렇다면 뼈 건강을 유지하는 이상적인 방법은 무엇일까? 아주 쉽고, 간단하고, 자연스럽다. 어릴 때 신나게 뛰놀면 된다! 또 유소년기와 이른 성인기에 칼슘과 비타민 D를 적정량 섭취할 수 있도록 우유를 충분히 마셔야 한다. 이렇듯 어린 시절 신나게 뛰놀고 우유를 충분히 마시는 것으로 골 손실을 예방할 수 있으니 당신의 자녀와 손주가 화면에서 눈을 떼지 못하고 있다면 당장 밖으로 나가 뛰놀도록 등을 떠밀어라.

하지만 어린 시절 뼈를 튼튼하게 만들지 못했다면 어떻게 해야 할까? 지금부터 시작해 평생 몇 가지 습관만 실천하면 뼈를 보호할 수 있으니 걱정하지 않아도 된다. 다음에 소개하는 여섯 가지 생활 습관은 건강하고 튼튼한 뼈대를 갖추는데 큰 도움이 될 것이다.

1. 운동하라

노년에 건강한 뼈를 유지하고 싶다면 하중을 견디는 운동을 하라. 뼈에 부하를 주는 활동으로는 역도, 요가, 달리기, 고무 밴드를 사용한 저항 훈련 등이 있다. 어린 시절 체육 시간에 열심히 하던 팔 벌려 뛰기 또한 뼈에 충격을 줘서 뼈를 튼튼하게 만든다.

안타깝지만 연구 결과에 따르면 수상 스포츠는 중력의 영향을 받지 않기 때문에 뼈 건강에 크게 유익하지 않다. 걷기와 자전거 타기도 뼈에 '충격'을 주기에는 충분하지 않다. 우리가 걸음을 옮기고 페달을 밟는 동안 심장은 열심히 일하겠지만 뼈는 휴식을 취할 뿐이다.

매주 세 번, 적어도 30분 동안 하중을 견디는 운동을 하길 추천한다. 고관절은 다루기가 꽤 까다롭다. 몸속 깊숙이 자리하고 있기에 외부 충격으로부터 보호받을 수 있지만 반대로 생각하면 이는 뼈를 튼튼하게 만들어 주는 충격을 가하기 어렵다는 단점이 될 수도 있다. 무릎에 문제가 없다면 고관절에 충격을 가해 뼈 건강을 챙길 수 있도록 계단 뛰어 내려가기나 팔 벌려 뛰기 같은 운동을 실천하라.

2. 비타민 D를 충분히 섭취하라

하루가 멀다 하고 다른 연구 결과가 발표될 정도로 비타민 D의 효능을 둘러싼 논란이 많다. 하지만 비타민 D가 뼈 건강을 지키는 데 도움을 준다는 것에는 이견이 없다.

과거에는 햇볕을 통해 비타민 D를 충분히 합성할 수 있었다. 하지만 실내 근무가 많아지고 오존층 파괴에 따른 유해 자외선을 차단하기 위해 SPF 지수가 50 이상인 선크림 사용을 권장하면서 상황이 바뀌었다. 선크림은 비타민 D 흡수를 방해해 비타민 D 결핍 위험을 높인다. 하지만 비타민 D 합성을 이유로 선크림 사용을 중단해서는 안 된다! 선크림은 자외선에 노출되면서 발생할 수 있는 각종 유해한 영향으로부터 피부를 보호하기 때문이다. 그렇다면 어떤 대안을 선택해야 할까?

음식으로 비타민 D를 섭취할 수 있다.

뼈 건강을 유지하려면 매일 1000~2000IU가량의 비타민 D_3(콜레칼시페롤)를 섭취해야 한다. 권장량을 가늠하기 쉽게 예시를 들어보겠다. 우유 한 잔 또는 저지방 고단백 그릭 요거트 한 컵을 먹으면 비타민 D 권장 섭취량의 15퍼센트를 충족할 수 있다. 또 연어 85그램은 비타민 D 400IU를 포함한다. 이는 일일 섭취량의 거의 절반에 달한다!

우유나 요구르트를 그리 좋아하지 않는 사람이라면 자신이 하루 동안 음식을 통해 섭취하는 비타민 D의 양을 대략적으로 확인해 보고 영양제로 나머지를 보충해도 좋다. 유제품을 하루 한 잔 섭취하는 사람의 경우 콜레칼시페롤 약 600~800IU를 영양제로 섭취해야 한다.

3. 칼슘을 충분히 섭취하라

칼슘 또한 논란이 분분하지만 뼈 건강을 유지하는 데 없어서는 안 될 중요한 역할을 한다. 유제품 1회 섭취량에 포함된 칼슘은 약 300mg으로 함량이 가장 높지만, 칼슘을 함유한 식품은 유제품 외에도 다양하다. 양귀비 씨앗, 참깨, 치아 시드 등 각종 씨앗, 정어리, 흰강낭콩 등 콩류, 편두, 아몬드, 케일, 풋콩, 두부 또한 훌륭한 칼슘 공급원이다. 음식으로 1일 칼슘 권장량을 충족할 수 있다면 가장 좋겠지만 식단만으로 칼슘을 충분히 섭취하기 어렵다면 영양제를 복용해 매일 1000mg을 채워야 한다.

4. 음주 및 흡연을 제한하라

음주와 흡연은 골 손실을 유도한다. 금연과 금주는 건강을 유지하는 가장 좋은 방법으로 꼽힌다. 뼈 건강을 생각하면 알코올 섭취량을 하루 한 잔 이하로 제한해야 한다. 골밀도가 낮은 사람이라면 완전 금주를 고려해 보길 추천한다.

5. 65세 이상 여성이라면 골밀도 검사로
골다공증 여부를 확인하라

참고로 남성은 80세까지 골다공증 검사를 받을 필요가 없으며 80세 이후에도 골다공증에 걸릴 확률은 높지 않다.

골밀도 검사에서 골다공증을 진단받았거나 골절 위험도 예측 점수가 높게 나왔다면 골밀도를 증가시키는 약을 복용해야 한다. 골다공증 치료제 중 가장 잘 알려진 동시에 가장 많은 사람이 꺼리는 약물은 포사맥스정이라는 이름으로 유통되는 알렌드로네이트일 것이다. 알렌드로네이트는 골밀도를 높이는 데 무척 효과적이다. 실제로 나를 찾은 많은 환자가 알렌드로네이트 등 골다공증 치료제를 복용하고 골절을 예방했다. 노령 환자의 경우 대개 복용을 시작하고 1~2년 사이에 증상이 호전되지만 나는 5년 동안 약물을 복용한 후 경과에 따라 복용 중단 여부를 결정하라고 권고한다.

그렇다면 환자가 포사맥스를 비롯한 골다공증 치료제를 꺼리는 이유는 무엇일까? 골다공증 치료제 중 일부는 턱뼈로 혈액이 공급되는 것을 방해해 괴사를 유발한다고 알려져 있다. 하지만 턱뼈 괴사 같은 부작용이 발생할 확률은 생각보다 훨씬 낮으며, 골다공증 치료제가 아닌 암 치료제로 주로 처방되는 비스포스포네이트 정맥주사와 관련이 깊다. 그러니 골절 위험도 검사에서 향후 10년 내 고관절 골절 위험이 3퍼센트 이상이라는 결과가 나왔다면 뼈 건강을 개선하기 위해 향후 몇 년 동안 알렌드로네이트 등 골다공증 치료제를 복용하길 권고한다. 물론 약물을 복용하는 동안에도 비타민 D와 칼슘을 충분히 섭취하고 부하 운동을 꾸준히 해야 한다.

6. 65세 이상 노인의
주요 사망 원인인 낙상을 예방하라

뼈가 건강하다면 넘어지더라도 고관절이 부러지는 등 심각한 골절상을 입지는 않겠지만 아무래도 뼈를 보호하는 가장 좋은 방법은 애초에 넘어지지 않는 것이다. 낙상은 65세 이상 노인의 사망 원인 중 가장 큰 것이며, 이유 또한 다양하니 위험 요인을 파악하고 원인을 최대한 제거해야 한다.

골 손실을 예방하려는 노력은 낙상을 방지하는 데도 효과적이다. 특히 꾸준한 운동은 낙상을 막는 데 무척 중요한 역할을 한다. 낙상 예방에 가장 좋은 운동은 태극권이다. 태극권은 낙상 위험을 무려 60퍼센트 낮추는 놀라운 결과를 보였다! 적당량의 비타민 D 섭취 또한 도움이 된다. 태극권과 비타민 D 섭취 외에도 다음에 소개하는 세 가지 방법으로 낙상 위험을 낮출 수 있다.

- 적합한 안경과 신발을 착용하라.

  야외에서 돋보기를 착용하면 낙상 위험이 높아진다. 그러니 독서용과 산책용 안경을 따로 준비해 두고 용도에 맞게 사용하길 추천한다. 마찬가지로 야외 걷기용 운동화와 안정적인 실내화를 현관문 앞에 비치해 두고 집을 드나들 때 신발을 갈아 신는 습관을 들여야 한다. 맨발이나 슬리퍼, 양말 차림은 위험하다. 나이 든 사람이 슬리퍼나 양말만 신고 집 안을 돌아다니다가 미끄러져 넘어질 확률은 실내화를 신었을 때보다 무려 열 배까지 높다.

- 낙상 위험을 높이는 약물 복용을 삼가라.

- 집 안의 위험 요소를 제거하라.

  단단히 고정되지 않은 러그, 각종 전기선, 어두운 공간, 손잡이 없는 계단, 어두운 조명 등 실내 낙상 위험을 높이는 요소는 생각보다 다양하다. 이미 넘어진 적이 있거나 넘어질 가능성이 큰 경우 작업 치료사에게 주기적으로 방문해 줄 것을 요청해 안전한 환경을 조성할 수 있도록 도움을 받아야 한다.

이렇듯 뼈 건강을 유지하고, 골다공증 위험을 줄이고, 낙상을 예방함으로써 골절 위험을 크게 낮출 수 있다. 마시가 증명했듯, 사고를 완벽히 예방할 방법은 없다. 어쨌든 누군가는 넘어져서 골절상을 입을 것이다.

하지만 평생에 걸쳐 뼈 건강을 관리한다면 나이 든 후에도 독립적인 생활을 유지할 수 있을 것이다. 앞에서 소개한 권장 사항을 실천하는 것은 약간 불편할 수 있지만, 기꺼이 감수할 만하다.

방광과 신장, 생식기:
삶의 질을 결정하는 3요소

요실금은 삶의 질을 떨어뜨리는 최악의 요인으로 손꼽힌다. 생각해 보라. 점심을 먹으러 나갈 때도, 한가로이 숲을 거닐 때도, 두 시간짜리 교향악단 공연을 관람할 때도 요실금 걱정을 한다면 그 순간을 온전히 즐길 수나 있겠는가?

요실금은 흔한 질병이다. 많은 사람이 적게는 몇 방울에서 많게는 속옷을 흠뻑 적실 만큼 흘러나오는 소변 때문에 일상생활을 하는 데 불편함을 겪는다. 자녀를 두엇 둔 여성이라면 노년에 요실금으로 고생할 확률은 더 높아진다.

지금부터 방광과 신장, 생식기 건강을 돌본다면 앞으로 삶의 질을 유지하는 데 큰 도움이 될 것이다. 이번 장에서는 요의를 조절하고(이는 실로 굉장한 업적이다!) 생식기 건강을 개선하는 방법을 이야기하며 신장 기능을 최적화하기 위해 피해야 할 행동을 설명하려 한다.

먼저 '요의를 조절'한다는 표현의 의미부터 짚고 넘어가겠다. 이는 변기에 앉거나 소변기에 서있는 등 소변을 봐도 괜찮은 장소에서만 제한적으로 배변 활동을 하는 능력을 가리킨다. 간단한 행동처럼 보이지만 사실 굉장히 복잡하다. 적절한 장소에서 적절히 소변을 보려면 뇌, 척수, 방광이 효율적으로 협력해야 한다. 뇌교라고 불리는 뇌 하부에 자리한 '배뇨 센터'에는 적절한 때 소변을 볼 수 있도록 배뇨 기능을 조절하는 신경세포가 모여있다. 뇌의 조금 더 높은 영역은 적절하지 않은 때, 즉 변기에 앉아있지 않을 때 소변을 보지 않도록 조절하는 기능을 담당한다.

척추의 반사 경로 또한 요의를 조절하는 데 도움이 된다. 뇌졸중, 당뇨병, 척추 협착증 같은 질병에 걸리면 정상적인 경로가 손상된다. 하지만 특정한 질병이 없더라도 노화로 인해 경로가 손상될 수 있다. 그렇다고 반드시 요실금이 발생하는 것은 아니니 요실금을 예방할 수 있도록 적극적으로 노력해야 한다.

요실금을 예방하는 다섯 가지 방법을 소개하겠다. 이는 요실금 증상을 완화하는 데도 무척 효과적이다.

1. 골반 저근 운동을 매일 100회씩 실시하라

골반 저근 운동을 실시하는 가장 좋은 방법을 익히고 싶다면 일단 변기에 앉아 배뇨를 시작하라. 그리고 소변 줄기를 멈추려고 시도해 보라. 소변 줄기가 멈췄다면 골반 저근을 제대로 단련한 것이다. 골반 저근 운동법을 익힌 다음부터는 절대로 변기에 앉아 소변을 참으려 하지 않길 바란다. 변기에 앉아 소변을 참는 행위는 방광이 배뇨를 해야 할 때 소변을 내보내지 않도록 훈련하는 것과 마찬가지기 때문이다. 하지만 골반 저근 운동을 학습하는 것을 목적으로 한 번 정도는 화장실에서 소변을 참아도 아무런 문제가 없을 것이다. 골반 저근 운동은 성별을 막론하고 때와 장소에 상관없이 실금을 경험하는 이들에게 도움이 된다.

그러니 화장실이 아닌 다른 장소에서 매일 100회씩 골반 저근 운동을 실시하라. 골반 저근을 수축하고 1~2초 정도 참았다가 힘을 풀면 된다. 운전할 때, 텔레비전을 볼 때, 컴퓨터 앞에서 일할 때, 책을 읽을 때 등 언제든 손쉽게 할 수 있다! 꼭 한 번에 100회를 채우지 않아도 괜찮으니 틈틈이 시간을 내서 매일 100회씩 골반 저근 운동을 실시하라.

연구 결과, 골반 저근 운동은 실제로 요실금 치료 및 완화에 효과적이었다. 일부 환자에게는 약물 복용보다 골반 저근 운동이 더 큰 도움이 됐다는 연구도 있다.

화장실에서 소변 줄기를 멈추기가 어려운 사람이라면(출산 경험이 있는 여성과 전립선 질환을 앓는 남성 다수가 이런 문제를 겪는다) 요실금 전문 물리치료사의 도움을 받아 요실금을 완화하는 다양한 방법을 시도해 보길 바란다. 마지막으로 골반저근 운동 및 물리치료는 여성뿐 아니라 방광 관련 질환을 앓는 남성에게도 효과적이라는 사실을 명심하라!

2. 액체 섭취 및 배뇨 시간을 제한하라

앉아있거나 서있다가 갑자기 요의를 느꼈는데 화장실까지 참지 못하고 실금해 본 경험이 있는가? 나이가 들면 방광과 뇌는 예전만큼 활발하게 소통하지 못한다. 노인 중에는 도저히 참을 수 없을 만큼 방광이 가득 차기 전까지 요의를 느끼지 못하는 사람도 더러 있다.

이런 불상사를 막으려면 방광이 가득 차기 전에 미리 소변을 봐야 한다. 대부분은 적어도 두세 시간에 한 번씩은 소변을 보며, 더 자주 화장실에 가야 하는 사람도 더러 있다.

안타깝게도 많은 노인이 요실금을 걱정해 수분을 충분히 섭취하지 못한다. 이는 탈수증이라는 위험한 결과를 불러올 수 있다.

탈수증은 미국 노인 의료보험 제도에서 보장하는 내원 이유 10위 안에 들 만큼 무척 빈번하게 나타난다. 또 탈수증은 노년층의 체액 불균형 및 전해질 장애를 일으키는 가장 흔한 원인으로 정신착란, 피로, 저혈압, 고관절 골절로 이어지는 낙상을 유발한다. 쇠약한 노인이 탈수증을 겪을 경우 장기부전을 일으켜 심각하면 생명에까지 지장을 준다. 심각한 탈수증에 걸린 노인의 사망률은 최대 50퍼센트까지 증가한다. 나이가 들면 체온 조절 능력이 떨어지니 한 시간만 더위에 노출돼도 온열 질환에 걸릴 수 있다. 게다가 노인은 스스로 갈증이 난다는 사실을 깨닫지 못해 수분 부족을 쉽게 알아차리지 못한다.

그러니 탈수의 초기 징후를 파악하는 능력을 키워야 한다. 탈수 초기에는 입이 마르고 피부가 건조해진다. 어지럼증, 두통, 근력 저하를 느낄 수도 있다. 탈수증이 진행되면 어지럼증이 심해져 낙상으로 이어지기도 한다. 또 맥박이 빨라지고 혈압이 떨어진다. 심각하면 정신이 혼미해지거나 의식을 잃을 수 있다.

이는 내가 늘 탈수를 가볍게 여기지 말라고 조언하는 이유이기도 하다. 한 시간에 한 번 물을 한 컵씩 챙겨 마시고, 화장실에 들르고, 몇 분 동안 몸을 움직여라. 탈수증을 예방하려면 매일 수분을 1.3리터 정도 섭취해야 하며, 운동을 하거나 더운 날씨에 야외 활동을 하거나 열이 있을 때는 더 많이 마셔야 한다.

3.과민성 방광 증상이 있다면
방광을 다시 훈련하라

방광이 가득 찰 때까지 요의를 느끼지 못하는 사람이 있는 반면 계속해서 소변이 마렵다고 느끼는 사람도 있다. 10분에 한 번꼴로 빈번하게 요의를 느껴 화장실에 갔는데 막상 나오는 건 몇 방울 안 된다고 실망할 필요는 없다. 방광이 제 기능을 회복하도록 훈련할 수 있기 때문이다. 나는 환자에게 소변을 참는 시간을 조금씩 늘려가라고 조언한다. 15분으로 시작해 20분, 30분 이상 소변을 참다 보면 화장실을 찾는 주기가 점점 길어질 것이다.

4. 야간 배뇨 횟수를 줄여라

나이와 관계없이 많은 사람이 밤중에 화장실에 다녀오는 습관 때문에 수면을 방해받는다. 야간 배뇨는 나이가 들면서 특히 빈번해진다. 남녀를 불문하고 자다 일어나 몇 번씩 화장실에 가는 노인이 흔하다. 요의를 줄여 숙면을 취할 수 있는 몇 가지 방법을 소개하겠다.

- 매일 물을 1.3리터 이상 섭취하되 오후 6시 이전에 권장량을 충족하라.
- 오후 6시 이후에는 액체 섭취를 제한하라. 저녁에 복용하는 약 때문에 물을 마셔야 한다면 목일 축일 정도로 양을 조절해야 한다.
- 잠자리에 들기 전 30분 동안 다리를 들고 있다가 화장실에 다녀오라. 낮 동안 방광에 모인 소변을 제거할 수 있을 것이다.

5. 알코올과 카페인 섭취를 제한하라

알코올과 카페인은 방광을 자극해 긴박뇨와 빈뇨를 유발한다. 아침에 마신 커피 한 잔이 하루 종일 밤낮을 가리지 않고 요의를 일으킬 수도 있다.

방광 외에 비뇨기 및 생식기 관련 기관의 건강 또한 중요하다. 좌골과 꼬리뼈 사이, 골반 근처에 자리한 신장, 질, 회음부가 이에 해당한다. 나이가 들면 신장 기능은 조금씩 떨어질 수밖에 없다. 그러니 기능 감소를 최소화할 수 있도록 노력해야 할 것이다. 그렇다면 어떤 노력을 기울여야 할까? 신장 기능 유지에 효과적인 두 가지 방법을 살펴보자.

- 신장 건강을 지키려면 카페인, 당, 알코올이 함유되지 않은 수분을 매일 1.3리터 이상 섭취해야 한다.

- 신장에 무리를 주는 약물을 끊거나 줄여야 한다. 타이레놀이나 파라세타몰 등 아세트아미노펜 계열 약물은 신장에 무리를 준다고 알려져 있지만, 사실 아세트아미노펜에 의해 신장 질환이 발생하는 경우는 무척 드물다. 아세트아미노펜은 다른 진통제에 비해 신장에 안전한 성분으로, 이부프로펜[애드빌Advil®, 누로펜Nurofen®] 같은 항염증제와 나프록센[알리브Aleve®, 나프로신Naprosyn®]은 신장에 문제를 일으킬 수 있으니 노령 환자는 약물 복용 시 주의를 기울여야 한다. 고혈압, 위장관 출혈, 울혈성 심부전을 앓는 환자는 앞서 이야기한 약물을 복용하지 않길 추천한다. 옥시코돈처럼 처방이 필요한 진통제 또한 신장에 무리를 줄 수 있으니 되도록이면 리도카인[국소마취제-옮긴이 주] 패치나 디클로페낙[소염진통제-옮긴이 주] 연고를 사용하고 필요에 따라 아세트아미노펜을 복용하라.

다행히 노년 이후에 점진적으로 신장 기능이 약화된다면 투석을 받지 않아도 된다. 노령 사망자는 대부분 신장 기능이 저하돼 있지만 신장 기능 저하가 주요 사망 원인이 되는 사례는 흔하지 않다(투석이 필요한 젊은 시절부터 신장 기능이 떨어진 경우에는 이야기가 달라진다).

또 여성의 방광 및 신장 기능은 질, 항문 건강과도 관련이 있다. 질 점막이 수축되는 '위축성 질염'은 요실금과 요로 감염 위험을 높인다. 질 점막을 건강하게 유지하는 가장 좋은 방법은 성관계다. 나이 든 여성 다수가 다양한 이유로 성관계를 갖지 않지만 나는 파트너가 있고 성욕을 느끼는 환자에게 성관계를 권장하는 편이다. 주기적인 성관계는 질 건조를 예방하고 질 조직을 건강하게 유지하도록 해준다. 성관계를 맺을 때 통증을 느낀다면 의사와 통증을 줄일 방법을 상의해보길 바란다. 또한 의사의 처방을 받아 구매할 수 있는 에스트로겐 크림을 사용하면 질 위축으로 인한 증상을 완화할 수 있다. 크림은 경구 에스트로겐을 복용할 수 없는 대부분의 사람에게 안전하지만 만약의 상황에 대비해 반드시 1차 의료진과 상담 후 사용하길 바란다. 파트너가 없는 여성이라면 바이브레이터 등 자위 기구를 사용해도 좋다.

요로 감염으로 고생하는 노인 또한 흔하다. 이는 자연스러운 노화 과정으로 예방에 최선을 다해야 할 것이다. 매일 적정량의 수분을 섭취하면 요로 감염을 겪을 위험은 현저히 줄어든다. 질 위축증이 있는 여성의 경우 에스트로겐을 투여하면 요로 감염 가능성을 낮출 수 있다. 크랜베리 주스, 유산균, 디만노스(과일과 채소에 함유된 당의 일종-옮긴이 주) 섭취 등 요로 감염 예방에 도움이 된다고 알려진 민간요법은 아직 효능이 정확히 밝혀지지 않았다. 하지만 개인에 따라 실제로 효과를 볼 수도 있고 대체로 안전하니 앞서 언급한 방법을 시도해 보고 싶다면 몇 달 동안 꾸준히 섭취하면서 경과를 지켜보길 바란다. 몇 달이 지났지만 아무런 변화가 느껴지지 않는다면 굳이 돈을 쓰면서 복용할 필요는 없다.

주요 장기와 신체 기능이 대부분 그렇듯 생식기와 비뇨기 또한 우리가 나이 들어감에 따라 여러모로 변화를 겪는다. 앞으로 어떤 변화를 경험할지 예측하고 계획을 세우는 한편 충분한 수분 섭취, 꾸준한 골반 저근 운동을 포함해 앞에서 이야기한 예방법을 성실히 실천한다면 말년까지 방광과 신장을 건강하게 유지할 수 있을 것이다.

심혈관 질환의 70퍼센트는
예방 가능하다

나이가 들어감에 따라 혈관계는 신체의 어떤 기관계보다 복잡한 변화를 경험한다. 심혈관계라는 이름으로도 알려진 혈관계는 심장과 혈관을 포함한다. 치매, 요실금 등 노력으로 어느 정도 예방 가능한 여타 노령 질환과 달리 심혈관계에 일어나는 변화는 누구도 피해갈 수 없다.

노화에 따른 심혈관계의 변화는 혈압, 심장의 펌프 및 판막 기능, 콜레스테롤에서 특히 뚜렷하게 관찰된다. 이번 장에서는 이렇듯 나이가 들면서 나타나는 심혈관계의 변화를 살펴볼 것이다. 다른 장기와 마찬가지로 노화에 따른 심혈관계의 변화 또한 노력으로 늦출 수 있다. 좋은 소식은 이뿐만이 아니다. 뒤에서도 다시 이야기하겠지만 건강한 생활 습관이 심장병 발병을 최대 70퍼센트까지 예방 또는 연기한다는 연구 결과가 발표됐다.

그러니 하나씩 자세히 살펴보자.

혈압

당신에게도 혈압이 120/80, 또는 그보다 낮게 나오던 시절이 있었을 것이다. 하지만 나이가 들고 병원을 찾으니 의사가 우려를 나타내기 시작한다. "혈압이 148/90까지 올라갔네요. 아무래도 뭔가 조치를 취해야겠습니다."

사실 혈압이 점진적으로 상승하는 것은 일반적인 노화 증상에 속한다. 나이가 들고 혈관 벽에 지방질이 쌓이면서 혈관은 점점 좁아지고 딱딱해진다(이 증상은 이후에 조금 더 자세히 이야기할 예정이다). 동맥은 평생 변화한다.

이해하기 쉽게 잠시 젊은 사람의 동맥을 설명하고 넘어가겠다. 노화가 진행되지 않은 동맥은 길고 가는 풍선과 비슷하다. 풍선에 공기를 주입하거나 배출하면 빠르게 팽창하고 수축한다. 하지만 고령자의 동맥은 그러지 못한다.

나이가 들면 풍선 같던 동맥은 쇠 파이프처럼 굵고 두꺼워져 팽창과 수축이 제한된다. 이렇듯 경직된 동맥은 혈압 조절 기능을 떨어뜨린다.

'혈압'은 정확히 무엇을 의미할까? 최고혈압과 최저혈압을 나타내는 숫자는 어떤 정보를 담고 있을까?

높은 숫자는 수축기 혈압을 가리킨다. 심장에서 밀려난 혈액이 전신으로 퍼질 때 혈관 벽에 미치는 압력이라고 이해하면 되겠다.

반면 낮은 숫자는 이완기 혈압을 가리킨다. 심장이 수축하기 전, 또는 심장박동 사이 휴식기에 혈액이 혈관 벽에 미치는 압력이 이에 해당한다.

심장 건강과 사망 위험을 파악하는 데는 높은 숫자가 더 많은 정보를 제공하니 최고혈압에 초점을 맞추겠다.

이제 나이가 들면서 심장과 혈압에 어떤 변화가 일어나는지 알아보자.

혈압은 신체 활동의 종류에 따라 달라진다. 젊은 신체가 운동을 하면 동맥은 혈액이 뇌에 산소를 공급할 수 있도록 확장해 혈압을 낮춘다. 젊은 동맥은 확장이 자유로운 만큼 수축 또한 자유로워 앉았다 일어날 때 하체에 몰린 혈액을 뇌로 밀어내 산소를 공급하고 혈압을 높인다.

하지만 나이가 들어 동맥이 쇠 파이프처럼 변하면 혈압을 조절하는 능력도 예전과 같을 수 없다. 동맥은 힘겹게 확장과 수축을 반복하고, 수축기 최고혈압이 높아진다. 통로가 쇠 파이프처럼 좁고 딱딱하니 혈액을 흘려보내기가 어렵기 때문이다. 자, 드디어 혈압이 상승하는 이유가 밝혀졌다! 마찬가지로 앉았다 일어설 때 순식간에 풍선처럼 쪼그라들던 젊은 동맥과 달리 낡은 쇠 파이프는 수축이 버겁다. 젊은 시절 같으면 진작 뇌로 갔어야 할 혈액이 다리에 머무르는 시간이 길어지니 뇌에 산소가 부족해 어지럼증을 느끼고 비틀거린다. 이와 같은 증상을 기립성 저혈압이라고 부르는데, 노년층에 흔히 발생하는 기립성 저혈압은 낙상이나 실신 등 끔찍한 결과로 이어질 수 있다.

비교적 건강한 환자가 되도록 긴 삶을 누리길 바란다면 의사는 수축기 혈압을 120~130mmHg로 유지하라고 조언할 것이다. 반면 노쇠한 환자가 여생을 편안히 보내길 바란다면 의사는 수축기 혈압을 130~140mmHg 로 유지하라고 이야기할 것이다. 달리 말하면 당신의 목표가 남은 시간 동안 삶의 질을 유지하는 것이라면 수축기 혈압이 조금 높아도 괜찮다. 나는 항상 동료 의사에게 노령 환자의 기립 시 혈압, 즉 누웠다 일어났을 때 혈압이 얼마나 많이 떨어지는지 확인해 보라고 조언한다. 방법은 간단하다. 환자를 5분 동안 눕혀놓고 혈압을 측정한 다음 1분 동안 일으켜 다시 혈압을 측정한다. 이 수치는 중요하다. 누웠다 일어난 상황에서 수축기 혈압이 20mmHg 이상 하락했다면 앉아있을 때 혈압을 120mmHg 이하로 유지하라는 조언은 적절하지 않다. 자리에서 갑자기 일어났을 때 뇌로 유입되는 산소가 부족해지면서 어지럼증을 느끼거나 심한 경우 실신할 수도 있기 때문이다.

병원에서 유독 혈압이 높게 측정되는 사람도 있다. 이렇게 병원에만 가면 유독 혈압이 높게 나오는 증상을 '백의 고혈압'이라고 부른다. 스스로는 인지하지 못하더라도 불안을 느끼면 혈압이 높게 측정되기도 하니, 병원에서 혈압이 높게 나온다고 반드시 만성 고혈압이라고 판단할 수는 없다. 집이나 약국에서 측정했을 때보다 병원에서 유난히 혈압이 높게 나타난다면 혈압 측정기를 장만해 가정에서 혈압을 측정하고 자료를 의사와 공유하는 방법을 고려해 보길 바란다.

나는 내 환자에게 혈압을 낮추는 약물을 복용하기 전에 생활 습관을 개선하라고 조언한다. 때로는 사소한 변화가 놀라운 결과를 가져오기도 한다! 체중을 1킬로그램 감량할 때마다 혈압 또한 1씩 떨어진다. 따라서 5킬로그램을 감량하면 혈압도 5만큼 줄어든다. 또 지중해식 식단이나 DASH 식단(지중해식 식단과 비슷하지만 소금을 덜 섭취하고 흰 육류와 유제품을 더 많이 섭취한다는 차이가 있다)을 따르면 혈압을 최대 11mmHg 떨어뜨릴 수 있다. 1일 나트륨 섭취량을 반 티스푼 줄이면 혈압이 약 5mmHg 낮아진다. 일주일에 다섯 번, 30분씩 빠르게 걸으면서 요가, 근력 운동, 저항 훈련을 실시하는 등 유산소운동과 무산소운동을 병행하면 혈압을 9mmHg가량 낮출 수 있다. 알코올 섭취를 하루 한 잔으로 제한하면 혈압은 약 5mmHg 떨어지며, 금연 역시 혈압을 5mmHg 이상 떨어뜨린다.

방법	효과
체중 감량	1킬로그램 감량 시 혈압 1mmHg 하락
DASH 식단	혈압 11mmHg 하락
1일 나트륨 섭취량 반 티스푼 줄이기	혈압 5~6mmHg 하락
일주일에 90~150분 빠른 산책	혈압 5~8mmHg 하락

앞에서 나열한 방법을 모두 실천하면 혈압을 최대 40mmHg까지 떨어드릴 수 있다! 혈압이 이 정도 개선된다면 따로 혈압 강하제를 복용할 필요도 없을 것이다.

노화는 심장의 펌프 및 판막 기능에 어떤 변화를 가져오는가?

나이 들면서 심장의 크기는 조금씩 줄어든다. 좌심실(혈액을 받아 대동맥을 통해 전신에 피를 내보내는 기관) 벽이 두꺼워지고, 심장이 머금는 혈액량이 줄어들며, 심장에 혈액이 채워지는 속도가 느려진다. 심장의 전기신호를 조절하는 전도계에 반흔 조직이 생기며 박동률이 미세하게 감소한다.

또 '노화 색소'라고 알려진 리포푸신이 심장에 축적된다.

나이가 들면서 이 황갈색을 띠는 지방 색소는 다양한 조직 세포에서 발견된다. 노화에 따라 심장의 근육 세포는 줄어든다. 심장판막은 단단하고 두꺼워져 부전을 일으킬 확률이 높아지고, 전신에 산소를 원활하게 공급하지 못하니 신체를 원하는 대로 움직이기도 힘들다.

내부에 지방이 쌓여 뻣뻣해진 혈관은 어떤 결과를 낳을까? 이렇게 지방이 축적되며 혈관이 단단하게 굳는 죽상 동맥경화증은 심장마비, 심부전, 뇌졸중, 말초 혈관 질환(경화반이 생성되며 동맥이 좁아지는 질환)의 주된 발병 요인이 된다. 심장 동맥에 죽상 동맥경화증이 나타나면 혈전이 형성되는데, 혈전이 형성된 뒤쪽으로 산소가 부족해져 괴사가 일어날 수도 있다. 이를 심근허혈이라고 한다. 대부분은 간단히 심장마비라고 부른다.

나이가 들면 심장판막이 말썽을 일으키기도 한다. 심장판막은 수도를 여닫는 꼭지와 비슷한 역할을 한다. 판막이 열리면 혈액이 심장을 통해 흐른다. 판막이 제대로 작동하면 혈액은 한쪽 방향으로만 이동한다. 건강한 심장은 일방통행 도로와 같다. 하지만 나이가 들면 판막 기능이 떨어지면서 일방통행 도로에 문제가 생긴다. 수도꼭지에 누수가 일어나 한쪽 방향으로 흘러야 할 혈액이 새는 것이다.

심장이 늙으며 박동 기능이 떨어지고, 판막이 약해지고,

동맥이 막힌다니 심혈관 질환이 선진국 사망 원인의 대략 50퍼센트를 차지하는 이유를 이제 이해했을 것이다. 비선진국의 식단과 생활 방식은 심장 건강과 신체 활동에 긍정적 영향을 미치는 편이라 심혈관 질환으로 인한 사망률이 선진국만큼 높지는 않다.

콜레스테롤

이제 많은 사람을 혼란스럽게 하는 주제, 콜레스테롤에 관해 이야기하겠다. 심장과 전신의 동맥에 콜레스테롤이 축적되면 혈관 벽에 지방이 쌓여 혈관이 경직되는 현상, 즉 앞에서 설명한 죽상 동맥경화증이 일어난다. 고高콜레스테롤이 심장마비와 뇌졸중 같은 질병의 위험을 높인다는 사실은 이미 잘 알고 있을 것이다. 특히 '나쁜 콜레스테롤'로 알려진 LDL 콜레스테롤 수치가 높고 '좋은 콜레스테롤'로 알려진 HDL 수치가 낮으면 위험성은 더욱 커진다.

하지만 이런 내용을 숙지하고 있더라도 75세가 넘어가면 콜레스테롤 수치를 관리하기가 쉽지 않다.

아직 이 마법의 나이에 도달하지 않은 사람은 건강한 생활 습관을 실천해 죽상 동맥경화증 발병 위험을 낮출 수 있다. 혈액검사 결과 콜레스테롤 수치가 높게 나왔다면 콜레스테롤을 낮추는 약을 처방받아 복용해도 좋다. 경동맥 수축 같은 말초 혈관 질환이나 심장마비, 뇌졸중을 앓은 경험이 있다면 나이와 관계없이 콜레스테롤 수치를 낮추는 약물을 복용해야 한다(대부분 스타틴을 복용한다).

하지만 심장 질환을 앓은 적이 없는 75세 이상 노인이라면 어떨까?

좋은 소식을 전하겠다. 당신이 75세를 넘긴 노인이라면 심장마비, 뇌졸중 등의 질환을 예방하기 위해 굳이 콜레스테롤 약을 복용하지 않아도 괜찮다. 콜레스테롤 약이 발병 위험을 낮춘다는 명확한 증거가 없기 때문이다. 암 환자같이 기대 수명이 10년 이하인 사람도 마찬가지다. 나는 75세를 넘겼거나 기대 수명이 10년이 채 남지 않은 사람에게 늘 건강한 생활 방식을 유지하라고 조언하지만 콜레스테롤 약 복용은 추천하지 않는다.

심혈관계의 변화는 자연스러운 노화 과정이지만 그렇다고 변화를 막을 수 없다는 뜻은 아니다. 한곳에 앉아 오래 머무르는 습관, 붉은 육류와 지방 비율이 높은 서구식 식단, 비만, 흡연 같은 부정적인 생활 방식은 심장 질환의 주요인으로 작용한다. 하지만 문제를 개선하고 심혈관계를 최대한 건강하게 유지하도록 노력할 수 있다.

다음에 소개하는 다섯 가지 방법은 혈액과 심장을 튼튼하게 하는 데 특히 큰 도움이 될 것이다.

1. 과체중이라면 의료인 등 타인의 도움을 받아 체중을 감량하라. 과도한 체중 증가와 비만은 심혈관 질환의 주요 위험 요인으로 알려져 있다.

2. 흡연자라면 지금 당장 담배를 끊어라!

3. 식단을 관리하라. 지중해식 식단에 따른 풍부한 과일, 채소, 오메가3(생선 기름) 섭취는 심혈관계 건강을 지키는 가장 좋은 방법이다.

4. 콜레스테롤 수치가 높거나, 고혈압이 있거나, 당뇨병을 앓는 사람이라면 의사와 상의해 만성질환을 관리해야 한다.

5. 마지막으로 몇 번을 강조해도 부족한 조언 한 가지를 덧붙이겠다. 운동하라! 신체 활동이 부족하면 심장마비 위험이 최소 두 배 이상 증가한다. 운동은 심혈관계 건강을 확실히 개선한다.

심혈관계 질환의 70퍼센트가 예방 및 연기 가능하다는 사실을 명심하라. 나이 들어감에 따라 심혈관계가 어떻게 변화하는지 숙지하고 그 기능을 향상하는 생활 방식을 실천함으로써 더 오래 더 높은 삶의 질을 누릴 수 있다.

우리의 마음 또한 심장만큼이나 이를 기껍게 여길 것이다.

회복탄력성이 있는 사람은
빨리 늙지 않는다

몇 년 전, 누군가가 뱉은 말 한마디가 머릿속에 박혔다. "고등학교를 졸업한 후 늘어난 몸무게가 근육이라고 생각하세요?" 이는 흔히 관찰되는 중년의 체중 증가를 두고 경각심을 일깨우려는 질문이었지만 훨씬 더 깊은 의미를 담고 있다. 청년기를 지난 후 근육량이 증가하는 사람은 드물다. 그리고 이는 오랜 시간이 흐르며 많은 문제를 일으킬 수 있다.

평균적으로 50세 이후로 근육량은 매년 1~2퍼센트가량 감소한다. 실제로 우리는 20대 이후 80세가 되기까지 전체 근육량의 30~50퍼센트를 잃는다. 근육량 감소는 대개 70세 이후 두드러진다.

근육량이 줄어들면 근력 또한 떨어진다. 70세 이전까지는 근력 저하가 10년에 10~15퍼센트 수준에 머물지만 70대 이후에는 25~40퍼센트로 감소 폭이 크게 늘어난다. 근육량이 줄어들고 근력이 떨어지면서 전반적인 건강 상태 또한 급격히 나빠진다. 그러니 근육을 지키려고 노력하지 않는다면 노인의 신체는 계속해서 약해질 수밖에 없다.

근육 손실 또는 '근감소증'은 노쇠함의 조짐으로 인식되곤 한다. 많은 사람이 노화를 점진적으로 쇠약해지며 스스로를 돌보는 능력이나 독립적인 삶을 상실해 가는 과정으로 인식한다. 하지만 노화가 아니라 다양한 요인이 노년층을 쇠약하게 한다. 심장 및 폐 질환 같은 질병, 사회적 지지의 부족, 낙상 및 부상, 약물 과다 복용, 운동 부족이 대표적이다. 다음의 다섯 가지 중 세 가지 이상에 해당한다면 쇠약하다고 생각해도 무방하다.

- 의도치 않은 체중 감소
- 탈진
- 근력 저하
- 보행 속도 감소
- 활동량 감소

이와 같은 증상은 대개 특정한 질병이 아닌 개인의 사회경제적 환경, 생활 방식, 신체 상태에 의해 나타난다. 요로 감염이나 기침처럼 건강한 사람이라면 수월하게 넘어갈 질병이 쇠약한 사람에게는 회복할 수 없을 만큼 심각한 문제를 야기할 수 있기에 쇠약함의 징후를 가볍게 생각해서는 안 된다.

나는 안식년을 가지는 동안 멋진 사람을 여럿 만났다. 캐나다 노바스코샤주에 자리한 댈하우지대학교Dalhousie University에서 근무하는 켄 록우드Ken Rockwood 박사 또한 그중 한 사람이었다. 록우드 박사는 조금 다른 관점에서 쇠약함에 접근했다. 박사는 쇠약함을 특정한 증상이 아닌 '결함의 축적'이라고 정의하고 '임상적 노쇠 점수'라는 기준을 개발해 '매우 건강함(원기 왕성하고, 활기차며, 의욕이 넘친다. 꾸준히 운동하며 동년배에서 가장 건강한 편에 속한다)'부터 '심각하게 쇠약함(스스로 할 수 있는 일이 없으며 삶의 말기에 접어들었다. 사소한 질병조차 극복하지 못할 상태에 속한다)'까지 등급을 나누었다. 임상적 노쇠 점수는 각종 증상, 신호, 질병, 결함을 종합한 점수를 계산해 개인의 취약함을 예측한다.

임상적 노쇠 점수는 쇠약함의 징후가 나타나는 모든 원인을 고려한다는 의미를 지니며 단순히 쇠약함을 가늠하는 실용적 지표 이상의 역할을 한다. 무엇보다 각 등급에 해당하는 사람이 할 수 있는 일을 알려준다. 이는 각 환자의 복잡성을 인식하고 인간 중심적 방식으로 미래의 스트레스 요인을 관리한다는 점에서 높은 가치를 지닌다.

다시 한번 강조하겠다. 모든 노인이 쇠약해지지는 않는다! 우리는 쇠약함에 해당하는 증상을 효과적으로 피해가거나 치료할 수 있다. 65세 이상이며 공동체에 소속된 사람 중 7~16퍼센트가 쇠약하며, 85세 이상 고령자에서 이 수치는 25퍼센트로 치솟는다. 숫자를 조금 더 자세히 살펴보라. 다수가 쇠약하지 않은 상태로 노년을 보낸다. 우리는 나이 든 가족과 친구가 건강을 유지할 수 있도록 격려하는 동시에 훗날 자신이 쇠약해지지 않도록 노력해야 한다.

에어로빅, 근력 운동, 균형 잡기 등의 운동이 노년층의 근육량을 보존하는 데 중요한 역할을 한다는 사실은 여러 연구에 의해 밝혀졌다. 심지어 여든이 넘은 나이까지 스무 살 청년보다 더 많은 근육량을 유지하는 노인도 있다! 체육 활동, 특히 저항 훈련은 근감소증이 진행되는 속도를 늦추니 운동은 쇠약함을 예방하는 첫 번째 단계라고 할 수 있다. 노인은 가벼운 무게를 들어 올리는 것만으로 신체 능력을 높이고 근육량을 키울 수 있다. 심지어 저항 훈련을 하면 90세가 넘은 노인조차 근력과 근육량이 향상되었다! 요가나 고무 밴드를 사용하는 운동 또한 근감소증의 위험을 낮추고 쇠약함을 예방하는 데 효과적이다.

오메가3 지방산, 크레아틴(청어, 연어, 가금류, 소량의 붉은 육류), 비타민 D가 풍부한 식단 또한 근육량 감소를 방지한다.

또 근육의 구성 요소인 단백질을 적정량 섭취하면 근손실을 막는 데 도움이 된다.

노인은 본인의 체중 1킬로그램당 0.7~1그램의 단백질을 섭취해야 한다. 따라서 체중이 평균쯤 되는 노년 여성의 1일 단백질 섭취 권장량은 60~70그램쯤 될 것이다. 그리고 이 권장량을 채우려면 하루에 커다란 닭 가슴살 한 덩이, 참치 통조림 반 캔, 고단백 그릭 요거트 한 컵, 병아리콩 4분의 1컵을 먹어야 한다. 하지만 매일 권장 섭취량만큼 단백질을 먹는 노인은 많지 않다. 게다가 근감소증을 겪는 사람은 체중 1킬로그램당 2.2그램의 단백질을 섭취해야 한다.

하루에 닭 가슴살 두 덩이, 참치 통조림 한 캔, 고단백 그릭요거트 두 컵, 병아리콩 반 컵을 모두 먹는 건 쉽지 않은 일이다. 단백질 1일 권장량을 충족하는 식단을 따르기란 몹시 어렵지만, 단백질은 근감소증과 쇠약, 독립성의 상실을 막기 위해 꼭 필요한 것이기도 하다. 앞에서도 언급했지만 지중해식 식단은 쇠약함을 예방할 수 있는 완벽한 선택이다! 지중해식 식단은 건강한 사람이 향후에 쇠약해질 확률을 최대 70퍼센트까지 줄여준다.

회복력은 쇠약함에 대항할 수 있는 또 다른 방어 기제로 작용한다. 회복탄력성이란 극심한 스트레스와 트라우마, 질병을 극복하고 이전과 같은 건강 상태를 되찾는 힘으로, 이 세상 어떤 약물을 복용해도 회복탄력성을 얻을 수는 없다. 수년에 걸쳐 감당할 수 있을 만큼의 스트레스를 거듭 극복하면서 회복탄력성을 키워나갈 수 있을 뿐이다.

의사나 약사가 깔끔하게 포장된 치료법을 건네주길 바라는 환자가 많다. 하지만 그렇게 쉽게 회복탄력성을 얻을 수는 없다. 회복탄력성은 끈기 있는 결단력과 필요할 때 도움을 요청하는 용기를 포함한다. 이는 의지를 북돋기 위한 추상적 개념이 아니다. 회복탄력성이 쇠약함을 극복하는 마음의 힘이라는 사실이 연구로 증명됐으니 노인뿐 아니라 모든 연령대에 해당하는 사람이 회복탄력성을 갖추도록 노력해야 할 것이다.

질병, 타인과의 갈등, 가족을 떠나보낸 경험, 낙제, 실직, 심지어 팬데믹까지 모든 스트레스 요인이 미래를 위한 회복탄력성의 양분이 된다. 온통 절망뿐인 것 같은 끔찍한 상황에서도 한 가닥 희망은 있다! 하지만 회복탄력성을 키우기 위해 일부러 스트레스 요인을 찾아다닐 필요는 없다. 지난날의 아픔을 되돌아보고 스스로의 강점을 넓혀나가는 것만으로 충분하다.

이 책에서 마시가 만난 노인 몇몇은 의학적으로 정의하는 쇠약함의 범주에 포함된다. 하지만 이들은 불편한 신체 조건을 딛고 예술 활동을 하고 목적의식을 지니며 활기찬 생활을 이어나가고 있으니 알아채기 어려울 것이다. 이렇듯 어려움을 이겨내고 생명력을 유지하는 노인의 이야기는 회복탄력성의 모범 사례라 할 수 있다.

휴Hugh는 70대에 유명 바이올린 연주자의 전기를 집필하다 문득 자신이 복용하는 약물이 너무 많은 데다 건망증이 잦으며 계단 몇 개를 오르내리기도 어렵다는 사실을 깨달았다. 한마디로 쇠약해지고 있었다. 이대로 가다가는 언젠가 장애를 얻게 될 터였다. 하지만 휴는 그렇게 내버려 둘 생각이 없었다. 그는 80세 생일에 자전거를 타고 여덟 시간 안에 130킬로미터를 완주하겠다는 목표를 세웠다. 터무니없는 계획처럼 보였지만 어쨌든 훈련을 시작했다. 약을 줄이자 머리가 맑아졌다. 자전거를 타는 시간은 점점 길어졌다. 불편하지도 않았다. 그렇게 휴는 80세 생일에 자전거를 타고 여덟 시간 안에 130킬로미터를 완주하겠다는 목표를 달성했다.

모든 사람은 나이가 들면서 쇠약해질 위험에 처한다. 하지만 휴가 그랬듯 우리는 쇠약함을 이겨낼 수 있다. 마찬가지로 나이가 들었다고 해서 반드시 엄청난 양의 근육이 손실되는 것은 아니다. 그러니 미래에 대비해 지금 당장 행동하라.

지중해식 식단의 효과와
놀라운 미생물의 세계

다음의 유명한 말을 다들 한 번쯤은 들어봤을 것이다. '당신이 먹은 음식이 곧 당신이다.'

이 오래된 격언은 생각보다 엄청난 진리를 담고 있다. 최근 들어 과학계는 여기에 더해 '당신이 먹은 음식이 당신의 노화를 결정한다'라는 문장을 증명하고 있다.

이해를 돕기 위해 가상 여행을 떠나보겠다. 여행은 이탈리아 오스투니에서 시작한다. 나는 이탈리아가 세상에서 가장 건강한 장수 국가가 된 비법을 찾아 오스투니를 방문한 적이 있다. 그곳에서 릴리풋 나라로 떠난 걸리버가 그랬던 것처럼 우리 몸속, 내장 안에 존재하는 가장 작은 세계인 미생물 공동체를 여행할 예정이었다.

2017년 전 세계 각국에서 모인 연구자가 이탈리아 남부

풀리아에서 열린 국제 콘퍼런스에 참석해 지중해식 식단이라는 흥미로운 주제를 놓고 의견을 교류했다. 지중해식 식단이 수명을 연장하는 데 긍정적인 영향을 미친다는 사실은 이미 증명됐다. 과일과 채소가 풍부한 이 영양 요법은 심장병과 암 등 주요 사망 원인이 되는 질병이 발병할 확률을 낮춘다. 실제로 지중해식 식단은 다양한 질병에 의사가 처방하는 그 어떤 약보다 강력한 효과를 발휘한다.

많은 이탈리아인이 즐겨 먹는 지중해식 식단이 이토록 건강한 이유는 무엇일까? 작용 원리는 무엇일까? 그리고 우리는 왜 그 이유를 알아야 할까? 바로 건강하지 않은 식단을 따르는 사람이 너무 많기 때문이다. 미국 인구의 80퍼센트는 건강에 이로운 음식을 충분히 섭취하지 않는다.

음식이 인생을 결정한다고 해도 과언이 아니며, 우리도 예외는 아니다. 한 사람이 평생 섭취하는 음식의 양은 평균적으로 80톤에 달한다. 80톤이라니, 누가 생각이나 했겠는가? 소아 비만은 조기 사망 확률을 높이기에 태어나자마자 건강한 식단을 시작해야 한다. 어려서부터 지중해식 식단을 따른 사람은 평생에 걸쳐 이점을 누릴 것이다.

지중해 연안에서 즐겨 먹는다는 이유로 지중해식 식단이라고 불리는 이 식이요법은 대개 간단하고 값싼 재료로 구성되며 콩, 곡물, 쌀, 견과류 등 식단에 포함되는 단백질의 최소

70퍼센트가 비동물성 공급원에 의존할 정도로 채식의 비중이 높다. 또 지중해식 식단은 가지각색의 신선한 과일과 채소가 풍부할 뿐 아니라 '올리브유에서 헤엄을 칠 수 있다'라고 표현할 정도로 올리브유를 많이 사용한다. 동물성 지방은 되도록 피하는 편이지만 연어처럼 오메가3 지방산이 풍부한 생선 섭취는 권장한다. 오메가3 지방산은 염증을 줄이고, 혈압을 낮추며, 질병에 걸릴 위험성을 감소시킨다.

그렇다면 고기를 좋아하는 사람은 지중해식 식단을 실천할 수 없을까? 걱정하지 않아도 된다. 육류 또한 적당히 절제해서 섭취한다면 큰 문제가 되지 않는다. 한 달에 몇 번 정도라면 닭 가슴살이나 지방이 적은 소고기와 양고기를 먹어도 좋다. 반대로 완전한 채식 또한 괜찮다. 아인슈타인Einstein, 볼테르Voltaire, 플라톤Platon, 톨스토이Tolstoy, 다빈치Da Vinci 등 많은 유명인이 채식을 실천했다. 아무래도 채식이 두뇌에 뭔가 좋은 영향을 미치는 게 분명하다!

레드 와인 또한 지중해식 식단에 포함되는지 궁금해하는 환자가 많다. 대답은 '그렇다'다. 지중해식 식단은 레드 와인 섭취를 허용하지만 이 또한 절제가 필요하다. 기원전 480년에 히포크라테스Hippocrates는 이런 글을 남겼다. "와인은 건강한 사람과 병든 사람 모두에게 이롭다." 와인은 건강에 좋다고 알려진 플라보노이드와 비非플라노보이드를 모두 함유한다. 와인에는 흔히 먹는 항산화제라고 불리는 폴리페놀이 함유되어 있는데, 이 성분은 심혈관 질환, 당뇨병, 알츠하이머, 암 발병 위험을 감소하도록 돕는다. 건강한 여성은 하루 한 잔, 남성은 하루 두 잔까지 레드 와인을 마시면 건강을 증진할 수 있다.

지중해식 식단의 특성은 단순히 섭취하는 음식 종류에 국한되지 않는다. 연구자들은 음식을 섭취하는 사람의 전반적인 방식이 장수에 기여한다고 이야기한다. 지중해식 식단을 따르는 장수 국가 사람들은 매일 걷기 같은 운동을 실천하고 오후에 가족과 맛있는 식사를 즐긴 다음 휴식을 취한다.

지중해식 식단의 긍정적 영향을 관찰하는 연구는 계속되고 있다. 지중해식 식단은 수명을 연장할 뿐 아니라 노화에 따른 심장병과 암, 치매를 예방한다. 최근 밝혀진 연구 결과에 따르면 당뇨병을 관리하는 데도 매우 효과적이다. 브로콜리, 콜리플라워, 방울다다기양배추 같은 십자화과 채소와 녹색 채소, 장과류를 섭취하는 것은 저지방, 저탄수화물 식이 요법보다 건강을 위한 체중 감량에 도움이 된다. 당뇨병을 진단받은 환자가 지중해식 식단을 따른 후로 저혈당 치료제 복용을 줄였다는 결과도 있다.

지중해식 식단은 삶의 질을 낮추는 고통을 완화하고 쇠약함을 예방한다. 지중해식 식단을 꾸준히 따르면 골관절염 통증도 줄일 수 있다. 골관절염은 뼈끝을 감싸는 보호 조직이 닳아서 발생하는 질환으로 노년층에서 흔히 나타난다. 앞서 이야기했듯 노화로 인한 쇠약함은 심각한 문제를 야기할 수 있는데, 지중해식 식단은 쇠약함의 위험을 최대 70퍼센트까지 감소한다고 밝혀졌다.

이쯤 되면 지중해식 식단이 이토록 건강에 이로운 이유가 무엇인지 궁금해질 것이다. 미스터리 소설의 번뜩이는 반전처럼 지중해식 식단에도 숨겨진 비밀이 있다. 지중해식 식단의 놀라운 초능력은 '독성'에서 비롯된다.

혹독한 환경에서 살아남은 유기체는 외부 스트레스 요인에 대처하는 복잡한 메커니즘을 발달시킨다. 이런 현상을 호메시스라고 부르는데, 지중해식 식단을 따르면 호메시스의 이점을 누릴 수 있다. 지중해식 식단에서 높은 비중을 차지하는 채소가 독성을 띠기 때문이다. 주기적으로 소량의 독성을 섭취하면 신체 회복력이 높아져 만성 질병에 걸릴 위험이 줄어든다.

이 모든 과정은 신체 어떤 부위에서 진행될까? 드디어 장을 탐구할 시간이 왔다.

눈치채지 못했겠지만 장 안에는 생명력 넘치는 미니어처 세상이 있다. 장 속에 자리 잡고 살아가는 미생물(박테리아)은 중요한 역할을 한다. 수백만에 달하는 장내 미생물은 소화를 도울 뿐 아니라 면역 체계를 조절하고 질병을 유발하는 유해 박테리아의 침입으로부터 우리 몸을 보호한다. 가족에게 유전되는 자가면역질환이 장내 미생물에 의한 결과일지도 모른다는 흥미로운 연구도 있다.

음식 섭취는 장내 미생물의 변화를 유발하는 가장 큰 요인으로 꼽힌다. 지중해식 식단은 매우 다양하고 이로운 미생물 공동체의 발전을 장려해 건강에 긍정적인 영향을 미친다. 건강하게 장수하는 이탈리아 노인의 장 안에는 어떤 미생물이 살고 있을까? 연구에 따르면 105세~110세 '슈퍼 장수 노인'의 장내 미생물 구성은 젊은 사람과 비슷하다.

장내 미생물의 적응력은 무척 뛰어나 식단을 바꾸면 장내 미생물 세계 또한 빠르게 변화한다. 짧게는 며칠, 길게는 몇 주면 충분하다! 그리고 이는 매우 좋은 소식이다. 원래 식습관이 어쨌든 지금부터 지중해식 식단을 따라 음식을 섭취하면 2~3주 안에 장내 미생물이 질병으로부터 우리 몸을 보호하기 시작할 것이다.

이렇게 이점이 많은데 지중해식 식단을 따르지 않을 이유가 무엇이란 말인가? 이유는 단순하다. 지중해식 식단은 맛이 없다는 믿음이 너무 크기 때문이다. 미국인의 식탁에는 신선한 채소와 과일이 올라오는 일이 드물다. 가정뿐만 아니라 학교 급식도 마찬가지다. 생활비가 넉넉하지 않다면 지중해식 식단과 더욱 멀어진다. 그러니 청경채처럼 조금은 낯설지만 저렴하거나 할인 판매하는 채소, 대용량 통곡물, 편두, 콩을 구매해 일정 예산 내에서 신선한 샐러드와 맛있는 스튜를 요리하는 방법을 찾아야 한다.

지중해식 식단을 따르기 힘들 경우 환자에게 직접 텃밭을 가꾸라고 조언하기도 한다. 보기도 좋고 맛도 좋은 채소라니, 훌륭하지 않은가! 토마토, 허브, 고추, 루콜라 등 잘 자라는 채소를 심으면 손쉽게 식탁에 신선함을 더할 수 있다. 가까운 시장에서 채소와 과일을 구해도 좋다. 지중해식 식단을 따르기는 어렵지 않으며 요리법도 간단한 편이다. 잘 알려진 레시피도 많지만 스스로 레시피를 개발하는 재미도 있다.

마지막으로 하루에 다섯 가지 색깔의 음식을 섭취하라. 이 세상에는 다양한 색상을 띠는 채소와 과일이 아주 많다! 시금치, 복숭아, 블루베리, 토마토, 케일, 오렌지, 호박, 녹두, 브로콜리, 콜리플라워, 방울다다기양배추, 나무딸기를 떠올려 보라. 다양한 식재료는 장내 미생물이 행복하고 활발하게 살아갈 수 있는 환경을 마련해 준다. 장내 미생물은 우리 모두와 사랑하는 가족이 장수할 수 있도록 건강을 지켜줄 것이다.

질병으로부터
자신을 보호하는 법

    면역 체계는 몸을 공격해 병을 퍼뜨리려는 침입자를 막는 개인 경호원이라고 할 수 있다. 감염된 세포와 악성 세포를 파괴하고 무력화한 다음 잔해를 치운다는 점에서 면역 체계는 무척 특별하다.

    결론부터 말하자면 면역 체계는 각종 해악으로부터 우리 몸을 보호하는 최고의 동맹군이다. 이 '스텔스' 전투병은 하루 종일 잠시도 쉬지 않고 우리 몸에 존재해서는 안 될 낯선 조직을 구별해 낸다. 피부, 점막 같은 외부 장벽부터 백혈구, 비장, 림프절, 줄기세포, 항체처럼 신체 내부 깊은 곳을 지키는 보초병까지 수많은 부대가 복잡하지만 강력한 하나의 방어선을 조직해 면역 체계를 구성한다.

    외부 장벽, 즉 신체 장벽이 첫 번째 방어선을 책임진다. 피부는 그 자체로 훌륭한 방비 시설이라고 할 수 있다. 건강한 피부는 온갖 박테리아와 바이러스를 비롯한 유해 물질에서 우리 몸을 보호한다. 감기 바이러스가 침입하려 할 때면 재채기가 나오고, 손가락을 베이면 염증이 생긴다. 이 모든 최전방 파수꾼이 모여 선천적 면역 체계를 이룬다.

하지만 박테리아 또는 바이러스 같은 유기체가 외부 장벽을 뚫고 몸속으로 들어올 때도 있다. 그럴 때면 면역 체계가 전투를 시작했다는 신호가 관찰된다. 이렇게 면역 체계가 활성화됐음을 알리는 신호가 바로 열이다. 또 한 가지 놀라운 사실을 알려주겠다. 면역 체계를 구성하는 병사는 과거 몸을 공격한 바이러스를 기억해 뒀다가 다시 나타나면 재빨리 전투에 나서 상황을 정리한다.

이는 현대 의학의 가장 큰 업적인 백신 개발의 근간이 됐다. 백신은 우리 면역 체계가 적대적인 바이러스와 박테리아를 인식하도록 '훈련'한다. 원리는 간단하다. 안전한 방식으로 소량의 병원체, 즉 항원을 신체 내부에 주입해 면역반응을 유발하고 항체를 생산하도록 하면 면역 체계는 훗날 침입자가 나타났을 때 항원에 집중포화하는 방법을 익힌다. 그리고 실제로 침략당하면 병원체가 퍼져 병을 일으키기 전에 즉시 전투태세를 갖추고 상대를 무력화한다.

종합하자면 면역 체계는 감염을 물리치고, 상처를 치료하고, 악성종양과 자가면역질환으로부터 신체를 보호하도록 설계돼 있다. 물론 모든 전투에서 승리를 거둘 수는 없다. 침입자가 견고한 방어선을 뚫도록 놔두는 데 그치지 않고 면역 체계가 본분을 잊고 몸을 공격하도록 부추길 때도 있다. 하지만 어찌 됐든 면역 체계가 중요한 동맹군이라는 사실에는 변함이 없다.

우리 몸의 모든 체계가 그렇듯, 면역 체계 또한 시간이 흐르며 조금씩 변화한다. 안타깝게도 우리의 경호원은 나이가 들면서 감지 능력과 공격력이 저하된다. 방어선이 약해지니 감염에 취약해질 수밖에 없다. 변화는 필연적이지만 모든 변화가 불가피하지는 않다. 우리는 노력을 통해 면역 체계를 보호하고 일반적인 노화 단계를 완화할 수 있다. 즉 '수호자를 수호'하는 데 힘을 보탤 수 있다. 그리고 이는 70세를 넘긴 다음부터 더욱 중요해진다.

이 놀라운 방어 체계를 이해하려면 몇 가지 전문용어를 사용해야 한다. 맥락을 놓치지 않도록 하나씩 차근차근 설명해 나갈 테니 크게 걱정할 필요는 없다. 이제부터 노화로 인한 변화를 줄이는 방법을 알아보자.

우리 몸을 공격하는 바이러스와 감염을 물리치는 세포는 무엇일까?

주인공은 T세포와 B세포다. T세포와 B세포는 모두 림프

구라고 불리는 백혈구의 일종으로 T세포는 골수에서 생성돼 가슴샘에서 성숙하며 B세포는 골수에서 성숙해 림프절과 비장에서 활성화된다. T세포와 B세포는 감염된 세포가 보내는 '스트레스 신호'에 반응한다. 신호를 감지한 두 세포는 침입자를 발견하고 공격하도록 훈련돼 있다.

B세포는 바이러스에 결합하는 항체를 내뿜어 공격하는 반면, 장군인 T세포는 감염된 바이러스와 암을 직접 제거한다. 또 T세포는 사이토카인이라 불리는 단백질을 분출해 바이러스에 감염된 세포를 죽인다.

B세포와 T세포는 대개 우리 몸에 이로운 방향으로 작동한다. 하지만 가끔 일이 꼬일 때도 있다. 자가면역질환이 대표적이다. 자가면역질환은 우리 몸이 내부 조직을 '낯선' 존재로 받아들여서, 즉 '내부자'를 '침입자'로 인식해 '적군을 색출해서 파괴하라'는 명령을 내리면서 발생하는 질병이다. 다발경화증과 류머티즘성 관절염이 자가면역질환에 해당한다.

또 다른 합병증은 면역 체계가 '제멋대로 날뛸 때' 발생한다. 일부 코로나19 환자에게 사이토카인 폭풍이 일어났다는 이야기를 들어본 적이 있을 것이다. 원인을 완벽히 파악하지는 못했지만 사이토카인 폭풍은 면역반응에 대혼란을 일으킨다. 유전적 요인 때문인지, 확인되지 않은 바이러스 감염 때문인지는 알 수 없지만 사이토카인은 눈에 보이는 모든 것을 파괴해 결국 우리에게 이로운 건강한 세포까지 공격한다.

일반적으로 사이토카인은 신체를 보호하지만 폭풍이 일어나면 위험 요인이 사라진 후에도 공격을 멈추지 않는다. 이렇게 면역 체계에 이상이 생기면 목숨을 잃을 수도 있지만 다행히 이 반응은 무척 드물게 나타난다. 결국 면역 체계는 목숨 유지를 목적으로 한다.

노화는 면역 체계에 어떤 변화를 가져올까? 답은 간단하다. 우리의 성실한 경호원 또한 나이가 들면서 기력이 쇠한다.

과학계에서는 이런 현상을 '면역 노화'라고 부른다. 면역 노화는 조혈모세포의 수가 줄어들면서 일어난다. 조혈모세포는 백혈구, 적혈구, 혈소판 등 모든 유형의 혈구로 발달할 수 있는 미성숙 세포로 골수에서 생성된다. 그렇다면 나이가 들면서 조혈모세포의 수가 감소하는 이유는 무엇일까? 원인은 텔로미어에 있다고 추정된다.

텔로미어는 각 DNA의 끄트머리를 감싸는 일종의 덮개로, 염색체를 보호하는 역할을 한다. 이해를 돕기 위해 텔로미어를 정의한 표현 중 내가 가장 좋아하는 문장을 공유하겠다. '텔로미어는 신발 끈을 감싸는 플라스틱 조각과 같다. 이 플라스틱 조각이 없으면 신발 끈은 금세 닳아버려 제 기능을 할 수 없을 것이다. 마찬가지로 텔로미어가 없으면 DNA 가닥이 손상돼 제 기능을 할 수 없다.'

나이가 들면 조혈모세포뿐 아니라 T세포와 B세포 또한 감소하기에 새로운 항원을 주입해도 예전만큼 많은 항체가 생성되지 않으니 면역반응이 둔해질 수밖에 없다. 이는 정상적인 노화의 과정이다.

나이가 들면서 면역 체계가 약해지니 70세를 넘긴 장년층은 독감 등 감염에 취약하다. 우리 몸을 지키는 경호원의 숫자가 줄어들었으니 어쩔 수 없는 일이다. 그렇기에 고령자는 독감, 코로나19, 폐렴, 대상포진, 파상풍 등의 예방 접종에 더욱이 신경 써야 한다.

안타깝게도 면역 체계의 정상적인 노화는 백신의 효과를 떨어뜨린다. 그러니 더 늙기 전, 의사가 권장하는 시기에 폐렴과 대상포진을 비롯해 중요한 백신 접종을 마치는 것이 좋다. 혹시 모를 상황에 대비해 가장 좋은 항체 반응을 이끌어낼 수 있기 때문이다. 인플루엔자 바이러스는 진화하는 습성이 있기에 독감 예방주사는 매년 주기적으로 접종받길 권장하며, 65세 이상 고령자를 대상으로 하는 '고용량' 백신이 따로 있다. 덧붙여 노년층에게는 코로나19 백신이 정기 접종 항목이 될 확률이 높다.

노인의 면역력이 떨어지는 이유는 다양하며, 그중 일부는 노력으로 개선할 수 있다. 영양부족은 면역 체계에 치명적이기에 면역력을 유지하고 싶다면 균형 잡힌 식단을 따라야 한다. 프레드리손, 류머티즘성 관절염 치료제, 항암제 등 면역력을 억제하는 약물 복용, 비장 절제, HIV, 당뇨병, 간 및 신장 질환은 면역 기능을 떨어뜨린다. 그러니 되도록 이런 문제가 발생하지 않도록 건강관리에 힘쓰길 바란다.

노년층의 감염 양상은 비전형적일 수 있다는 점 역시 간과해서는 안 된다. 노인의 경우 면역 노화로 감염됐지만 열이 오르지 않을 때가 더러 있다. 심지어 폐렴, 담낭염, 요로 감염처럼 심각한 질병에 걸려도 발열 증상이 나타나지 않을 수 있다. 염증성 사이토카인 반응을 일으키는 능력을 상실하면서 발열을 비롯해 건강에 문제가 생겼음을 알리는 징후가 나타나지 않기 때문이다. 그러니 고령자가 전반적인 컨디션 저하(활력 감소, 이전과 다른 새로운 쇠약함의 증상, 식욕 감퇴, 통증 호소)를 보이거나, 일상적으로 수행하던 활동을 급작스럽게 멈추거나, 인식 기능이 저하된 모습을 보인다면 폐렴이나 요로 감염 등 비전형적 증상을 유발하는 감염을 의심해 봐야 한다.

그렇다면 면역 체계를 오랫동안 건강하게 유지하기 위해 어떤 노력을 할 수 있을까? 연합작전을 펼치며 우리를 질병으로부터 보호하는 경호원에게 힘을 실어주고 싶다면 다음에 소개하는 일곱 가지 조언을 실천하라.

면역력의 문을 여는 일곱 가지 방법

1. 건강한 음식을 골고루 섭취하라. 지중해식 식단은 면역반응을 활성화한다.

2. 운동하라. 나는 거의 모든 장에서 운동의 중요성을 강조했다. 운동이 건강한 두뇌와 신체를 유지하는 데 미치는 영향은 몇 번을 이야기해도 부족하다.

3. 제때 백신을 접종하라. 65세 이상 고령자에게 권장하는 예방접종의 종류와 주기를 알아두어라.

4. 손을 깨끗이 씻어라. 손 위생을 유지하는 것은 가장 기본적이지만 가장 좋은 감염 예방법이다. 여러 연구 기관에서 올바른 손 씻기가 설사를 동반하는 질병에 걸릴 확률을 23~40퍼센트 감소한다는 결과를 증명했다. 면역 체계가 약한 사람의 경우 설사병 발병 가능성이 58퍼센트까지 감소했다. 게다가 손 씻기는 대중이 감기 같은 호흡기 질환에 걸릴 확률을 16~21퍼센트가량 떨어뜨린다.

5. 숙면을 취하라. 수면이 부족하면 T세포 수가 줄어든다는 연구 결과가 있다. 잠을 충분히 자지 못하면 감기나 독감에 걸릴 확률이 높아질 뿐 아니라 병마와 맞서 싸우는 데 악영향을 미친다.

6. 스트레스가 항상 나쁜 것만은 아니다. 하지만 스트레스가 지속된다면 면역반응을 약화할 수 있다. T세포와 B세포가 지속적으로 스트레스에 노출되면 침입자를 물리치는 힘이 떨어진다. 그러니 가능한 한 스트레스 지수를 낮추려고 노력하라.

7. 낙관적인 태도를 갖춰라. 낙관적 태도는 세상을 바라보는 긍정적 시 야를 선물할 뿐 아니라 세포성 면역을 증진한다. 켄터키대학교University of Kentucky 심리학과 교수 수잔 세거스트롬Suzanne Segerstrom이 실시한 연구에 따 르면 긍정적 정보에 초점을 맞추는 노인일수록 강한 면역 체계를 유지할 가능성이 컸다.

다음에 코를 훌쩍일 일이 생길 때면 우리의 놀라운 면역 체계가 몸 안에서 조용히 어떤 노력을 하고 있는지 잠시나마 떠올려보길 바란다. 면역 체계는 보이지 않는 몸속 깊은 곳 에서 우리 목숨을 지키기 위해 끊임없이 움직이고 있다.

통증을 무조건
견딜 필요는 없다

아침에 일어나면 온몸이 뻣뻣하고, 신체 활동을 조금 했다고 관절이 쑤시고, 별것 아닌 부상에도 통증이 오래 지속되는 시기는 생각보다 일찍 찾아온다. 65세 이상 고령자의 절반가량이 통증 때문에 일상생활에 불편을 느끼며, 항상성 경직(노화에 따라 생리적 비축분이 조금씩 감소하며 쇠약해지는 현상)으로 통증이 악화되기도 한다. 통증은 수면 장애, 낙상, 우울, 식욕 감퇴, 사회적 고립, 기억력 저하 등의 문제를 야기할 수 있다.

노인이 통증에 시달리는 원인은 다양하다. 관절염, 신경병증(신경통), 두통, 치통, 부상 및 골절, 요통 등 온갖 신체 부위에서 온갖 종류의 고통을 느낀다. 통증은 자연스러운 노화의 과정일까? 노인은 어쩔 수 없이 통증을 '견디며' 살아야 할까? 아니면 진통제를 복용하는 편이 나을까? 나이가 들수록 통증은 악화될까?

나는 이 모든 질문에 '아니요'라고 대답할 것이다. 물론 신경 써야 할 부분이 많지만 말이다. 나이가 들면 자연스럽게 고통에 취약해진다. 하지만 통증을 완화하기 위해 적극적으로 노력한다면 불운한 사고에 휘말리거나 끔찍한 질병에 걸리지 않는 이상 아주 늦은 나이까지 대단한 통증 없이 노년을 보낼 수 있다.

그러면 앞에서 언급한 질문을 하나씩 자세히 짚어보자.

1. 통증은 정상적인 노화의 과정인가?

아니다. 하지만 노화 때문에 나타나는 많은 문제가 통증을 동반한다. 젊었을 때부터 노화로 인한 질병 예방에 힘쓴다면 통증 없이 노년기를 보낼 확률이 확연히 증가한다. 통증을 유발하는 질병과 예방법 몇 가지를 소개하겠다.

(1) 관절염: 관절염은 흔한 노인성 질환으로, 근력 훈련과 유연성 훈련을 포함한 균형 잡힌 운동으로 예방 가능하다. 수년 동안 관절에 반복적으로 가해지는 과부하는 관절염을 유발해 관절 비대, 가동 범위 축소, 관절 기형으로 이어질 수 있다. 근력을 키우면 관절에 가해지는 하중이 감소하니 근육

이 일하는 만큼 관절이 할 일이 줄어든다. 즉 강한 근력은 관절염에 걸릴 가능성을 낮춘다! 다만 관절염을 예방하려면 신체를 구성하는 모든 근육의 힘을 골고루 키워야 한다. 달리기는 햄스트링을 강화하지만 대퇴사두근을 자극하지 않는다. 이런 근육 불균형은 무릎에 관절염을 유발할 수 있다. 자전거 타기와 태극권은 대퇴사두근 단련에 효과적이니 달리기, 자전거 타기, 태극권을 함께 실시하면 무릎 관절염을 예방하는 데 큰 도움이 될 것이다.

나는 30대에 달리기를 참 좋아했다. 하지만 언젠가부터 달리고 나면 무릎이 아팠다. 관절염이 생기면 안 되니 그때부터 헬스장에 가서 다리 근력을 강화하는 운동을 했다. 또 자전거를 타는 횟수를 늘리고 태극권을 배웠다. 그렇게 25년이 지났지만 아직 아무런 통증 없이 달리고, 자전거를 타고, 태극권을 한다. 젊었을 때부터 균형 잡힌 운동 루틴을 실천한 덕분이다.

(2) 신경병증: 신경병증은 노인에게 고통을 주는 흔한 원인으로 흔히 당뇨병에 의해 발생한다. 척추 협착증(척추의 퇴행성 변화로 척추관이 좁아지는 현상) 또한 하지 신경통을 유발할 수 있다. 신경통이 한 번 생기면 없애기는 무척 어렵다. 그러니 애초에 신경통이 생기지 않도록 예방하는 것이 중요하다! 체중 관리, 지중해식 식단, 규칙적인 운동은 당뇨 예방에 효과적이다. 가족력이 있다면 특히 주의를 기울여야 한다. 건강한 습관은 되도록 일찍부터 실천하는 편이 좋다. 소아 당뇨 환자가 점점 늘어나고 있다. 어려서부터 건강관리에 힘쓰지 않으면 나이가 들어가면서 심각한 신경통에 시달릴 수 있다.

(3) 만성 요통: 만성 요통은 잦은 결근과 원치 않은 조기 퇴직, 가동성 저하, 우울증, 오피오이드 중독 같은 문제를 유발한다. 관절염, 척추 협착증, 근육 경직, 척추 압박 골절, 무거운 물건 운반으로 인한 허리 근육 과사용 등 요통의 원인은 다양하다. 신경병증이 그렇듯 요통 또한 예방이 가장 중요하다. 코어 강화 운동은 만성 요통 예방에 효과적이다(근력을 강화해 관절에 가해지는 하중을 줄이는 원리와 같다). 요가, 태극권, 필라테스처럼 코어를 강화하는 운동은 노화에 따른 허리 부상의 방지에 좋다. 허리가 아프면 짧게는 몇 주에서 길게는 몇 달쯤 열심히 운동을 하다가 통증이 가셨다 싶으면 운동을 그만두는 사람이 많은데, 어리석은 행동이다! 당장 괜찮아진 것 같다고 해서 운동을 중단하면 통증은 더욱 심각해진다. 요통 전문 물리치료사를 찾아 몸에 맞는 운동을 배워서 평생 하루도 빼놓지 말고 실천하라.

나를 찾는 80대, 90대 환자 중에는 척추 엑스레이나 자기 공명영상 촬영으로 보면 중증 관절염처럼 심각한 문제가 있는데도 통증이나 불편함을 느끼지 못하고 살아가는 사람이 많다. 어떻게 그럴 수 있을까? 요통을 예방하는 운동을 꾸준히 실시하고 있기 때문이다. 운동은 힘든 만큼 보상이 따른다.

2. 어쩔 수 없이 통증을 '견뎌야' 할까?
아니면 진통제를 복용해야 할까?

두 가지 질문에 모두 '아니요'라고 대답하겠다! 통증을 느끼는데도 아무런 조치를 취하지 않는다면 고통이 극심해져 가동 범위가 제한되거나, 사회적 교류가 줄어들거나, 공동체 참여가 어려워질 수 있다. 그리고 이는 쇠약, 인지 기능 저하, 낙상, 심지어 죽음의 원인이 된다. 반면 오피오이드 등 통증을 완화하는 약물 복용은 과도한 진정 효과, 낙상, 기억 감퇴 등 위험한 부작용을 유발한다. 이런 이유 때문에 나는 환자에게 1차 의료진의 지도를 받아 다음과 같은 포괄적 통증 완화 요법을 실시하라고 조언한다.

(1) 움직이기: 이쯤이면 예상했을 듯하다. 우리 몸은 하루에 19킬로미터를 움직이도록 설계되었다. 솔직히 말하자면, 나도 그렇게까지 몸을 움직이지는 못한다. 그래도 노력은 하고 있다. 움직임이 부족하면 근육이 경직되고 관절의 가동성이 떨어지며 통증을 느낀다. 이 때문에 노인들은 나이가 드니 아침에 일어날 때마다 몸이 쑤신다며 불편을 호소한다. 하지만 한 시간 정도 움직이다 보면 컨디션이 한결 나아진다. 밤새 가만히 누워 있으면서 생긴 통증이 몸을 움직이면서 완화된 덕분이다. 밤중에 일어나서 운동을 하라는 뜻이 아니다. 다만 아침에 눈을 떴을 때 느껴지는 통증이 심각한 문

제는 아니라는 말을 하고 싶을 뿐이다. 곧장 일어나서 몸을 움직이다 보면 통증은 금세 사라질 것이다.

통증을 완화하려면 매일 30분 이상 유산소운동, 일주일에 세 번 30분씩 근력 운동(요가, 필라테스, 중량 훈련), 마찬가지로 일주일에 세 번, 30분씩 유연성 훈련(태극권)을 실시해야 한다.

(2) 찜질: 찜질은 근육 결림을 완화하고, 가동성을 회복하며 노화에 따른 근육 및 관절 염증을 줄인다는 점에서 훌륭한 진통제라고 할 수 있다. 쑤시는 허리나 무릎에 따뜻한 찜질 패드를 올려놓으면 기분이 좋을뿐더러 염증을 없애는 데도 도움이 된다. 근육이나 관절에서 매일 네 번 이상 통증이 느껴진다면 꾸준히 찜질하길 바란다. 관절염이나 흔한 노령 질환으로 인한 통증이 점차 완화될 것이다.

(3) 마사지, 명상, 침 치료: 마사지, 명상, 침 치료로 통증이 현저히 완화됐다는 사람이 많다. 그러니 가능하다면 이런 치료법을 활용해 보길 강력히 추천한다.

3. 나이가 들수록 통증은 악화될까?

반드시 그렇지는 않다. 앞에서도 이야기했지만, 관절염이 심한데도 별다른 통증을 느끼지 않고 '불편함 없이' 살아가는 사람도 있다. 물론 죽을 때까지 단 1초도 통증을 느끼지 않고 살아갈 수는 없다. 하지만 매일 통증을 완화하려 노력한다면 통증 때문에 하고 싶은 일을 포기할 일은 없을 것이다. 모든 통증을 100퍼센트 제거하지 못하더라도 신체 기능을 100퍼센트 유지하겠다는 목표를 세우고 이를 달성할 수 있도록 노력하라.

나는 노년에 찾아올 고통을 예방할 시간이 아직 충분한 젊은 독자가 이 글을 읽었으면 한다. 하지만 아흔을 넘겼고 상당한 통증에 시달리고 있는 독자 또한 희망을 버리지 않길 바란다. 1차 의료진, 물리치료사, 트레이너, 마사지사, 침술사의 도움을 받으면 통증을 완화하고 신체 기능을 회복할 수 있다.

80대 환자 한 명은 관절염 때문에 다리가 너무 아파 15년 동안 휠체어 신세를 지다가 어느 날 다시 걸어야겠다고 마음먹었다. 그래서 물리치료를 받고, 앉아서 태극권을 하고(나중에는 서서 했다), 매일 디클로페낙겔을 바르고, 찜질을 하고, 매주 마사지 치료를 받았고 마침내 1년 후 혼자 400미터를 걸었다. '1부터 10까지' 숫자로 표현하는 통증 정도는 8에서 3으로 떨어졌다.

그녀가 내 진료실에 걸어 들어오면서 지은 미소는 이 세상 무엇보다 아름다웠다.

치료의 주체성을
회복하기 위하여

　물리치료의 이점은 명확하다. 근력을 키우고, 유연성을 개선하며, 관절 가동성을 향상한다. 이는 통증 감소와 기능 개선으로 이어진다. 하지만 이런 신체 변화가 나타나기 전에 또 다른 이점이 관찰되곤 한다. 그것은 바로 희망이다.

　손상 정도가 심각해 예후가 좋지 않을 것이라는 의사의 판단이나 영상 진단을 듣고 회복이 힘들 것이라 낙담하는 환자가 많다. 노령 환자는 회복하기 더딜 것이라는 편견이 있어 더욱 그런데, 사실 꼭 그렇지만은 않다.

　좋은 소식 한 가지를 전하겠다. 방사선 촬영에서 골관절염이나 허리 디스크가 발견된 사람이라도, 몸 상태가 예전 같지 않다고 진단받은 사람이라도 얼마든지 개선의 여지가 있다. 물리치료는 환자에게 도저히 어찌할 수 없을 것 같은 부상이나 증상을 통제할 수 있다는 가능성을 선물한다. 이런 효과는 노령 환자에게서 더욱 크게 나타난다. 물리치료를 받으러 다니며 통증을 관리하는 방법을 배우고 집에서 혼자 근력과 유연성, 가동성을 개선할 수 있는 운동을 익힌 환자는 자신의 몸에 배신당한 가련한 희생자에서 원치 않는 변화를 멈출 힘을 지닌 주체로 거듭난다.

현실적으로 손상 정도에 따라 물리치료의 효과가 달라질 수 있다는 점은 인정하지만 실망스러운 영상 진단 결과에도 분명 개선의 여지는 있다. 여기에는 뚜렷한 근거가 있다. 엑스레이와 자기공명영상은 퇴행성 변화를 보여줄 뿐, 유연성 및 근력 저하 또는 잘못된 움직임으로 인한 통증은 반영되지 않는다. 이러한 문제는 물리치료를 통해 해결할 수 있다! 나이가 들면 젊고 기운 넘치던 시절에 비해 근력이 더디게 증가하는 것은 사실이지만, 꾸준히 운동하면 힘이 붙기 마련이다. 또 환자의 생체역학을 바로잡아 관절의 부담을 덜고 움직임에 동반하는 통증을 완화할 수 있다.

나를 찾아온 86세 여성 환자의 사례를 살펴보자. 처음 물리치료를 시작할 무렵 환자는 보행 보조기에 의지해 겨우 걸음을 옮길 때조차 극심한 요통에 시달렸다. 1에서 10까지 고통을 수치화했을 때 8에 해당할 정도로 심각한 통증이었다. 주치의는 앞으로도 통증 없이 걷지 못할 것이라며 세 가지 선택지를 제시했다. 계속 보행 보조기를 사용하는 것, 휠체어 신세를 지는 것, 생존이 보장되지 않는 수술을 받는 것. 선택은 환자의 몫이었다.

영상 판독에서 의사의 소견은 타당해 보였다. 엑스레이 검사 결과 심각한 요추 전만과 골관절염이 발견됐기 때문이다. 환자의 나이와 통증의 정도까지 고려했을 때 의사가 예후를 좋게 이야기하기는 어려웠을 것이다.

하지만 영상 판독 결과가 모든 것을 보여주지는 않는다. 엑스레이 검사에는 나타나지 않지만 환자의 고관절 전면부 근육과 코어 근육의 유연성은 현저히 떨어져 있었으며, 하지 근력 또한 심각하게 부족했다. 이 모든 요인이 결합해 요추에 과도한 전단력이 발생했고, 자세가 나빠졌으며, 몸을 굽히거나 물건을 들어 올리기 어려워졌다.

그러니 평생 불편을 감수하거나 휠체어 신세를 지지 않고도 통증을 덜어줄 방법은 분명히 있었다. 환자는 물리치료를 받아보기로 했다. 우리는 도수 치료, 신경근계 재교육, 재활 운동, 환자 교육을 병행했다.

요즘 이 환자는 균형 잡는 데 도움이 되는 등산용 지팡이 하나만 짚고 편안하게 동네를 걸어다니고 있다.

물리치료가 마법처럼 모든 통증을 없애줄 수는 없지만 근골격계에 발생한 문제를 개선해 유의미한 변화를 가져온다.

이런 변화에 생체역학적 결함을 개선하는 올바른 지도가 더해진다면 직장과 가정에서 일을 할 때 느끼는 통증을 완화하고, 더 나아가 취미와 운동을 즐기며 삶의 질을 향상시킬 수 있을 것이다.

윤리적 유언,
사랑하는 사람에게 남기는 유산

일반적으로 종합 자산 관리 계획을 세우는 것은 자산을 적절히 분배하고 배우자와 자녀 및 기타 수혜자에게 금전적 유산을 남기기 위해서다. 당연히 논의 또한 개인이 소유한 재산 또는 '귀중품과 원리금' 위주로 이루어진다. 하지만 가족에게 물려줄 수 있는 가장 큰 가치는 이런 유형자산이 아닐지도 모른다. 사랑하는 사람에게 남길 수 있는 또 다른 자산이 있기 때문이다. 바로 무형자산, 즉 우리가 추구하는 '가치와 원칙'이다.

포괄적 종합 자산 관리 및 재무 계획에서 이런 정서적 유산 또는 '윤리적 유언' 작성은 자신이 품은 신념, 가치, 감정, 도덕적 철학을 전달하는 데 목적을 둔다. 정서적 유산 계획은 자산 및 재무 계획의 일부로, 종합 자산 관리 계획을 대체할 수 없다. 윤리적 유언은 법적 효력을 지니지 않지만 정서적 측면에서 매우 중요한 역할을 한다.

랍비 조시 스탬퍼는 마시 코트렐 홀과 나눈 인터뷰에서 윤리적 유언의 가치를 다음과 같이 설명했다.

전통적 유언장은 대개 자산을 어떻게 처분할지에 초점을 맞춘다네. 집과 가구, 보석 같은 것이 여기에 포함되지. 하지만 그게 다가 아니야. 책상 앞에 앉아 내가 삶에서 중요하다고 생각하는 원칙과 사상, 감정을 정리해 보게. 자녀와 손주, 증손주가 무엇을 추구하며 살길 바라는지 적어두란 말일세. 강요하는 게 아니라네. 선물을 남기는 거지.

윤리적 유언의 목적은 정서적 자산의 분배이기에 전문적인 법률 용어나 지식이 필요 없다. 전통적 유언장이나 생전 신탁과 달리 반드시 따라야 할 규칙이나 규정 또한 없다. 법적으로 집행이 강제되지 않기에 형식에 구애받지 않고 자유롭게 작성할 수 있다. 공증을 받을 필요도, 가지런히 정리할 필요도, 금고에 보관할 필요도 없다. 물론 윤리적 유언의 작성과 실행을 위해 전문 변호사와 상담할 필요도 없다. 우리는 윤리적 유언의 유일한 출처이자 작성자로, 사랑하는 사람들과 나누고 싶은 가르침, 일화, 철학, 지혜를 담은 윤리적 유언은 고유성을 지닌다.

이는 우리가 평생에 걸쳐 모은 소중한 보물이니 마땅히 보호해야 한다. 따라서 힘들게 손에 넣은 보물이 소실되거나 변형된 채 후대에 전해지지 않도록 기록을 남겨야 할 것이다. 우리의 윤리적 유언이 잘 살아온 삶을 담고 있길 바란다.

윤리적 유언은 새롭게 등장한 문화가 아니다. 그 전통은 고대로 거슬러 올라간다. 최근 들어 널리 알려지기는 했지만 윤리적 유언이라는 개념은 3500년 전 유대교에서 처음 싹을 틔웠다. 실제로 구약성서와 신약성서에서 윤리적 유언을 암시하는 이야기를 여럿 찾아볼 수 있다. 과거에 말로 전해지던 윤리적 유언은 11세기쯤부터 기록으로 남겨지기 시작했다.

윤리적 유언을 작성하는 것이 굉장히 감정적이고 부담스러운 작업이라 생각하는 사람이 많다. 하지만 그렇지 않다. 윤리적 유언을 작성하는 것은 현재와 미래의 세대에게 사랑을 전하는 보람찬 노력이며, 미루고 싶은 숙제가 아니다.

누구도 대신할 수 없는 특별한 윤리적 유언을 작성하기 위해서는 성찰하는 시간을 가져야 한다. 긍정적이든 부정적이든 당신의 삶을 형성하는 데 영향을 미친 경험을 떠올려 보라. 그리고 각각의 경험에서 나 자신, 타인, 또 삶에 관해 어떤 교훈을 얻었는지 생각해 보라. 또 당신이 세상에 어떻게 기억되고 싶은지 스스로에게 질문을 던져보라. 윤리적 유언을 작성하기 전, 다음의 질문에 답해보자.

- 당신의 자아는 어떤 신념, 가치, 도덕, 철학으로 형성됐는가?
- 당신은 어떻게 그 신념, 가치, 도덕, 철학을 습득하고 발전시켰는가?
- 당신은 어떤 자질을 중요하게 여기는가?
- 당신은 어떤 목적을 품고 살아가는가?
- 당신이 선택한 일, 직업, 직장에서 성공을 거두는 데 어떤 철학이나 행동이 도움이 됐는가?
- 당신은 저축, 투자, 소비에 어떤 철학을 지녔는가?
- 당신이 지지하고 추구하는 이상은 무엇인가?
- 당신은 자녀가 같은 이상을 추구하길 바라는가, 아니면 다른 이상을 좇길 바라는가?
- 충분한 시간, 돈, 기회가 주어진다면 당신은 무엇을 성취하길 바라는가?
- 어려움을 극복한 경험이 있는가? 무엇을 배웠는가? 어떻게 고난을 긍정적 철학 또는 교훈으로 탈바꿈했는가?
- 자녀, 손주 등 후손이 당신의 삶과 가치관으로부터 어떤 가르침을 얻길 바라는가?

성찰을 마쳤다면 윤리적 유언의 작성을 시작해도 좋다. 에세이, 편지, 파워포인트 프레젠테이션, 영상 등 어떠한 방식도 괜찮다. 당신이 세상을 떠난 후 남은 이들에게 진실한 유산을 전할 수만 있다면 형식은 중요하지 않다.

젊은 세대에게 친근하게 다가가려는 의도에서 미디어를 활용했다면 반드시 편지나 문서를 함께 남겨야 한다. 오늘날 흔히 접하는 기술이 몇십 년 후에도 유효할지 알 수 없기 때문이다. 기술은 끊임없이 변화하고 대체되지만 종이에 옮겨 적은 글에는 유효기간이 없다.

책, 워크북, 작성 수단, 템플릿, 웹사이트를 비롯해 윤리적 유언을 작성하는 데 참고할 만한 자료는 다양하다. 중요한 서류 작업이 으레 그렇듯 윤리적 유언을 준비할 때도 초안이 최종본이 돼서는 안 된다. 여유가 된다면 초안을 작성해 두고 어느 정도 시간이 흐른 다음 검토하라. 적절한 내용과 표현으로 당신이 후대에 물려주고 싶은 유산을 제대로 전달할 수 있을 때까지 작성과 수정을 반복해야 한다. 직접 글을 쓰기가 불편하다면 가족이나 친구, 믿을 만한 지인에게 도움을 구하라.

어떤 형식을 선택했든 당신이 작성한 윤리적 유언은 남은 가족에게 지혜와 영감, 수많은 메시지를 전달할 것이다. 구체적으로는 다음과 같은 내용을 담을 수 있다. 가족, 친구, 동료에게 사랑과 감사를 전한다.

- 가족과 관련된 소중한 일화와 정보를 보존한다.
- 당신이 전달하고자 하는 가르침, 가치, 원칙, 신념과 이런 무

형자산을 얻게 된 과정을 기록한다.

- 삶에서 얻은 교훈을 공유한다.
- 당신이 삶에서 경험한 고난, 도전, 개인적 선택과 직업적 선택을 가족이 이해하고 받아들일 수 있도록 일화를 공유한다.
- 후회를 표현하고, 필요하다면 용서를 구한다. 또 당신에게 잘못을 저지른 가족, 친구, 동료를 용서한다.
- 경각심을 주는 이야기를 공유한다.
- 가족에게 품은 희망과 열망을 공유한다.

《마음에서 우러나오는 말: 윤리적 유언 작성 가이드Words from the Heart: A Practical Guide to Writing an Ethical Will》(2015)에서 E. L. 와이너E. L. Weiner는 HEART라는 단어를 활용해 윤리적 유언에 마음에서 우러나온 감정과 일화를 담는 방법을 소개했다. 여기에서 H는 미래의 희망을 의미하는 hope를, E는 삶의 경험을 의미하는 experience를, A는 감사를 의미하는 appreciation을, R은 종교와 신념을 의미하는 religion을, T는 보물을 의미하는 treasure를 가리킨다.

HEART를 명심하면 윤리적 유언을 작성하는 데 큰 도움이 될 것이다. 또 윤리적 유언을 작성할 때는 진실하고 진정한 자신만의 목소리를 담아야 한다. 윤리적 유언은 당신과 당신이 추구하는 가치를 대변하기 때문이다. 이런 자산에는 형태가 없기에 기록으로 남기고 공유하지 않으면 영원히 사라지고 말 것이다.

우리가 흥미로운 삶을 살았는지 단조로운 삶을 살았는지는 중요하지 않다. 어떤 사회경제적 지위에 있는지도 중요하지 않다. 부나 명예를 얻지 못했다고 하더라도, 대단한 상을 타지 못했다고 하더라도, 뛰어난 학문적 성취나 직업적 성취를 이루지 못했다고 하더라도 우리의 이야기는 중요하다. 특히 우리가 사랑하는 사람에게는 엄청난 가치를 지닌다. 평소 가족의 역사나 스스로의 이야기를 입 밖에 내지 않는 사람이라면 더욱 그렇다. 우리가 세상을 떠난 후, 남아있는 자녀와 가족은 미처 몰랐던 이야기를 들으며 무척 기뻐할 것이다. 편지는 가족에게 영원히 마음속 깊이 남을 소중한 유산이 되어줄 것이다.

대부분은 삶의 후반부에 들어 윤리적 유산을 작성한다. 하지만 죽음이 성큼 다가올 때까지 작성을 미룰 필요는 없다. 윤리적 유언을 작성해야 하는 시기나 기간은 정해져 있지 않다. 실제로 수십 년에 걸쳐 윤리적 유언을 완성하는 사람도 있고, 결혼, 출산, 투병, 상실 같은 사건을 경험하며 편지를 남기는 사람도 있다.

일례로 어떤 부모는 자녀의 생일마다 그해에 일어난 주요 사건, 다음 해에 이루어졌으면 하는 바람과 희망을 담아 편지를 쓴다. 젊을 때부터 윤리적 유언을 작성하기 시작하면 매 순간 유익한 선택을 내리며 목적, 의도, 의미가 충만한 삶을 꾸려나갈 수 있을 것이다.

다시 한번 말하지만 윤리적 유언을 작성하는 데 옳고 그름은 없다. 가족이 모두 함께 읽도록 보편적 내용을 담은 유언을 작성해도 좋고, 한 명 한 명에게 개인적 메시지와 감정, 정보를 담은 편지를 남겨도 좋다.

풍부한 무형자산을 담은 윤리적 유언을 다 작성했다 해도 남아있는 가족이 유언의 존재를 모르면 아무 소용이 없다. 원한다면 사망하기 전에 공개해도 아무런 문제가 되지 않는다. 공개 대상과 시기를 명시한 윤리적 유언은 종합 자산 관리 계획서 또는 법적 문서와 함께 보관할 수 있을 것이다. 사망 전 윤리적 유언을 공개하기로 마음먹었다면 당신의 참석 여부와 관계없이 윤리적 유언에 접근할 권한을 허용하라. 생전에 공개된 윤리적 유언은 영감을 줄 뿐 아니라 가족 관계를 회복하고 개선하는 데 도움이 된다.

훌륭한 윤리적 유언은 마르지 않는 샘물과 같다. 숫자로 환산 가능한 금융자산은 언젠가 바닥을 드러내기 마련이다. 하지만 윤리적 유언에 담긴 무형자산은 가치를 가늠할 수 없으니 후대에 길이 전해질 것이다.

누군가를 돌볼 때 잊지 말아야 할 것,
당신은 혼자가 아니다

간병은 고된 노동이다. 간병을 하다 보면 세상에 혼자 남은 것 같은 고립감이 밀려오곤 한다. 하지만 당신은 혼자가 아니다. 얼마 전 발표된 통계에 따르면 미국인 6600만 명 이상이 부모, 배우자, 자녀, 가족, 친구 등 누군가를 돌보고 있다. 65세 이상 인구가 급증하면서(미국에만 매일 1만 명이 65세의 선을 넘고 있다) 향후 20년 내에 거의 모든 중년층이 타인을 돌봐야 할 것으로 예상된다.

사랑하는 사람을 위해 간병을 자처한 사람이 대부분이겠지만, 어쩔 수 없이 간병해야만 하는 경우도 많다. 언제, 어떤 이유로 간병인이 됐든 앞으로 무엇을 맞닥뜨리게 될지 아는 사람은 거의 없다. 간병에는 끝이 없다. 산더미처럼 쌓인 일을 조금 덜어냈다 싶으면 어느새 더 많은 일이 쌓인다. 간병인은 환자를 데리고 병원을 방문하고, 필요에 따라 진료를 예약하고, 한 움큼은 족히 될 것 같은 약을 관리하고, 환자가 의료보험 혜택을 받을 수 있도록 점검해야 한다. 이뿐만이 아니다. 환자의 집안일을 살피고, 식사를 챙기는 일 또한 간병인의 역할이다.

환자를 챙기는 것은 정신적으로나 육체적으로나 매우 고단한 일이다. 애초에 관련 교육을 받은 적이 없는 사람이 대부분인 데다 명확한 지침조차 없다. 그렇기에 우리는 쉽게 간과되곤 하는 간병의 또 다른 측면에 관심을 기울여야 한다. 간병이라고 하면 대부분 환자에게 초점을 맞추지만, 장기적 관점에서 간병인의 건강은 환자의 건강만큼이나 중요하다.

나는 가족을 간병하며 적잖이 마음고생을 하는 사람을 많이 만나봤다. 그들은 정작 아픈 사람은 따로 있는데 겨우 간병 따위를 가지고 불평을 늘어놔서는 안 된다며 스스로를 탓했다. 우리는 간병인이라면 '당연히' 온갖 고된 일을 묵묵히 해내야 한다고 착각한다. 하지만 하던 일을 그만두고 진심으로 환자를 보듬는 한편 다른 가족까지 챙기면서 한없이 늘어나는 책임을 다하는 것은 결코 당연한 일이 아니다.

간병인은 우선순위를 따지기 어려운 수많은 업무를 조율하며 피로, 외로움, 불안, 소외감을 느끼다가 어디에 도움을 요청해야 할지 몰라 결국 인터넷에 도움을 구한다. 그러고는 스스로의 감정에 죄책감을 느낀다. 간병인은 도움을 줘야 할 사람이지, 받아야 할 사람이 아니기 때문이다.

하지만 이는 잘못된 생각이다. 간병인에게도 도움이 필요하다. 죄책감, 피로, 슬픔, 분노를 느껴도 괜찮다. 간병인이 부정적 감정을 느끼는 것은 잘못된 것이 아니다. 우리는 간병 또한 양방향적인 관계라는 사실을 이해해야 한다. 환자와 간병인 모두 휴식과 충전이 필요하다. 간병인 또한 스스로의 건강과 행복을 챙기며 타인과의 관계를 이어나가야 한다. 하지만 간병이라는 고된 과제를 수행하며 어떻게 건강과 행복, 관계를 유지할 수 있을까?

간병인에게 기나긴 여정에 응원과 환기가 되는 '일곱 가지 핵심 전략'을 소개하겠다. 간병의 필요성은 해마다 늘어나는 추세이니 미리 계획을 세워놓으면 큰 도움이 될 것이다.

1. 외부에 도움을 요청하라

먼저 지역사회에 활용할 만한 자원이 있는지 살펴보라. 이는 오랜 시간이 걸리는 쉽지 않은 작업이니 조급해하지 말고 충분히 시간을 들여 정보를 찾아보길 바란다. 더 이상 운전을 할 수 없는 사람에게 이동 서비스를 제공하거나 가족 구성원의 진료 예약을 돕는 등 간병인의 수고를 덜어주는 종교 단체도 많다. 간병의 형태는 시간이 흐르면서 변화하니 다양한 지원 프로그램과 전문가의 조언에서 도움을 얻길 바란다.

2. 마음을 나눌 동료를 찾아라

모든 간병인에게 동료가 필요한 것은 아니지만, 마음을 나눌 동료의 존재는 말로 할 수 없을 만큼 큰 힘이 된다. 알츠하이머에 걸린 어머니를 돌보는 자식이든, 파킨슨병에 걸린 남편을 돌보는 아내든, 특수 아동을 돌보는 부모든 비슷한 상황을 겪는 간병인과의 소통은 다른 관계에서는 느끼기 어려운 특별한 공감과 소속감을 줄 것이다. 내가 겪는 어려움을 '이해'받는 경험은 생각보다 더 큰 위안이 된다. 또 힘든 상황을 묵묵히 견뎌내는 사람을 지켜보며 스스로에게 닥친 시련을 한층 객관적인 시선으로 바라볼 수 있다.

3. 즐거움을 주는 활동을 찾고 실천하라

당신은 어디에서 기쁨과 즐거움을 찾는가? 정원 가꾸기, 산책, 자전거 타기, 달리기, 피아노 연주, 음악 감상, 친구와 함께 하는 점심 식사, 종교 활동 등 무엇이든 좋다. 어떤 활동이든 당신이 행복할 수 있는 일을 위한 시간을 따로 빼두길 바란다. 피아노 연주가 취미라면 일정표에 매일 오후 4시 30분부터 5시까지 피아노 연주 일정을 표시해 둬라. 일정한 시간을 정해두지 않더라도 적당한 시간 동안 즐긴다면 언제든 상관없다. 일정표를 보며 스스로를 위한 시간을 잘 확보하고 있는지 확인하라. 인생이 너무 바쁜 탓에 취미를 즐길 여유가 없다면 어떻게든 시간을 낼 방법을 찾아보길 바란다. 핵심은 당신이 좋아하는 일을 잠깐이라도 매일 꾸준히 하는 데 있다.

4. 가능하다면 외부의 도움을 받아 환자의 신체적 요구를 해결하라

환자의 신체적 요구를 충족하는 것은 중요하지만 이런 부분은 꼭 당신이 아니라도 해결할 수 있다. 하지만 누구도 환자에게 당신과 같은 애정과 지지를 보낼 수는 없다. 환자의 신체적 요구를 충족하느라 지쳐서 가장 중요한 임무를 수행할 에너지가 바닥나는 불상사가 발생하지 않도록 가능하면 외부의 도움을 받아 환자의 신체적 요구를 충족하라. 이렇게 아낀 에너지는 환자의 감정을 돌보는 데 큰 힘이 될 것이다.

5. 스스로의 건강을 보살펴라

다른 사람에게 온 신경을 쏟다 보면 스스로에게 소홀해지기 쉽다. 그렇기에 자신의 건강에 이상이 없는지 더욱 주의 깊게 살펴야 한다. 밤에 잠들기 힘들고, 지나치게 피로하고, 왠지 모르게 우울하고, 몸이 쑤시거나 복부가 불편하다면 건강에 적신호가 켜졌음을 인지하고 병원을 방문해 적절한 치료를 받아야 한다.

6. 스스로의 상황을 돌아보는 시간을 마련하라

많은 사람이 간과하는 부분이다. 시간이 부족하다는 이유도 있지만, 그보다는 스스로를 돌아보기가 쉽지 않기 때문이다. 어디서부터 시작해야 할지 모르겠다면 감정 일기를 써보길 추천한다. 하지만 당신이 느끼는 감정 중 '나쁜' 감정은 없다는 사실을 명심하라. 스스로가 안쓰럽고, '왜 하필 나한테 이런 일이 생기는 거야?'라는 생각이 들 때도 있을 것이다. 때로는 '간병을 시작하기 전처럼' 살고 싶다는 생각도 들 것이다. 환자가 '예전 같지 않다'라며 슬퍼하는 순간도 있을 것이다. 혹은 환자가 빨리 죽어 모든 것이 끝나길 바랄 수도 있다. 이 모든 감정은 조금도 이상한 것이 아니며, 애도의 과정일 뿐이다. 스스로의 감정을 지각하고 드러내면 감정을 있는 그대로 받아들일 수 있게 된다. 슬픔은 휴식이 필요하다는 신호인지도 모른다. 감정을 돌아보면서 긍정적 측면을 찾을 수도 있다. 어려운 상황을 헤쳐나가는 스스로를 자랑스럽게 여길 수도 있고, 비슷한 상황에 처한 간병인에게 도움의 손길을 내밀 수도 있을 것이다. 당신은 혼자가 아니다. 지금이 순간에도 수많은 사람이 같은 시련을 겪고 있다. 비슷한 길을 걷는 동료가 많다는 사실을 아는 것만으로도 큰 위안이된다.

7. 팀을 꾸려라

간단하지만 가장 중요한 전략이다. 간병인의 삶을 시작할 때 가장 먼저 고려해야 할 부분이기도 하다. 간병은 고된 작업인 만큼 짐을 나눌 팀원이 필요하다. 삶이 균형을 잃었을 때, 지치고 불안해 누군가에게 기대고 싶을 때 어떤 사람이 머릿속에 떠오르는가? 늦은 밤 주저하지 않고 전화를 걸수 있는 사람은 누구인가? 혼자서는 감당하기 어려운 일이 생겼을 때 찾게 되는 사람은 누구인가? 당신의 배우자일 수도, 이웃이나 가까운 친구, 카운슬러, 목사, 언니, 동생, 사촌일 수도 있다. 무엇보다 당신이 필요로 할 때 이들은 기꺼이 손을 내밀어 줄 것이다. 이들이 당신의 팀이다. 되도록 빨리 당신을 지지해 줄 팀원을 찾아라. 믿을 만한 사람을 찾지 못해 혼자 삶의 고난을 짊어지고 가다 보면 짐은 점점 더 무거워진다. 고난이 닥쳤을 때 힘이 되는 건 결국 사람이다. 당신의 팀은 가장 힘든 시기에 곁을 지켜줄 것이다. 그리고 마침내 힘든 시기를 지나온 사람은 이렇게 말할 것이다. "삶이 원래 그런 거지."

간병은 고된 일이지만, 동시에 따뜻한 일이기도 하다. 간병이 끝나면 당신은 사랑하는 사람을 직접 돌볼 수 있었다는 사실에 가장 큰 위안을 얻을 것이다.

당신의 수명을
7.5년은 늘려줄 간단한 방법

　오랜 세월을 살다 보면 이 세상에 존재하는 온갖 차별 중 모든 사람에게 보편적으로 적용되는 차별은 단 하나뿐이라는 사실을 알게 된다. 이 차별은 피부색, 종교, 성별 등 어떤 분류와도 무관하다. 하지만 이 차별에 시달리는 사람은 극심한 스트레스를 받으며, 기대 수명이 감소하기도 한다.

　우리 사회 전반에 만연하며 전 세계적으로 10억 명이 넘는 사람에게 고통을 안기지만 동시에 수백만 명이 가해에 동참하는, 너무나 당연하게 여겨지는 이 차별의 정체는 도대체 무엇일까?

　바로 노인 차별이다.

　노인 차별이란 나이가 많다는 이유 하나만으로 고정관념을 형성하고, 불평등을 초래하며, 상대를 배제하는 행위를 의미한다. 오늘날 노인 인구는 빠르게 증가하고 있다. 2050년이면 20억 명 이상이 60세를 넘길 것이다. 하지만 노인 차별은 여전히 모든 사회 분야에서 때로는 공공연하게, 때로는 은밀하게 이루어지고 있다.

만약 당신이 젊은 시절 노인을 은연중에 무시한 적이 있다면 이는 미래의 자신을 집요하게 따라다닐 괴롭힘에 동조하는 것과 같다. 조시 콘블러스Josh Kornbluth는 독백극 〈시티즌 브레인Citizen Brain〉에서 노인 차별에 일침을 가했다. "노인을 편견 어린 시선으로 바라보는 사람은 미래의 스스로를 차별하는 셈이다."

운이 좋아 오랫동안 특권층으로 살아온 사람이라면 더욱 적응하기 어려울 것이다. 제아무리 좋은 직업과 화목한 가정, 화려한 인맥을 지닌 사람도 언젠가는 눈과 귀가 어두워져 멋모르는 늙은이 취급을 받을 수밖에 없다. 마시가 나이 들어가는 부모를 보며 이야기했듯, 사람이 늙으면 꼼짝없이 '침대 귀신' 신세가 된다. 노인 차별은 다양한 형태로 나타난다. '별 볼 일 없는 노인네' 대우는 그나마 나은 수준이고, 심각하게는 투명 인간 취급을 받는다.

놀랍게도 노인의 80퍼센트가 차별을 경험한 적이 있다고 진술한다. 이들은 늙었다는 이유만으로 인지 장애나 신체 장애가 있는 것처럼 여겨진다고 이야기했다. 또 노령 인구의

3분의 1은 나이 때문에 의견이 묵살당하거나 무시당한 경험이 있다고 응답했으며, 절반 이상이 웃음거리가 된 적이 있다고 대답했다.

문제는 이뿐만이 아니다. 전문 의료인조차 편견 때문에 오진을 내리곤 한다. 실제 발병 요인을 간과한 채 노인의 인지 장애 또는 심리 질환을 단순히 노화로 인한 증상으로 지레짐작하거나, 안전하지 않은 약물을 지나치게 많이 처방하거나, 질병을 제대로 진단하지 않아 물질 사용 장애를 야기한다.

이는 심각한 결과를 낳을 수 있다. 노인 차별은 오진으로 인한 신체적, 정신적 고통뿐 아니라 기대 수명 감소로 이어진다. 노화로 인한 부정적 자기 인식은 우울증에 직접적 영향을 미친다. 노인의 직장 생활 또는 오락 활동을 제한해 사회적 고립을 가져오고, 집단에 긍정적으로 기여할 가능성을 저해하며, 개인에게 노화에 대한 두려움을 심어준다.

2020년 45개국에 거주하는 개인 700만 명을 대상으로 실시한 글로벌 연구 보고서가 발표됐다. 25년 동안 11개 건강 영역을 관찰한 보고서에 따르면 노인 차별은 다양한 연령과 성별, 인종 및 민족에 걸쳐 폭넓게 나타났으며, 그중 95퍼센트는 건강 악화로 이어졌다.

사회에서 노인 차별을 뿌리 뽑고 개인이 노화에 주눅 들지 않기 위해 우리는 무엇을 해야 할까? 첫째, 전 세계적으로 노인 차별 문제가 존재한다는 사실을 인정하는 데서 시작해야 한다. 둘째, 노화에 대한 불안이 노인 차별을 부추긴다는 사실을 깨달아야 한다. 셋째, 타인과 자신의 노화를 긍정적으로 받아들일 수 있도록 노력해야 한다. 이 세 가지를 실천할 때 우리는 비로소 미래의 불의로부터 스스로를 보호할 수 있을 것이다.

무엇보다 노화에 대한 긍정적 태도는 수명을 몇 년 연장하는 효과를 발휘한다. 정확히는 7.5년의 추가 시간이 주어진다.

예일대학교Yale University 교수 베카 레비Becca Levy가 이끈 대규모 연구에 따르면 노화에 대한 긍정적 인식은 수명을 7.5년 연장한다. 다른 어떤 방법으로도 수명을 이만큼이나 연장하기는 어려울 것이다.

노화에 대한 긍정적 인식은 정신 건강 및 기억력과 균형 감각을 개선했고, 장애 회복 가능성을 높였다. 부정적 고정 관념을 가지지 않고 긍정적으로 나이 들어가는 사람에게서는 치매 발병 확률이 낮게 나타났는데, 이는 유전적으로 고위험군에 속하는 노인에게도 마찬가지였다.

이와 반대로 노화를 부정적으로 인식하면 기억력이 감퇴하고 존재의 무가치함에 대한 인식이 주입된다. 여기서 무가치함이란 오래 사는 것을 손실이라 여기는 태도를 의미한다. 이를테면 다음과 같다. 노화는 반드시 장애와 쇠약함으로 이어질 것이다. 세월은 창의력을 앗아 갈 것이다. 나이가 들면 더 이상 직장이나 공동체, 사회에 기여할 수 없을 것이다. 특정 나이(각자 생각하는 기준이 다를 것이다)까지 쓸모를 다하면 이후에는 인간으로서 모든 가치가 사라질 것이다….

하지만 이는 사실이 아닐뿐더러 노화에 대한 공포를 심화한다. 노인 차별이 더욱 심각해지는 것은 바로 이러한 편견 때문이다. 이 책을 읽고 잘 늙는 방법을 배워 고정관념에서 벗어나라! 밝은 미래가 당신을 기다릴 것이다.

앞에서 우리는 101세 캘리그래피 작가 루실의 이야기를 소개했다. 루실은 자신에게 주어진 행복을 타인과 나누며 나이 든 후에도 '투명 인간'이 되지 않았다. 수많은 노인이 그렇듯, 루실 또한 "노화보다 나쁜 일은 죽음뿐"이라는 말에 동의하지 않았다. 루실은 나이 든 후에도 사회에 기여하고 주변에 기쁨을 선사했다.

코로나19로 세상이 침체됐을 때 루실은 마시에게 다음과 같은 메일을 보냈다.

마시, 얼마 전 100번째 생일을 맞이했어요. 코로나가 워낙 기승이니 제대로 축하하기는 어렵겠구나 생각했지요. 생일이야 내년에 또 돌아올 테니 섭섭하지는 않았어요.

그런데 사람들은 힘을 모아 다 같이 특별한 날을 기념할 참신한 방법을 떠올렸더군요. 교회 앞에서 아들과 며느리, 이웃과 함께 서있는데 소방차 두 대가 온갖 장식이랑 풍선을 달고 경적을 울리며 지나갔어요. 정말 대단했지요. 축하 카드 150장이 담긴 바구니도 받았답니다. 원래는 100장을 맞추려고 했다는데, 그렇게 되었네요.

전화로 생일을 축하해 준 친구와 가족도 참 많았어요. 화상 전화도 여섯 통이나 받았고요. 이탈리아랑 호주에서 걸려온 전화도 있었답니다.

이만하면 최고의 생일이라고 할 만하지요?

정말이지 최고의 생일이다. 나는 모든 독자가 루실처럼 노인 차별에 굴하지 않고 긍정적 태도로 나이 들어가길 바란다. 7.5년이라는 시간이 추가로 주어질 것이다!

노인 차별에 대응하는 행동 방침

- 노화를 긍정적으로 받아들이고 수명을 늘리는 방법을 찾아라. 나이 드는 것은 특권이자 영광이니, 새로운 시선으로 노화를 바라보길 바란다.
- 신체적, 정신적 문제를 '일반적 노화'라고 받아들여서는 안 된다. 당신에게 나타나는 증상을 '일반적 노화'로 치부하지 않는 의료 전문가를 찾아라. 노인의학 전문의 또는 노령 환자에 특화된 주치의를 추천한다.
- 사회적 고립을 피하라. 사회생활을 계속하며 새로운 친구를 사귀어야 한

다. 당신보다 먼저 사망할 가능성이 적은 젊은 친구를 사귀어라.

- 지금 이 책을 읽고 있듯, 노화를 공부해 잘못된 인식을 타파하라.

- 아이들에게 노화의 긍정적 측면을 경험할 기회를 제공하라. 조부모와
  함께 시간을 보내거나 노인과 함께 봉사 활동에 참여하게 해도 좋다.

나가며

우리가 함께
기쁘게 나이 들 수 있도록

제2차 세계 대전에 참전해 훈장을 받은 영국 육군 장교 톰 무어Tom Moore 대위는 코로나19에 맞서 싸우는 영국 보건 당국을 위한 성금을 마련하겠다며 100세에 길이 25미터 테라스를 100번 왕복해 3280만 파운드(4000만 달러)를 모금했다. 조 바이든Joseph Biden Jr.은 78세에 미국 대통령으로 취임했다. 미국 대법원 판사 루스 베이더 긴즈버그Ruth Bader Ginsburg는 87세로 사망할 때까지 미국 주요 정책을 결정했으며, 이는 전 세계에 영향을 미쳤다.

누군가는 이들이 '늙었다'라고 생각할 것이다. 하지만 이들의 사회 공헌은 나이에 구애받지 않는다.

마시가 이 책을 쓰면서 인터뷰한 사람들이 보여주듯, 나이 드는 것은 쉽지 않지만 굉장히 보람차고 의미 있는 일이다.

긍정적 태도를 함양하고, 미래를 계획하고, 인내심을 발휘하면 80대, 90대, 100대까지 번성한 삶을 누릴 수 있을 것이다.

오늘날 미국인의 평균수명은 80세에 가까워지고 있다. 하지만 건강수명은 63세로 평균수명에 훨씬 못 미친다. 건강하지 않은 상태로 살아야 하는 기간이 그만큼 길다는 뜻이다. 미국은 건강수명의 불평등이 상당하니 최상위 특권층은 평균수명에 근접한 건강수명을 누린다.

더 나은 미래를 위해서는 모두에게 수명이 다할 때까지 건강을 누릴 기회가 주어져야 할 것이다. 나는 이 책에서 삶의 만족도와 건강을 향상하는 방법을 설명하려 노력했다. 또 두뇌 건강을 개선하고 독립성을 유지하는 비결 등 이전 책에서 다루지 않은 질문에 대답하는 한편 현실적인 노화의 과정을 제시했다.

이 책을 통해 독자들이 스스로 나침반을 설정하고, 자신만의 경로를 계획하며, 앞으로 나아갈 여정에서 맞닥뜨릴 장애물을 극복하길 바란다. 평균수명과 건강수명을 일치시킬 수 있는 긍정적 노화의 틀을 설정하라. 당신과 당신을 둘러싼 공동체 구성원에게 이 책에서 소개한 인물들처럼 목적을 가지고 활기차고, 생기 넘치며, 창의적인 삶을 추구하는 기회가 주어질 것이다.

'디 엘더스The Elders'는 넬슨 만델라Nelson Mandela가 창설한 단

체로 지미 카터Jimmy Carter, 코피 아난Kofi Annan, 데즈먼드 투투 Desmond Tutu, 메리 로빈슨Mary Robinson을 비롯한 많은 지도자가 회원으로 활동했다. 디 엘더스는 '보편적 인간성과 서로에 대한 책임을 인식하고 미래 세대와 지구를 위하는 평화로운 세상'을 비전으로 내세운다(www.theelders.org). 데이배드 배리오스가 이야기했듯, 전통적 사회에서 노인은 갈등을 해결하고, 장기적인 결정을 내리고, 적재적소에 지혜를 나눠주는 역할을 했다. 우리에게는 이 세계를 이끌어나갈 원로가 필요하다. 이들은 가장 까다로운 문제를 해결하기 위해 힘을 합치고 있다. 또 노인의 지혜를 자원으로 삼아 전 세계가 진보를 이루어내려면 웰 에이징well aging을 국제 정책의 중심에 둬야 한다는 사실을 이해시키려 노력한다. 이들은 "함께 걷고, 함께 일하고, 함께 배우고, 함께 소리 내고, 함께 세상을 변화시킨다."

나는 우리 모두가 세상에 선한 영향력을 미치는 노인이 되길 바란다.

충분히 해낼 수 있다.

나가며

노화로 향하는 여정이
기쁜 이유

먼저 '지금 여기서 치매를 예방할 수 있는 방법'을 완성하는 데 도움을 준 오리건보건과학대학교 조교수 에밀리 모건Emily Morgan 박사에게 감사를 전한다. 몇 년 전 모건 박사는 두뇌 건강을 주제로 이야기를 나누다 '후입선출' 개념을 처음으로 소개했고, 이는 건강하게 노화하는 두뇌라는 틀을 잡는 데 큰 도움이 됐다. '평생에 걸쳐 관리하는 두뇌 건강'은 모건 박사의 연구와 밀접한 관련이 있다. 또 네바다대학교University of Nevada 라스베이거스 캠퍼스 응급 의학과 레지던트 그레이시 맥그로리Gracey McGrory에게도 고맙다. 맥그로리 박사는 오리건보건과학대학교 의대생 시절 이 책의 3부에 필요한 자료를 조사하는 데 손을 보탰다. 두 사람의 노고에 진심으로 감사한다.

고이델 법률 그룹의 창립자이자 회장으로 그룹 산하 종합 자산 관리 계획 및 노인법 센터를 운영하고 있는 웬디 K. 고이델이 제공한 유용한 정보에도 무한한 감사를 표현하고 싶다. 노인을 향한 애정과 노인의 삶을 향상시키기 위한 지치지 않는 노력은 이미 이 책에서 가감없이 드러났다. 웬디의 열정은 건강한 노화를 계획하는 데 큰 도움이 됐다.

오리건주 포틀랜드에서 일하는 뛰어난 물리치료사 달라 필립스에게도 무척 감사하다. 달라 덕분에 수많은 환자가 죽을 때까지 벗어날 수 없을 것이라 생각한 고통을 덜어낼 수 있었다. 통증 완화를 주제로 한 달라의 글은 나이와 관계없이 고통에 시달리는 많은 이들에게 희망을 안겨줄 것이다.

시간을 내서 개인적 경험과 생각을 공유해 준 현명한 노인들에게 말로 다 할 수 없는 고마움을 전한다. 데이비드 배리오스, 릴리 코언, 닐 메인, 밥 무어, 루실 피어스, 바버라 로버츠와 돈 넬슨 부부, 엘리노어 루벤스타인, 랍비 조시 스탬퍼, 어머니의 이야기를 기꺼이 들려준 수전 톨, 메리 휴스, 매기 발리, 캐런 웰스가 나눠준 특별한 지혜 덕분에 이 책을 완성할 수 있었다. 한 명 한 명이 깊은 영감을 선사했다. 이들과 나눈 우정은 우리에게 큰 의미가 됐다.

마지막으로 무한한 지지와 사랑을 베풀어 준 가족에게 감사의 말을 남긴다. 노화로 향하는 여정이 기쁜 것은 가족이 함께하기 때문이다.

외부 필진 소개

달라 필립스Darla Philips

물리치료학 박사이자 정형물리치료 전문가이며 공인 체육 트레이너와 전문 육상 코치로도 활동하고 있다.

서던캘리포니아대학교University of Southern California에서 물리치료학 박사 학위를 받았다. 조지폭스대학교George Fox University 운동과학 및 보건대학에서 체육 훈련을 집중적으로 공부하며 학사 과정을 밟아 체조, 육상, 농구, 풋볼을 포함한 다양한 스포츠 팀에 소속되어 근무했다. 그 스스로도 장거리 달리기를 즐기며, 공인 체육 트레이너 자격을 소유하고 있다. 물리치료 대학원을 졸업하고 서던캘리포니아 카이저 병원에서 정형학과 레지던트 프로그램을 마친 후 미국 물리치료사 협회의 인증을 받아 정형물리치료 전문가가 됐다. 고향인 오리건 주로 돌아가기 전까지 로스앤젤레스 외래 정형외과에서 근무했다.

웬디 K. 고이델Wendy K. Goidel

고이델 법률 그룹Goidel Law Group의 회장으로, 노인 복지법과 유산 상속 계획에 큰 관심을 기울이고 있다. 노인 복지법이 독립적으로 실행돼서는 안 된다고 생각하여 '콘시어지 케어 코디네이션Concierge Care Coordination'이라는 단체를 설립해 노인 복지 사업과 법적 계획을 통합한 혁신적이고 전인적인 모델을 개발했다.

뉴욕 소재 대학교 두 군데에서 협력 프로그램을 실시하며 법학과와 사회복지학과의 협력을 증진하고, 더 나아가 사회복지학을 전공하는 학생의 노인학 분야 진입을 장려한다. 지역사회 환원에 힘쓰는 한편, 인지 기능 장애 환자 및 보호자 지원 프로그램을 후원하고 있다. 뉴욕시에서 주관하는 성인 인지 기능 장애 환자 돌봄 프로그램 다수로부터 공로를 인정받았으며 《롱아일랜드 비즈니스 뉴스》가 선정한 '최고의 여성 사업가 50인'에 이름을 올렸다. 또한 웬디는 뉴욕 서퍽 카운티의 '메이크 어 위시Make-A-Wish'라는 비영리 단체에서 10년 동안 이사를 역임했다.

뉴욕과 코네티컷 두 개 주에서 변호사 자격을 인정받아 법조인으로 활약하고 있으며, 카르도조 법학대학원을 졸업하였고 《카르도조 예술법 및 문화산업법 저널》 편집장으로 근무했다. 또한 시러큐스대학교Syracuse University 홍보대학을 차석으로 졸업했다.

살아가는 힘은
어디에서 나오는가

초판 1쇄 발행 2024년 2월 28일
초판 5쇄 발행 2024년 5월 16일

지은이 마시 코트렐 홀, 엘리자베스 엑스트롬
옮긴이 김한슬기
펴낸이 권미경
기획편집 이정주
마케팅 심지훈, 강소연, 김재이
디자인 THISCOVER
펴낸곳 (주)웨일북
출판등록 2015년 10월 12일 제2015-000316호
주소 서울시 마포구 토정로 47 서일빌딩 701호
전화 02-322-7187 **팩스** 02-337-8187
메일 sea@whalebook.co.kr **인스타그램** instagram.com/whalebooks

© 마시 코트렐 홀, 엘리자베스 엑스트롬, 2024
ISBN 979-11-92097-74-9 (03840)

소중한 원고를 보내주세요.
좋은 저자에게서 좋은 책이 나온다는 믿음으로, 항상 진심을 다해 구하겠습니다.